# 在稼從夫

2

風文創 197

于隱 著

# 目錄

# 第十二章

芝娘進屋後，慌慌張張地看著小茹和澤生，然後極小聲地說：「噓……我來你們家可不要讓別人知道了。」

澤生和小茹覺得莫名其妙，不知芝娘神神秘秘的到底要幹麼。只見她那雙眼睛在這十幾日內已經哭得紅腫，看上去很不像樣了，臉上和手背上也被她婆婆打得青一塊、紫一塊的。

「芝娘，妳這是要……」小茹小聲地問著。因為芝娘剛才已打了招呼，叫他們不要聲張，她也不敢大聲說話了。

芝娘卻不答她的話，直接轉向澤生，眼巴巴地求道：「澤生，你能幫我寫一封休書嗎？」

「休書？」澤生聽了直後退，費解地問：「我給妳寫什麼休書？」

「代東生寫，寫給我的休書！」芝娘再往他身前走幾步，期盼地看著澤生，希望他不要拒絕。

澤生連連後退。「這哪行，我怎麼能代替東生給妳寫休書呢？」

小茹明白了，芝娘是不想在東生家過日子了，她想要一封休書，好回娘家或另作打算。

可是，澤生不能做這個冤大頭呀！若是讓東生娘知道了，豈不是要剝了澤生的皮？

小茹攔在芝娘的面前，正色道：「芝娘，這種事澤生真的沒法幫妳，即使澤生寫了也起不了什麼作用，他根本代表不了東生！」

芝娘這時終於明白一回。小茹若不同意，澤生是不會幫她的，澤生事事都聽小茹的，哪裡會心軟聽她的懇求？

她只好央求小茹。「茹娘，我求妳了，妳就讓澤生幫幫我吧！東生本人又不會寫字，哪怕他現在不是個傻子，他想休掉我的話，也是需要找人代寫的。」

小茹為難地道：「這我知道。但是，若東生真想休妳，要請人代寫，他也要當面蓋手印的，沒經過他的同意，休書根本無效。」

芝娘卻冷冷一笑。「只要澤生代東生寫好了休書，我拿回去後，抓著東生的手，讓他蓋一下不就得了，他現在同不同意，還有那麼重要嗎？」

小茹和澤生聽了瞠目結舌，他們倆還真沒瞧出來，這個芝娘還挺膽大的，這種事也想得出來。

「可是……這樣的休書，妳公婆是不會承認的。」小茹怕她不清醒，提醒著她。

沒想到芝娘平時糊塗得很，此時卻十分清醒。「我才不管他們承不承認呢！我只要有了休書，以後若想……」她垂下頭，聲音輕如蚊蚋，含糊地說：「若想再嫁的話，也容易得多。」

小茹的腦袋轟了一下。哦，原來芝娘是想再嫁，這也無可厚非。

「可是……妳是想回娘家嗎？妳不管妳的丫頭了？她才一、兩歲呀！」

說起孩子，芝娘眼淚撲簌簌而下，但還不忘為她自己辯解道：「我也是沒有辦法，妳瞧我每日過的是什麼日子，東生成了傻子，我像奴僕一般伺候他吃喝拉撒，婆婆還整日打罵我，再這麼過下去，還不如死了呢！婆婆再不喜歡丫頭，也不至於讓她餓死的。」

澤生聽她想棄夫棄女，頓時臉色惱怒，但又不好發作，便態度生硬地對她說：「妳若真想要休書，也應該讓妳公爹親自找人代寫，或者妳去找村長代寫也行，不應該找我，我絕對不會做這種事。」

村長並不是官吏，約定俗成，每個村都由里正指定一位在村民眼裡算是有些德望的人來擔任。村長平時不管村裡的事，直到哪家有紛爭了，他去勸勸架，或哪家分家，他去作見證。以前方老爹一家分家時，就是村長來作證的。

像這種代寫休書的事，也是找村長比較合適。他的話大家比較信服，由他代寫的休書，也是能得到大家認可的。

芝娘聽澤生竟然讓她去找村長，她急得臉色脹紅，直跺腳。「澤生，你還不知道村長的性子嗎？他怎麼可能會為我代寫休書，他不但不願代寫，還罵我不守婦道，勸我一輩子伺候著東生。澤生，我求你了……」

「妳也知道會有人罵妳，我又怎麼能幫妳做這種讓人辱罵的事！」澤生鐵青著臉，義正詞嚴，讓芝娘有些生畏。

看來，澤生是不願幫她了。

芝娘失望地看了看澤生，再看看小茹，有些絕望地道：「沒有人願意幫我，都覺得我該日日為東生把屎把尿，日日面對一個傻子，過這種生不如死的日子，是嗎？」

兩人不知該怎麼接她的話，他們也知道她過的日子的確是很苦，值得讓人同情，可他們真的幫不了她，若幫她寫了這封休書，以後澤生走出去就會遭人唾罵的。

之後，芝娘失魂落魄地回去了。

「小茹，妳不會怪我沒有幫她吧？」剛才芝娘走出去時，澤生見小茹那神情，似乎十分可憐她。

小茹搖了搖頭。「我怪你做什麼，這種事她本來就不該找你的，而應該去找村長，可是，如她所說，村長也是不會幫她的。我只是覺得，她落到這種田地，也沒有人能幫得了她，她當真是……唉。」

澤生拉著她坐在床邊，安慰道：「妳也別太為她傷感了，東生才出事十幾日，她便熬不住了。以前見她被東生打，還覺得可憐，現在才發現，她這人可是自私得很，不顧夫妻之情，而且連孩子都可以不要了。」

澤生這話說得也沒錯，小茹有些迷糊了，都不知是該覺得芝娘可憐還是覺得她自私了。

最後，兩人只好脫衣上床。「別管她了，我們趕緊睡吧。」

未料，次日當他們倆挑擔賣貨回來，就聽人說芝娘連夜跑了！跑回娘家去了！

澤生與小茹吃了一驚，看來芝娘昨夜是做好了打算，若澤生不肯幫忙，她就只好連夜跑了。

東生的爹娘和南生商量了一番，決定去芝娘的娘家搶人。東生這副模樣，還得要芝娘照顧，何況孩子也不能沒有娘！

到了晚上，芝娘就被他們捆著帶回來。其實他們去芝娘的娘家沒費什麼口舌，也沒有動手打架，芝娘的爹和幾位兄弟就作主把她捆了起來，讓他們給帶回來了。

芝娘的爹娘是老實本分的人，在他們看來，女人就該嫁雞隨雞，嫁狗隨狗。雖然芝娘現在過得很苦，他們也心疼，可他們認為婦道最重要，怎麼能因為相公傻了，就棄夫逃回娘家，這可是丟娘家的臉面啊，會被人罵一輩子的。

芝娘被捆回來後，東生的爹娘將她鎖了起來，餓她幾頓，說要好好懲罰她。

村裡人得知這件事後，大多數人都是罵芝娘不守婦德，心眼太壞了，怎能拋夫棄女！也有少數人說芝娘也挺可憐的，不過轉念又說，再可憐也不能做這種丟人現眼的事。

芝娘沒想到娘家人會那麼狠心，不但不幫她，還主動將她捆起來。她餓著肚子哭得都快要昏死過去了。在大半夜裡，她又想出了一個逃跑的主意，畢竟她現在沒有臉面再待在這個地方了，待在這裡不僅要伺候東生，出門還會遭村裡的人指指點點，暗地唾罵，可能當面罵她的也有。

她有自知之明，知道不可能有小茹那麼好的命，能遇到澤生那麼好的男人，那種讓女人嚮往且願意交付一生的男人。澤生有了小茹，是不可能多看她一眼的，她惦記也沒用，還是趕緊為自己另謀出路吧。

她覺得自己再不濟，總能找個比傻子強一些的吧。

東生的爹娘還以為芝娘被抓回來變老實了，知道羞恥了。沒想到天亮一起床，他們見鎖芝娘的那間屋子窗戶都被拆了，芝娘竟然又跑了！

當東生的爹娘和南生再去芝娘的娘家時，她的娘家人也嚇著了，說芝娘根本沒回來呀！大家都明白了，芝娘這回可能跑外地去了。

才半日的工夫，芝娘逃跑的事已傳遍好幾個村，再過幾日，整個石鎮的人都知道了這件事，就連相鄰幾個鎮都有不少人知道。

小茹也知道芝娘出名了，而且是臭名。

她坐在油燈前，撐著腦袋，問道：「澤生，你說芝娘會逃到哪裡去？她這樣一個孤身女子在外，多不安全。難道前日夜裡沒答應為她代寫一封休書，是我們錯了？她若有那麼一封休書，再嫁或許能容易一些。以她如今那身段與模樣，別人一看就知道是生過孩子的，她若說自己沒嫁過人，別人是不會相信的，可手裡又沒有休書，她這日子該怎麼過？」

澤生卻不以為然，放下手裡的書，說：「以她那心眼，跑出去後，肯定也會求別人幫忙寫的，再胡亂蓋個手印，誰知道呢！何況她這樣逃得遠遠的，說不定還能過上自由自在的日子，只不過苦了她的孩子，還有可憐的東生，東生現在……唉，芝娘走了，他也感覺不到孤單。」

小茹想了想，覺得也是，芝娘是有些心眼的，不至於會在外面混不下去。

算了，不想她的事了。

「澤生，再過十日，我們就要把店鋪開起來了，而小源八日後要出嫁，我們可有得忙活了。你想好給小源的嫁妝裡添什麼了嗎？」

澤生有些犯難地說：「我已想了一日，實在不知該添上什麼才合適。李家昨日送來了禮錢，爹已經按照一般人家陪嫁的單子去鎮上買了嫁妝，而那些喜盆、嫁衣和嫁鞋早已準備好了，好像不缺什麼。除了給她多湊六十文壓箱錢，再送她一副頭飾可好？我們明日去縣城進貨，為她挑一副好的。」

「好，等小源出嫁那日，我再為她上美美的妝。」

澤生聽了有些好奇。「妳會幫人化妝？」在他眼裡，在臉上描畫那些就是「畫」妝。

「當然會了，你可別小瞧我。」小茹心裡在想，她在前世每日上班之前，可都是要先化好妝再出門的。如今在這裡，那些複雜的工序用不上了，倒也落個清閒。

「那妳平時怎麼從來都不化妝？」澤生笑問。

小茹斜眼瞪他。「村裡那麼多新婦，我就沒見哪個往臉上塗脂抹粉的，都是素面朝天，我可不能特立獨行。」

澤生想像了一下，似有所悟地道：「也是，妳若打扮得太過標緻，到時候妳往鋪子裡一坐，那些來買東西的男人都看得不捨得走了，那可不是什麼好事。」

小茹撲上來直撓他的胳肢窩。「討厭，瞎說什麼呢，你以為誰都像你那麼愛看女人啊！」

澤生癢得直叫喚，還不忘辯白。「我哪有愛看女人，只不過愛看妳而已嘛！」

這日一早，兩人前往未來開鋪子的地點，見方老爹不僅將土屋修整得有模有樣，還砍了一棵大樹為他們做了幾個簡單的擺貨架。為了公平起見，他還要為洛生和瑞娘未出世的孩子做搖床和小轎椅。

雖然方老爹不是木匠，手藝不是很精，但做出來的東西還是不差的，至少結實耐用。兩人看著這些新做的貨架子，喜不勝收。

澤生還親自動手做了個門匾，準備在門匾上刻著鋪子的名字。

「小茹，我們該給鋪子取個什麼名呢？得取個好聽又帶好兆頭的名字！」

小茹在忙著掃地、擦桌子，經他這麼一提醒，才想起還得給鋪子取名的事來。她在腦子裡努力地搜刮著各種店鋪的名稱，實在想不出符合這個年代的名字，隨口說：「叫『方家雜貨鋪』？」

「方家雜貨鋪？」澤生細唸了一遍，再認真地考慮。

小茹見他那認真的模樣，還以為他認同了。沒想到，良久，他才吐出一個字——

「俗！」

她被噎了一下，訕訕笑道：「很俗嗎？那你想一個不俗的。」

澤生似乎胸有成竹，將腰板挺得筆直，手向前一揮，字正腔圓地道：「裕隆美貨居！」

「啊？『裕隆美……美貨居』，還奇貨居呢！」小茹笑得直不起腰來。「我還以為你能想出好的名呢，這個簡直是既拗口又生澀，不行不行！」

澤生被她打擊得有些不自信了，直抓後腦勺。「真的不好？」

小茹直搖頭。「嗯，不好，還不如我說的那個方家雜貨鋪呢！其實不管好不好聽，或有沒有好兆頭，這都是次要的，關鍵得說著順口、聽著舒服。」

澤生只好再想想一些順口好懂的名字，說：「那就叫『方記鋪子』吧！簡潔大方，比妳取的什麼方家雜貨鋪還是要強一些，對吧？」

「方記鋪子？」小茹喜道。「不錯不錯，就用這個好了。」

澤生也不再猶豫了，在門匾上寫下他那一手好看的楷書，然後用鐵鑿刻字。

費了半個下午的工夫，字就刻好了，小茹拿在手裡吹了又吹，再擦了又擦。「嗯，我的相公還是不錯的，會取鋪名，又寫得一手好字，就連刻出來的字都很不一般，雋秀有力，乾淨俐落，入木三分啊！」

澤生將她手裡的門匾接過來放下，笑道：「快別給我戴高帽子了，我們趕緊回家吧！明日是小源的大喜日子，要辦十桌酒席，家裡人都在忙活著挑菜、洗菜，還要去鄰里借碗盆、托盤、桌椅之類的，我們快回去幫幫忙。」

回到家後，正在洗菜的瑞娘見小茹從鋪子裡除灰回來了，起身問道：「茹娘，妳給小源多少壓箱錢，送她什麼禮？」

瑞娘是怕自己送的比小茹少，她這個做大嫂的就會很沒面子。

小茹當然明白瑞娘的意思，直截了當地告訴她。「六十文錢壓箱錢，還有一副頭飾。」

瑞娘聽了有些犯愁了，若說六十文錢，她是送得起的，近日來洛生一直在石頭山幹活，都掙了好幾百文錢。她發愁的是，不知道另外再送些什麼。

「茹娘，妳開鋪子的貨都進來了，我去妳屋裡挑幾樣買來送給小源吧。」

無論她買什麼，小茹都會按本錢給她的。「嗯，妳來我屋裡瞧瞧吧！有好些可以挑的。」

瑞娘進了她的屋，見屋裡擺著琳琅滿目的貨物，看得她都眼花撩亂了，最後她挑了一個染著大紅色的針線笸，再買了幾樣做針線活需要的物件。

「大嫂，妳還挺會選的。小源的嫁妝裡還真缺這些，我差點忘了。」

瑞娘見小茹誇自己會選，心裡高興著呢，付了錢後，再喜孜孜地請洛生拿著東西放到小源的屋裡去了，再跟小源說一聲。

小源知曉大嫂有孕在身，按村裡規矩，懷胎逾三個月的孕婦忌諱喜事相沖，所以大嫂並未親自前來新娘房，不過從大哥手中收到禮，她仍是高興，道了好幾聲謝。

另一邊廂，澤生跑著腿，挨家挨戶借桌椅，當他走進東生家，見東生竟然坐在地上，背靠著牆，兩眼傻傻地看著天。

澤生的眼睛禁不住有些濕潤了，上前將東生從地上扶起，拉了把椅子，扶他坐好。這可是冬天啊，坐在地上很容易著涼生病的。

東生娘正在灶屋裡忙著什麼，見澤生來借桌椅，就叫他自己搬，可又擔心他碰掉了桌上的茶盤，於是就從灶屋裡走出來看，正好瞧見澤生扶起東生。

東生娘知道澤生就要開鋪子了，日子過得紅火著，而她的兒子卻成了傻子，連兒媳婦都跑了，還留下個不到兩歲的女兒，這麼一對比，頓時心裡酸楚起來。本來這些就夠倒楣的了，可就在昨日，南生的未婚妻娘家人竟然派了媒婆來傳話，說他家女兒近日生病了，請來郎中為她看過病，說她是個不孕之身，若可以退親，對方定將所有定親錢財都還回來，理由倒是冠冕堂皇，說是不想讓南生斷後。

東生爹娘又不傻，知道對方嫌她家裡有了個傻子，不願意嫁過來，故意說是得了什麼不孕症。為了想退親，竟然扯出這種晦氣的謊來。

若硬是不同意退親，女方家也是沒辦法的，鬧起來，也是女方家理虧。可東生爹是個氣性大的人，見不得人家瞧不起他的兒子，怕硬要將這樣的兒媳婦娶回來也是個禍事，所以他大清早親自上門，將定親錢財都要了回來，還破口大罵了人家一頓。

東生娘上午還在家痛哭了一回，這時她心裡卻突然起了個念頭。「澤生，我問你件事，你大嫂是不是有六個妹妹？聽說她二妹雪娘許給了良子，那她三妹還沒許人家吧？」

澤生中午也得知了南生親事被退的消息，知道東生娘這話的意思。可他真的不想大嫂的三妹嫁給南生，且不說南生的脾性和東生很像，將來也是會打女人的，而且他家如今境況這麼不好，東生娘又是個不好相處的人。若大嫂的三妹許給南生，往後一有事，兩家就會有扯不清的關係。

澤生連忙答道：「嬸子，大嫂的二妹才剛說親，不可能這麼快就輪到她三妹的。」

東生娘卻不死心。「瑞娘的三妹也該有十三歲了吧？若先訂了親，兩年後再嫁過來，歲數可正好呢，我家南生也才十七歲，差個四歲也算是極為般配的！」

東生娘想到雪娘連瘸子都許了，那她的南生想娶蔣家的三女兒，應該也行吧！哪怕給三畝水稻田，或多給彩禮錢也行，雖然為東生看病和請巫婆花了不少錢，但東生爹和南生從來沒停止去石頭山幹活，長期做工也能存不少錢的。

澤生想要立即打消她這個念頭。「嬸子，大嫂說她的三妹得明年再說親，哪有親姊妹同一年裡說親的。」

「你先在瑞娘面前說說南生的好話，而且我家也願意給水稻田的，說不定……」

東生娘話還沒說完，澤生便搶過話頭。「我還有事去忙，先走了。」

東生娘這兩日已經窩了一肚子的氣，此時又見澤生這般不樂意幫忙，頓時怒了。「澤生，是不是連你也瞧不起我家了，小時候可是東生帶著你和你大哥玩耍的，如今你日子過得好了，兩眼就長到頭頂上去了？瞧不起我家，以後就別踏進我家門檻！」

東生娘說著還氣呼呼地從澤生手裡奪下兩張長凳子，意思是不借了。說不讓澤生踏進她家的門檻，大有與他一家絕交的意思。

兩家雖然鬧過幾次矛盾，但每次鬧過沒多久，兩家照樣還說話來往，平平淡淡地相處。如今東生娘可能是受了刺激，已經沒有人能和她正常說幾句話了。

澤生見東生娘這般，心想，這樣也好，以後兩家不要來往了。

他回頭瞧了一眼東生，深嘆了一口氣，再去別家借桌椅。

等到各樣東西都借齊了後，澤生將東生娘剛才跟他說的事，告訴張氏和瑞娘了。

瑞娘聽了撇嘴道：「她是見我家窮，就以為我妹妹誰都可以嫁了，就憑南生那脾性，想打我妹妹的主意，甭想！」

張氏卻鬆了口氣。「這樣也好，以後兩家不要來往了，凡事都互不相干、不摻和，明日辦酒席，本來因為他家最近遇到的事多，你爹說不想把喜桌擺到他家裡去，還正愁著不知該怎麼說，出了這事，那我們就什麼也不用說了。明日我們自己家擺四桌，剩下的六桌擺到東邊那幾家去，反正都離得近。」

次日上午，小茹一直圍著新嫁娘小源轉，先讓她穿上喜服、喜鞋，再給她挽面、修眉，弄完之後，打來溫熱的水，給她好好敷臉。完成這些步驟，小源看上去就俊俏了許多，皮膚看上去更為嬌嫩，眉眼也顯得秀氣了。

本應由手巧的瑞娘給小源梳新娘髮髻，然而按村內習俗，懷孕超過三個月的孕婦不宜參與喜事，恐會喜事互沖，瑞娘無法前來喜宴，此事便由張氏接手。張氏邊梳髮邊對著女兒一直囑咐個沒完，大都是老生常談，就是到了婆家要守規矩、孝敬公婆、順從相公，反正都是些三從四德的話。

到了午時，喜宴開始了，張氏去廚房幫忙。小茹就幫小源好好化妝。

費了大半個時辰化好妝後，小源拿著銅鏡照了又照，驚喜地道：「二嫂，妳從哪裡學來的，怎麼跟別人的手法不一樣？」

小茹得意地笑了笑。「呃……自己瞎琢磨的，好不好看？」雖然這裡可用於化妝的東西不多，她也會儘量做到不化出個女鬼來。

小源直點頭。「嗯，好看！淡淡的胭脂，就好像是臉上起了淡淡紅暈。嘴巴也沒那麼紅，有的姑娘出嫁時，嘴巴染得跟出了血一般。還有，我的眼睛好像看起來比平時要大，還黑亮黑亮的。」

「待會兒出門時，妳可別哭，否則把眼睛哭花了，我可擔不起責任哦！」小茹囑咐道。

小源笑了笑。「我不哭，反正我嫁的又不是很遠的地方，能經常回娘家，有什麼好哭的。我才不想和別的女子出嫁那般，哭得淚眼汪汪，好像生死離別一般。二嫂，聽說妳出嫁那日，也是沒有哭的，對嗎？」

小茹乾笑著，心裡直嘀咕，她那是剛剛穿越來，被驚著了，哪裡是不想哭啊。

這時張氏進來了，見小源經過這麼打扮一番，確實好看，妝容淡淡的，就像天生麗質一般，比別人家的女兒出嫁濃妝豔抹還強了許多。

女兒出嫁時如此標緻，做娘的當然高興，可想起小源就要離開娘家，去過她自己的日子了，不免有些傷感，抹起眼淚來。

小源是個清冷性子，哪怕心裡傷感也不表現出來。她見張氏哭，便道：「娘，我都跟二嫂說了，我今日不會哭的，妳就別在這裡惹我哭了。」

「妳這孩子，怎這麼沒心沒肺的呢！好好好，我不哭了，我出去還不成。」張氏只好出去抹淚了。

緊接著，小源的嫁妝都被抬到院子裡。鄰人個個都誇小源的嫁妝夠臉面，什麼都備齊，還都是最時興的樣式。

他們不知道的是，除了瑞娘和小茹給她備了一百二十文壓箱錢，方老爹還將這幾日來在石頭山掙的二百多文錢都給小源備上了。

小源有了這套嫁妝及這筆還算過得去的壓箱錢，去了婆家肯定得臉。

新郎一到，小茹為小源蓋上紅蓋頭，然後再由事先請來的兩位牽娘將新娘扶上喜轎。

小源就這麼熱熱鬧鬧地嫁出去了。

新婚的第三日，小源回門之際，也正逢「方記鋪子」開張的大喜日子。

這一日大清早，澤生就將門匾端端正正地掛上。買進的貨物，昨晚他們就已經全搬進鋪子裡來了，並按類擺放得整整齊齊，一目了然。

澤生與小茹滿意地看了看鋪子裡的陳設，然後一起在門外放著響亮的炮竹。炮竹一響，幾乎所有的村民們都來這裡湊熱鬧，也算是捧個場吧。

「方記鋪子」頓時被村民們擠個水泄不通，嘰嘰喳喳，熱鬧極了。當然，東生一家是沒有人來的。

村民們都圍著幾個架子上的貨物瞧新鮮，好多物件及吃食是他們沒見過的。當然，小茹的招牌多味花生也擺在其中。

她這次進貨也大膽了些，進了好些平時少見的東西，為的就是吸引大家的目光，太過平常的東西當然也得有，但若只有平常的東西，吸引力就不夠，長久下去，村民們就會覺得乏味。

所以，小茹進了好些新鮮的東西。她打算以後也得時常進一些新品，只有保持大家持久的新鮮感，滿足他們的好奇心，買賣才能長久做下去。沒想到村民們還真買帳，很識貨，很多人都大掏腰包，買了好些東西才回去，還都歡喜得很。

沒過多久，李三郎和小源回門來了。他們先回家見過爹娘後，就來鋪子裡湊熱鬧、瞧新鮮。

「二嫂，這一早上，妳是不是已經賣了不少東西了？」小源笑問。

「嗯，還不錯啦！」小茹瞧著小源氣色可不是一般的好，羞紅加潮紅，臉上似乎寫著滿滿的幸福，看來李三郎對她不錯，而且……他們倆肯定在新婚洞房夜就圓了房。

畢竟他們先前見過一面，兩人算是熟悉了一點，至於在這段期間，他們倆到底有沒有再偷偷見面，就不得而知了。

小茹笑咪咪地拉著小源到一邊，打趣問道：「前夜李三郎說妳好看不好看？」

小源點點頭，羞道：「他說我是他見過最好看的新娘，沒有像別的女子那般俗氣。」

小茹就自己腦補了一下，當是她給小源化了個極自然的妝，所以李三郎才有了這番評價。

見小源那般羞澀的模樣，小茹就想打趣她一下，附耳小聲地道：「我的小姑子，這兩夜肯定不純潔了哦！」

「哎呀，二嫂，妳壞死了！我不跟妳說了！」小源羞得面紅耳赤，她跑到澤生面前。

「二哥，你可得好好管管二嫂，淨拿我說笑。」

「哦？妳二嫂笑妳什麼了？」澤生一直與李三郎在聊著鋪子的事，並不知道她們倆在一旁說些什麼。

小源哪裡說得出口，直跺腳。「沒什麼啦，三郎，我們到爹娘那裡去吧，還得給好幾家隨禮呢。」

小茹看著他們小倆口出門後，不禁笑道：「澤生，你瞧小源，三郎、三郎的叫得多親熱，我才說一句，就跟我急了。」

澤生也瞧出小源的變化來，高興地道：「我瞧著小源才嫁過去第三日，人就變了不少，可比在自家愛說話了。看來，她對李三郎挺滿意，與公婆妯娌相處得應該也算和睦。」

才說到這裡，澤生就從門口瞧見小茹的娘家人也來了。除了何老爹不好意思到親家來，王氏和林生、小芸都來了。

他們這次來，除了瞧新鮮，還備了一份薄禮，畢竟是自己的女兒開鋪子，作為娘家人，肯定是要走這個過場的。

寒暄一番後，王氏把小茹拉到一邊，神神秘秘地說，自己帶來了一份特殊的禮，等避開澤生才能拿出來。

小茹被娘親弄得有些迷糊，有什麼事還得要避開澤生？聽起來好像不是什麼好事呢！

這樣熱熱鬧鬧了好一上午，大家都有些餓了。

澤生留在鋪子裡，小茹帶著娘家人回家做飯去了。她做飯時，王氏和小芸都幫著忙，三人一起閒話家常，氣氛暖融融的。

這時小茹想起娘剛才在鋪子裡偷偷跟她說的話，於是問了起來。「娘，妳剛才在鋪子裡說有什麼特殊的禮，還得避開澤生？我和他可是什麼事都說，從不相瞞的。」

王氏見小芸在，這些話不好說，便有意支開。「小芸，去院子裡玩，我和妳姊有事要說。」

小芸雖然好奇，可娘不讓她聽，只好嘟著嘴出去了。

這時，王氏才神秘兮兮地從自己舊棉衣裡掏出十個小包來，一看就是藥包。

「小茹，妳可得趕緊將這些喝了，一日煎一小包，分三頓喝。」

小茹懵了，納悶地道：「娘，這是什麼藥？我又沒病，好好的喝什麼藥？」

「妳這孩子，我瞧著妳比以前機靈了，沒想到還是糊塗得很！妳說妳嫁過來多久了，也三、四個月了吧？肚子還一點動靜都沒有。這是催子藥，妳得趕緊喝，我和妳爹這些日子可為妳這事著急呢！」

小茹聽了目瞪口呆，良久才道：「才三、四個月，有什麼好急的，我家大嫂可是成親兩年多才懷上的呢！」

「那妳公婆還不是急得跟什麼似的，妳以為我不知道。我們隔壁家的芳娘，她可比妳晚出嫁一個月，人家如今都懷上了，已經兩個多月了！」

小茹有些受不了娘親，但又得耐心地跟她說：「這藥哪裡有什麼用處？我家大嫂可是喝了一年多都沒反應。」

王氏卻哼了一聲，問：「那她現在怎麼就有身子了？」

小茹急道：「那是因為她停了兩個月的藥，才懷上的。」

「那也是因為她以前喝多了藥，將身子養好了，所以才能懷上，否則怎麼成親那麼久都沒動靜，偏偏等喝了那麼些藥後，就懷上了呢？」王氏對催子藥的效果堅信不疑。

小茹無奈，只好勉強地收了下來。「好，我聽妳的，一定喝總行了吧！」

她心裡在想，反正喝不喝，娘又不知道。何況，她根本就不想這麼早要孩子。

王氏見小茹終於答應了，臉上才有了笑容，然後又絮絮叨叨地說：「這事妳可千萬別跟澤生說，就說這些藥是我帶來給妳補身子的。」

小茹不解。「這又是為什麼？」

「本來澤生還沒往這方面想，若知道妳喝的是催子藥，不正好提醒了他想起妳還沒能懷上孩子的事嗎？若他以為妳可能會是不孕的身子，還能對妳這麼好？」王氏揣測道。

小茹不由得好笑起來。「娘，妳想到哪裡去了，澤生怎麼可能是這樣的人。」

王氏撇嘴道：「世間的男人都差不多，澤生就能脫得了凡胎？他現在對妳好，是因為妳長得好看又能幹，等妳真有什麼事了，誰知道他還會不會一直對妳好。」

好吧！小茹不再說什麼了，娘說是什麼就是什麼吧。她自己心裡有數就行，知道澤生是真心對她好的人，雖然他也是凡胎，脫不了人間世俗，但也不至於像娘說的那般庸俗。

吃過午飯後，王氏帶著林生和小芸，與親家打過招呼後就走了。她走時還不忘將喝催子藥的事又對小茹重重囑咐一遍，小茹只需點頭，再「嗯嗯嗯」的答應就是了。

送走了娘家人，小茹快步來到鋪子裡。

「澤生，飯菜我放在鍋裡熱著呢，你趕緊回去吃吧。」

「剛才又有好幾個人來買東西了，帳我都記在冊子上了。」澤生高興地放下帳冊，回去吃飯去了。

小茹拿起帳冊瞧了瞧。不錯不錯，才半日工夫，已經賣出快二百文錢來。

她喜孜孜地放下帳冊，隨手拿起手邊縫了一半的棉衣來做。她跟著瑞娘學了三夜，感覺自己差不多已經會了，就想趁著看鋪子的空閒時，趕緊將棉襖做出來。

可是，穿針引線了一會兒，她直泛起一陣噁心，而且頭還暈沈沈的，身子也乏，很想睡覺，可能是今兒個上午忙累了吧！

才想到這裡，她忽然一驚，趕緊數手指算著日子。不對呀！這個月的月事怎麼還沒來，前幾個月來月事的日子都很準時，怎麼這次晚了十多日還沒來？最近忙著掙錢、忙著開鋪子，月事沒按時來，她都忘了！

她大膽地猜測，難道……不會吧，娘才剛說到此事，她的身子就有了？

澤生吃過午飯，就來到鋪子裡。他一進來，就見小茹一手拿著棉襖，一手舉著針線停在半空中，兩眼茫然地看著前面貨架子上的一幅掛畫，畫上是一對胖乎乎的娃娃！

咦？澤生好生納悶，小茹剛才不是還好好的嘛！他才吃頓飯回來，她怎麼就發起怔來了？而且臉色似凝重又似迷茫，看不出她到底是喜是憂。

澤生正要走過來問個明白，這會兒又來了幾位顧客，還都是從鄰村趕來的。看來，他們的方記鋪子還挺有影響力的，才過了半日，鄰村的人就慕名而來。

待這些顧客用好奇的眼光將整個鋪子環視了一番後，再買好各自要的東西，才一步三回頭地走出了鋪子。

客人走後，澤生來到小茹的面前，擋住她看胖娃娃的目光，然後蹲了下來，將手搭在她的雙膝上，調皮地笑問：「哎喲，我的小娘子這是怎麼啦，對著娃娃看個沒完？」

小茹剛才看著胖娃娃，現在再看著眼前賞心悅目的澤生，想到自己若生下她和澤生的孩子，然後看著孩子慢慢長大，最後越長越像他，這倒也挺有意思的。

可是，她真覺得他們的二人世界還沒有過夠。他們的新生活才剛開始，若真的是懷了孩子，而不是身子出了點小問題，那以後要操心的事可就多了。

澤生被她這麼緊盯著瞧，都有些不好意思了。「想什麼心事呢，說出來給我聽聽嘛！」

小茹終於移開凝望的目光。她低下頭，拿著縫衣針往棉襖上縫了一下，慢悠悠地道：「不知你聽後是高興還是不高興。算了，我還是不說了吧！」

「當然是高興啦，最近我們家可沒有不高興的事。」澤生笑意綿綿，眉眼彎彎，心情好著。

小茹突然抬頭，趁他臉上的笑意還沒收回，語速極快地說：「我可能懷孕了！」然後她緊盯著他的臉，看他作何反應。

澤生臉上的笑意定住了，仍然是眉眼彎彎，嘴角輕揚。儘管小茹語速極快，他還是聽清楚了。

懷孕了？懷孕了！

保持這個表情，定了好一會兒，澤生臉上的肌肉也累了，神情由笑意綿綿轉為新奇，不可置信地問：「妳是說……」

澤生伸手摸了摸她的肚子。「妳這裡有……孩子了？」

小茹拍開他的手。「摸什麼摸，這哪能摸出來，我也只是猜測，我的月事都遲了十幾日還沒來，剛才還噁心犯睏來著，和大嫂剛懷孕那會兒症狀很像。」

澤生就像遇到了此生從未見過的新鮮事一般，手足無措、語無倫次地說：「這……這好像是喜事啊！」

小茹拍打一下他的腦袋。「快說，你是高興，還是不高興？」

澤生不會違心地裝作多麼欣喜若狂，好讓她見了高興。他只是毫無隱瞞將自己此時的感覺說了出來。「吃驚和好奇大於高興，還有……」還有他自己也難以言明的不可思議。

小茹噘著嘴，瞋視著他。「你……我不理你了！」

澤生卻笑著捏了捏她的小臉，跑開了。

「你去哪裡？」小茹朝他嚷道。

「找老郎中來給妳把把脈！」澤生飛快地跑出門去。

# 第十三章

澤生一路上懷著異樣的心情跑著。他就要當爹了嗎？他從來沒想過自己當爹會是什麼樣子，當爹會不會很難？

為了證實自己到底是不是要當爹了，他一路飛奔而去。到了方家村裡的老郎中家，他氣喘吁吁地向老郎中說了個大概。

老郎中見他這般著急地跑來，還以為出了什麼大事，也跟著他緊張起來，當聽清他只不過是要請自己去給他娘子把個脈，看是不是真的懷有身子，老郎中長吁一口氣，嘆道：「女子懷孕是正常不過的事情了，你有至於這麼驚慌嗎？」

澤生不好意思地跟著賠笑，道：「那個……您現在就可以走了嗎？」

老郎中知道澤生這是在催他。「好，這就走，瞧你急的。」

老郎中畢竟年紀大了，走路緩慢，澤生跟在他身邊走著，簡直要急死了，這慢騰騰的得走到什麼時候啊！雖然才一刻鐘的時間，澤生像走好幾個時辰了，心裡急得不行，可還得裝作很淡定地走在老郎中身邊，真是煎熬啊。

澤生好不容易陪著老郎中一起挪步到鋪子裡，老郎中還要先仔細瞧瞧鋪子，問這個是什麼、那個好吃否、多少錢一斤。

小茹見澤生在他身後急得汗都出來了，忍不住想笑。平時沒發覺他是個急性子，怎今日急成這樣了。

老郎中終於過足了眼癮，坐了下來，準備把脈。澤生趕緊搬張椅子坐在旁邊聚精會神地瞧著，比老郎中把脈還要認真十倍。

老郎中摸著小茹的腕脈靜心聽著，才過一會兒，他心裡便有數了。他似乎故意要逗一下澤生，對著澤生笑而不語。

澤生見他半晌都不吱聲，當真是要急死人，再也按捺不住了，催道：「您老別故弄玄虛了，快告訴我吧！」

小茹在旁笑道：「瞧你急的，若真是要當爹了，你哪裡像個當爹的樣？」

澤生羞得滿臉通紅，他也知道自己確實不夠沈穩，可是……他真的好想知道啊。

老郎中終於開口了。「恭喜恭喜，澤生，茹娘有一個多月身孕了，你是真的要當爹了。男子都有當爹的那一日，你又不是世上頭一個當爹的人，看你急的，比女人生孩子前那一刻還要著急。」

澤生一下從椅子上跳了下來，驚道：「真的？這是真的？」

小茹瞪著他。「你這是驚還是喜？」

澤生笑著回道：「又驚又喜！」

他說的是真心話，一開始是既新奇又興奮，而此時，他已經有了足夠的心理準備，老郎中也說他是真的要當爹了，小茹就是他孩子的娘，怎麼能不高興呢！

「你們還真是好事連連，才剛新開張鋪子，這下又有喜了。」老郎中按照慣例，給人把過喜脈後，都要開個溫補的方子，而且還讓人去他家裡買藥。

澤生趕緊從貨架子上拿出好些吃食放進老郎中的箱子裡，嘴裡直道謝。「晚上我就去你家買藥。」

「嗯，不急。」老郎中笑著出門了。

老郎中走後，澤生就在屋子裡轉來轉去，一會兒凝神想著什麼，一會兒傻笑，一會兒又跑到小茹面前直盯著她的肚子，反正他是一下也坐不住。

剛才澤生還跑到她面前，問：「小茹，我真的要當爹了嗎？」

小茹笑著橫了他一眼，道：「假的！」

這下他又跑來興奮地問：「小茹，妳能感覺到孩子動嗎？」

小茹簡直受不了他了，將手裡的棉襖放下，道：「我才剛有孕，孩子估計也就……」她伸手比劃了一下。「也就豆子這麼大吧！哪怕他真的會動，我也感覺不出來呀！」

「哦，也是、也是。」澤生點頭稱是，然後又在屋子裡踱步。

小茹接著低頭做棉襖，時不時抬頭看看他那般不鎮定的模樣。「你能不能坐下來休息一下，不停地在我面前晃啊晃，我頭都被你晃暈了！不就是要當爹嘛，有那麼緊張嗎？」

澤生只好拉把椅子坐在她身邊，辯解道：「這可是我人生第一次要當爹，能不緊張嗎？」

「你是第一次要當爹，我還是第一次要當娘呢！」小茹反駁道。

這會兒有人來買東西了，是鄒寡婦，她一來便道：「澤生，我想買一斤白糖，有嗎？」

「有。」澤生起了身，拿出一包白麵準備秤。

鄒寡婦見了趕緊攔住。「澤生，你是不是今日開鋪子高興得糊塗了，我說要買一斤白糖，你秤白麵做什麼？」

澤生大拍腦門。「瞧我這腦子，想事情去了。」

「想什麼好事呢？」鄒寡婦隨口問道。

「我娘子懷有身孕啦！」澤生興奮地道。

「哎喲，這確實是好事！」

鄒寡婦拿著白糖才出門，小源和李三郎又來了，眼見著時辰不早了，兩人要返家，便順路進來打聲招呼。只要離娘家路途不遠，回過門後都是要當日回去的。

澤生一見他們進來，就道：「三郎、小源，你二嫂有喜了！」

小茹無語了。這個澤生見人就說，那張嘴什麼時候成大喇叭了？

小源聽了也很高興。「二嫂，那妳和大嫂豈不是明年都要生孩子了？爹娘知道了肯定高興。」

小源和李三郎走了後，又來了幾位顧客，忙完這些，天色已有些昏暗，鋪子該打烊了。

澤生鎖好店鋪，然後扶著小茹往回家的路上走。

小茹掙出胳膊。「我自己又不是不會走路，還要你扶什麼，讓別人見了，還以為我嬌貴得要當娘娘了呢。」

「娘娘倒是當不了，可是妳要當娘啊，扶著穩當一些嘛！」澤生執意要扶著她。

「你當我是豆腐做的呀，走路也走不穩？大嫂懷孕，走路照樣飛快，她還跑哩！」

澤生只好放開她，見她走得著實穩當得很，才覺得是自己太緊張了。

從鋪子到自家，中間也就隔十幾戶人家，一會兒工夫他們便到家門口了。

一進院子，澤生見張氏在柴堆抽著柴火，便嚷道：「娘，小茹有喜了！」

小茹心裡直嘆，大喇叭又開始了！

張氏聽了一驚，扔下手裡的柴火，雙手在身上隨便揩了揩，來到他們的面前。「澤生，你剛才說什麼？是說茹娘有喜了，懷了身子？」

澤生笑著直點頭。小茹有點害羞，微紅著臉。

張氏對著小茹的身形上下左右、仔仔細細地瞧了一個遍，見她仍然是纖纖細柳的模樣，有些疑惑地問：「真的嗎？可別是弄錯了。」

「娘，怎麼可能弄錯，老郎中都給小茹把脈了！」澤生笑道，他這一下午，都不知笑多少回了。

張氏這才相信了，喜上眉梢地道：「以前我和你爹盼著你大嫂懷孕，盼得睡不著覺，整整盼了兩年多！沒想到瑞娘才懷三個多月，接著茹娘又有了，我們家近日裡是不是被觀音菩薩庇佑著？」

這時瑞娘拎著菜籃子回來了，見張氏和澤生都笑得那麼開心，便湊了上來。「娘、二弟，你們在高興什麼？」

張氏樂得合不攏嘴，喜道：「瑞娘，茹娘也有喜了，明年妳們前後輪著生孩子呢！」

瑞娘聽了一驚，心裡頓時湧上一股說不出來的感覺。見他們都那麼高興，她當然也得配合著點。「二弟、茹娘，恭喜你們了。對了，茹娘，妳的身子有多久了？」

小茹還沒來得及說，澤生就笑著替她回答了。「一個多月了！」

瑞娘在心裡算了一下，自己才懷三個多月，茹娘就有一個多月了，那明年她就只比自己晚兩個月生，這日子靠得也太近了吧！公婆這幾個月來對自己可熱絡著，這下好了，一下子又轉到茹娘身上去了，自己難道又要受冷落？

瑞娘羨慕地道：「茹娘可比我有福氣，一點兒也沒為懷孩子的事操心，這一下子就懷上了。」

張氏和小茹都從她羨慕的口氣裡聽出了一絲酸味。

張氏裝作不知，而小茹為了讓瑞娘心裡痛快一些，便道：「我哪有大嫂有福氣，妳的孩子可是當大的，我的只能當小啦！」

瑞娘聽了心裡確實舒服了些。「那是，大兩個月也是大。」

緊接著方老爹和洛生從石頭山幹活回來了。他們的腿才邁進來，張氏就迎了上去，將小茹有孕的事告訴了他們。

方老爹笑得鬍子直顫，大讚：「好、好！明年我們家要添兩個孫子了！」

瑞娘和小茹聽了不由得互相對望了一下，兩個孫子？公爹這是希望她們倆都生男娃啊！

瑞娘頓時有些緊張起來，若自己生的是女娃，而小茹生的是男娃，以後公婆肯定會偏心，不喜歡她也就算了，連帶著也不喜歡她的孩子。要是小茹生的是女娃，她生的是男娃，那就千好萬好了，她在公婆面前就能揚眉吐氣了。

小茹則心想，公婆雖然逃脫不了重男輕女這種根深柢固的觀念，但應該也不會表現得很明顯，從他們平時怎麼對待小源和小清就可以看出來。哪怕自己生的是女娃，公婆應該也不至於很嫌棄吧！反正這裡沒有計劃生育，她已經打算好要生兩個孩子的，想要做到兒女雙全，應該不算很難。

道完喜後，各自都回屋做晚飯去。

當小茹準備洗菜，澤生趕緊搶過菜籃子。「妳有身子了，可不能沾涼水，妳不記得了嗎？以前每次來月事肚子就疼，我問過老郎中，他說妳宮寒，少沾涼水。如今妳都有身子了，就更不能沾涼。等會兒我再給妳熬紅糖水喝，還要燒水給妳泡腳。吃過飯後，我還要去老郎中家買溫補的藥呢。」

「瞧你，等會兒娘和大嫂瞧見了，還不知該怎麼看我呢！我只是懷孕了，不是要當太皇太后了，哪能什麼都需要你伺候。」小茹從他手裡奪下菜籃子，堅持要去洗。

澤生卻把她攔在屋裡。「不讓她們瞧見就是了。哪能因為怕被人說就不顧自己身子了。」

澤生趕緊去井邊打水來，提進屋裡，關上門，他邊洗著菜邊說：「不信妳伸手碰一碰，水都涼得刺骨了，妳可千萬不要逞能，如今已入冬，又不是夏季。」

小茹碰了碰，確實有些刺骨。「可是……碰涼水根本避免不了的，我還要洗衣服呢，總不能讓你躲在屋裡洗吧？」

澤生想了想，道：「燒熱水洗。」

「娘見了肯定會說，嘖……這樣洗衣多費水、費柴啊！」小茹學著張氏誇張的口氣說道，每次張氏見她浪費都是心疼得直咂嘴。

澤生忍不住笑。「妳學得倒挺像！別擔心，現在妳有身孕了，娘高興著，哪怕她心裡會那麼想，也不會像平時那麼口無遮攔地說出來了，妳就權當不知道，不就行了？」

「好吧，裝聾作啞。」小茹笑著接過他已經洗好的菜，來到灶上切菜炒菜。

他們倆正忙活著呢，張氏端著個碗進來了。

「來，茹娘，將這兩顆雞蛋吃了！」張氏笑盈盈地將碗遞在小茹手上。

小茹心裡不由得笑起來，婆婆對兒媳婦示好就是煮雞蛋啊！上次得知瑞娘懷孕，她就是立刻煮了兩顆雞蛋。

張氏催著小茹先吃蛋，否則涼了就不好吃了。

小茹聽話地吃了起來，邊吃邊問：「娘，家裡不是沒有雞蛋了嗎？這是從哪裡來的？」

「小源婆家送來了三十個雞蛋，我給他們回了二十個，留了十個呢！等會兒我再給妳熬紅糖喝。」

澤生接過話頭。「娘，不用了，等會兒我給小茹熬紅糖，妳就別忙活了。」

張氏想了想，道：「你熬也行，吃完飯後就開始熬，可別忘記了，至少得接連喝上十日，記住了嗎？」

澤生聽了直點頭。「嗯，都記住了。」

小茹真不想喝紅糖啊，這已經吃兩顆蛋了，等會兒還要吃晚飯，哪裡還能喝得下什麼紅糖水。

待張氏一出門，小茹就對澤生軟硬兼施，今晚堅決不喝紅糖。

澤生只好聽她的，也怕她撐壞了，便道：「那好吧，不喝就不喝。等我從老郎中那裡拿來溫補的藥，那些可得按時喝。」

小茹聽了心裡直叫苦，她不想喝藥啊，從小到大最怕的就是喝中藥了，那種苦味簡直讓她顫慄，還不如喝紅糖呢。

吃過晚飯後，澤生買來了溫補的藥。小茹對他又哄又親，而澤生對她的溫柔攻勢實在沒有什麼抵抗力，最終妥協了，答應讓她從明日開始喝，今晚就算了！

燒好熱水，讓小茹泡過腳後，澤生就抱著她上床了。可能是剛才被她的溫柔給撥弄得有些蕩漾，兩人才躺了下來，澤生便一下側身過來，將小茹的嘴封住，吮著她的唇瓣。

他心裡還是有數的，不敢像以往一般壓在她身上，只是側身摟著她親。

小茹一把勾住他的脖子，激情地回應著他。兩人纏吻了好一會兒，彼此渾身的慾望慢慢升騰了起來。

澤生忍不住吻向她的耳根，再重重喘著氣息吻向她的脖頸，好一番輕咬細吮，而他的手已伸進她的裡衣，揉捏著那對滑嫩的酥胸了。

如此下去，他再也煎熬不住了，伸手解開她的衣扣，不消片刻，兩人赤身露體地摟抱在一起，炙熱肌膚的接觸，渾身的血液在狂熱奔騰著，就在他們要彼此結合時，澤生突然腦袋一嗡，身子也及時停住了。

他突然懸崖勒馬，讓正在急切等待著他進入的小茹有些意興闌珊，她支支吾吾地問：「你……怎麼了？」

「妳都有身子了，我們這樣肯定是不行的，對孩子不好。」澤生平躺下來，快速將情慾的氣息全都呼了出來，好讓自己身體冷卻下來。

小茹如同被澆了一盆涼水，渾身的熱血頓時涼了。是啊，她都懷孕了，想做這事可不能全憑自己的熱情，否則孩子要在肚子裡抗議了！

澤生摟著她的腰身，戀戀不捨地道：「小茹，懷孕得九個多月，那我們是不是在這九個多月裡都不能……」他想想都覺得苦啊。

「好像是說懷孕初期不行，沒說一直不行的。」小茹在前世聽說過懷孕初期不能行房事，可是不知道這初期到底是指從什麼時候開始。由於未婚，她對此事從來沒有關注過，哪怕聽周邊的同事說起，她也沒認真聽，現在不免後悔怎麼就沒多問一句。

澤生聽她說只是初期不行，渾身又有了勁頭。「那我明日去問問老郎中，到底……」突然他又不往下說了。

小茹明白了，笑道：「問不出口吧，怕老郎中笑你個大色鬼。」

「我……拐彎抹角地問。」澤生又湊上來吻她的身子。

小茹直閃躲。「我們快穿衣吧，這樣真讓人受不了。」

澤生摟著她不放。「不穿！」

於是兩人裸著身子沒穿裡衣，就那麼摟著睡一晚上。他們還算有自制力，總算沒做出不該做的事情來。

次日一早，澤生先起床，輕輕地掖好被子，把小茹裸露的肩頭蓋嚴實了，然後躡手躡腳地做早飯，不管做什麼都是輕拿輕放，連撥弄柴火都不敢用力，生怕把小茹吵醒了，孕婦可得睡足覺才行。

飯做到一半時，小茹醒了。澤生立刻跑了過來。「妳多睡會兒，妳要是沒歇息好，孩子也會跟著累的。」

小茹舒服地伸個懶腰，嘟嘴說道：「嗯？我還以為你是心疼我呢，原來是心疼孩子啊！」

「瞧妳，不會是吃孩子的醋吧？」澤生湊過來狠狠親一下她的額頭。「當然是連妳和孩子一起心疼了，怕妳累著，也擔心孩子累著嘛。」

小茹起了身，一邊穿衣裳一邊笑道：「孩子才在我肚子裡長起來，那麼一丁點兒大的，哪知道什麼叫累啊。」

澤生見小茹已穿好衣服要下床，便將她的鞋並齊放在她的腳跟前，嘴裡說著：「妳可別小瞧他，妳以為孩子在娘胎裡什麼都不知道？若他什麼都不知道，為什麼所有的孩子一出世就知道要吃奶，還會哭、會笑？這都是在娘胎裡就學好了的。」

小茹有些吃驚地看了看澤生，他還懂得胎教？

澤生越說越帶勁。「以後妳每次睡覺前，我都要隔著妳的肚皮對他說幾句話，再給他講故事，等他出世後，肯定早早就能聽懂我們的話了。」

小茹輕笑了一聲。「瞧你，越說越玄乎了，我可從來沒聽說經過胎教的孩子就真的能早懂人話。」

澤生十分好奇，挑眉問道：「妳也知道胎教？我也只是在一本書裡見過，裡面就有這樣的記載：『立而不跛，坐而不差，笑而不喧，獨處不倨，雖怒不罵，胎教之謂也。』」

小茹頓悟，原來古代早就有胎教了，不是澤生先知先覺的呀！

她嘻嘻地笑了笑。「我當然知道了，孩子還在娘胎裡，你就要開始教他這個、教他那個，這不就叫胎教叫什麼？」

澤生忍俊不禁。「沒錯，估計這個詞的由頭也就是這樣得來的。」

做好早飯，兩人面對面吃著。小茹突然發問：「咦？我怎麼沒有晨吐，胃口還大大的好，這兩日也就偶爾噁心那麼一會兒。我記得大嫂那段時日，可吐得厲害著。」

「因人而異嘛，妳這樣豈不是更好？自己不遭罪，孩子在妳肚子裡也能跟著享享福。」

澤生開心地道。

「嘿嘿，孩子跟著我可享福了，好吃好喝地伺候著，到了晚上還能聽他爹跟他隔著肚皮說話。」

小茹大口吃著地瓜粥和煎雞蛋，吃得正香時，忽然，她放下碗筷，有些害怕地問：「澤生，我吃幾碗了？」

澤生回憶了一下她剛才添碗的次數，伸出三根手指，道：「妳這是第三碗！」

「啊？可是……你才吃兩碗！」小茹盯著澤生吃空的碗看了看。「那你還要不要吃了？」

澤生摸著自己的肚子，連忙搖頭。「我已經吃飽了。妳若吃得下，就把妳這第三碗吃完。」

小茹驚呼：「不行不行！照這麼吃下去，我得吃成豬了，我可不要變胖，更不要成胖豬……」

澤生有些不解，道：「豐腴圓潤一些不正好嗎？妳身子消瘦，平日裡我就讓妳多吃些，將身子養得壯一些，這樣才好生孩子嘛！」

小茹手撐腦袋作暈眩狀。「相公啊，就怕這麼吃下去，不只是豐腴圓潤一些，而是變胖變肥呀，多不好看。就像……就像明生娘一樣，大肥臉、大肚腩、大粗腿，走起路來樣子蹣跚，你要是跟她並排走路，搞不好她能將你擠到路邊溝裡去！」

澤生想想明生娘那模樣，再想像能將人擠到溝裡去的那場景，不禁發笑道：「哪有那麼誇張，妳再怎麼吃，都不可能長成她那樣子的。」

小茹仍苦著臉道：「你怎麼就知道我不會變成她那樣，女人一旦懷孕，身子會變成什麼樣，根本不是自己能預知的！你瞧大嫂，我感覺她的身子可比以前寬了不少，臉也變得圓乎乎的了，沒懷孕之前好看了。」

「大嫂都懷孕三個多月了，身子當然不能和以前一樣了，否則孩子長哪兒去？妳都要當娘了，還擔心這些做什麼？好不好看都是我的娘子，我喜歡就行了。哪怕妳長成明生娘那般，我也不會嫌棄妳的。」

澤生把小茹那剩下的半碗推到她跟前，催道：「快把這碗吃完，要吃得飽飽的才好。」

小茹確實感覺自己還想再吃，既然他撂下話了，意思是自己再胖也不會嫌棄，她還是拿起筷子吃了起來，邊吃邊說：「這可是你說的，再胖也不會嫌棄的，若我真變胖了，你敢多說一句我變醜了的話，我可跟你沒完！」
澤生呵呵笑著，滿足地看著小茹吃。「妳放心，我只會說妳越來越好看！」
小茹這下敞開肚皮吃了。當她吃完第三碗，終於覺得肚子飽飽的了，她又開始想起鋪子裡的事來。
「澤生，再過八日就要過大年了，我們鋪子裡的那點貨估計今日就要賣完了，明日我們一起去縣城進貨吧。」
澤生將碗筷收拾到灶臺上，細細地洗著，略思忖了一下，道：「我一個人去就行了，妳現在是有身子的人，可不能坐那麼久的牛車，太顛簸了。」
小茹猶豫起來。「這點顛簸應該能受得住吧？」
「凡事都要小心為好，若真的出個意外，我們豈不是要後悔一輩子？反正要進什麼貨我心裡都有數，晚上我們先列好單子，明日我照著單子買就是。妳只要在鋪子裡待著就好了。」
這時院子裡響起了豬叫聲，方老爹正在豬圈裡捆豬呢。澤生這才想起家裡今日要殺豬。因為快要過年，石頭山昨日就停工了。方老爹想趕緊將家裡的豬殺了，越到後幾日就會越忙，他怕忙不過來。
澤生趕緊出來幫忙，只見洛生也捲好衣袖，跳進豬圈。他們父子三人齊心協力將大豬捆了起來，再抬出豬圈。

張氏在院子裡擺好了一個大大的木盆，倒上滾開的水，擺好幾張長凳。她見瑞娘和小茹都在旁邊瞧著，喜氣地道：「妳們兩家的豬都太小，得到明年才能殺，等會兒我給妳們每家分十五斤肉過年！」

瑞娘聽說有十五斤肉可分，興奮得兩眼直冒光。「娘，妳說要分給我們十五斤豬肉過年？」她有些不太相信。

「嗯，十五斤，不會嫌少吧？」張氏笑問。

「不嫌少，不嫌少！分這麼多，那我們還可以做一些臘肉了！」瑞娘一想到臘肉，又饞得不行，臘肉炒大蒜，可是她十分惦記的美味呢。

以前她在娘家，每年過年家裡頂多備七、八斤肉。哪怕家裡有養大的豬要殺，也都是賣給別人，她的爹娘根本不捨得多留些豬肉自家吃，何況家裡人口多，吃到每人的嘴裡，實在沒有多少。

瑞娘嫁給洛生後，頭一年家裡的豬在過年前突然被賊偷了，當晚被偷時，他們一家人可是一丁點兒動靜都沒聽到，大家都說賊給豬下了蒙汗藥。第二年張氏又買了頭小豬崽，養到現在終於養大了。她嫁過來兩年多，才頭一回見家裡殺豬。

小茹見瑞娘高興成那樣，就知道這十五斤肉對她來說，是很多了。小茹心裡沒什麼概念，想來十五斤肉應該足夠過年吃的了，她和澤生才兩個人，根本吃不了多少。

這時屠夫拎著刀進了院子，他見豬也捆好了，開水也備上了，爽快地道：「都準備齊了，那就開始吧！」

他的聲音洪亮如鐘，一聽上去就知道是塊殺豬的料。

每年過年，會有許多人家要殺豬，屠夫可忙活了，一日得殺好幾頭，所以家家都是早早準備好了。屠夫來殺豬並沒有半文錢可得，而是每家給他二、三斤肉，算工本費。這樣下來，每年過年，他家都有好幾十斤肉，從過年吃到春季末，一家人都吃得肥頭大耳的。

哪家在哪一日殺豬，村裡的人都是清楚的，有時候連幾個鄰村都知道的。因為有些人家的豬還沒養大，就要打聽點，好趁哪家殺了豬，買個十幾斤。昨日裡，就有好些人家跑來跟方老爹說要哪一個部位的豬肉，給他們留著，怕第二日人多，將他們想要的那塊給買走了。

澤生見小茹的臉色有些異樣，知道她見了這場面害怕，特別是屠夫那大刀一晃，怪嚇人的，便道：「小茹，時辰不早了，我們去鋪子裡吧！」

於是兩人走出院子，待他們到了鋪子，已經有好幾人在外候著要買東西了。這讓澤生和小茹有些始料未及，看來要過年了，大家都很願意掏腰包呢。

鋪門一開，他們倆就開始忙活起來，今日可比昨日還忙活，眼見著貨架子上越來越空了。到了中午，小茹回家做好飯後，怕鋪子裡忙不過來，她直接把澤生的飯菜帶到鋪子裡來，免得來回兩頭跑。

到了下午，就沒什麼人了，因為鋪子裡已經沒什麼貨了。貨本來就進得不多，這還不到兩日，就賣得差不多了。

這時成叔走了進來，他瞧了瞧，大嗓門道：「喲，我還什麼也沒買，你們的鋪子怎麼就空了？馬上要過年了，你們應該趕緊多進一些貨呀！」

澤生拉著成叔坐下了。「成叔，明日我就去進貨，而且要多進一些，我們打算二十八日才歇業呢。」

「這還差不多，看來你們的買賣是要越做越大了！對了，你明日要去進貨，會不會進一些春聯、貼花、掛畫，還有食盒和五仁炒貨？若是有這些，我家的年貨就全都在你這裡買了，懶得跑鎮上去了，更不用去趕集，那兒太遠了。」

澤生本想說沒有這麼齊全，因為他們手裡的錢實在不夠多，沒想到小茹答得挺爽快。「成叔，你放心，你說的這些明日都會進來，後日你就可以來買了。」

成叔聽了直道好，還說了一些祝賀他們生意興隆的話，才回家去了。

待成叔走遠了，澤生急道：「小茹，妳怎麼答應得這麼快，我們手裡的錢根本進不來這麼多貨，妳昨日還答應好幾家要進新樣式的氈帽、髮簪，大後日有兩家要嫁女兒，妳也答應為她們備喜服和新娘頭冠、珠簾。要是我們進不來這些，到時候耽誤了人家可不好。」

小茹像犯錯般低著頭說：「我是想著，這樣我們的買賣就能越做越好嘛！一賣出錢來，我們接著趕緊再去進貨。不過……這樣你就得辛苦來回多跑好幾趟縣城了。」

澤生急了。「若是多跑幾趟縣城就能成，我高興還來不及呢，怎麼會怪妳不該應了人家？妳忘了，上次縣城那幾位店主說，二十三日過小年他們就要歇業了，得等過了元宵，他們才開始迎客呢。」

小茹傻眼了。「我……我真給忘了，今日都二十二了，我們只能明日去進一次貨了。我都答應了好些人家，那該怎麼辦？」

澤生低眉沈思了一會兒，道：「看來，我們只能開口借錢了。」

小茹心裡有些打鼓，都快過年了還去借錢，這可不是件容易的事。「向誰借？」

澤生想了想，心裡似乎有了底。「問爹和大哥啊，除了他們，我們還真不知該向誰借。」

小茹聽了覺得這可能會行不通。「爹為了給我們修繕鋪子，都沒去幹幾日的活兒，掙的錢又大多給了小源當作壓箱錢。大哥倒是掙了不少錢，可是……我們收他家的花生，還欠一百多文錢沒還，哪好意思再開口借。」

澤生最瞭解他的大哥，胸有成竹地說：「沒事，等二十八日我們歇了鋪子，貨都賣了，就可以把錢全部還給他，也就是借用幾日的事。不要說大哥會同意，大嫂知道我們的難處也會答應的。向大哥借個五百文，再跟爹借一些，今日家裡殺豬，估計能賣出六、七百文錢來，我們自己手裡還有八百多，這麼一湊，也就夠了。」

小茹聽了正高興時，婆婆張氏笑咪咪地進來了。

「你們倆忙得差不多了吧，趕緊回家吃豬油渣吧，我煉了豬油，那些豬油渣現在正熱呼呼呢，涼了就不好吃了。」

兩人趕緊起身將鋪子打烊，跟著張氏一起回家。

走在回家的路上，澤生就問：「娘，今日賣豬肉賣了多少錢？」

張氏眉飛色舞，伸手比劃著。「賣了六百八十文！」

澤生跟著喜道：「娘，這下妳就不需再發愁沒錢花了吧。」

「那是，我們家的苦日子總算熬過去了。」

澤生見他娘心情大好，便笑問：「這麼多錢能不能……先借我們用幾日？到了二十八日就還妳。」

張氏可不傻，剛才進他們的鋪子裡，見貨架上的東西都賣空了，就知道他們要進貨，澤生剛才一問錢的事，她已猜出小兒子要跟她借錢了。

「你都開口了，我這個當娘的還能不借？只要你們能把買賣做順當了，我也不急著要你們還。」張氏說是這麼說，想起還沒摸熱的錢，這一下子就要借給他們了，還真是心疼。

澤生笑著哄道：「妳不急，我們還著急呢！到了二十八日，我們還要連著上次欠的一百四十文花生錢一塊兒還妳。」

張氏咂著嘴道：「這還差不多，你們到時候有的話，那就早點還給我吧。」

澤生和小茹聽了忍不住笑了起來，齊聲答道：「是！」

快要走到自家院門前，澤生見老郎中揹著藥箱子從另一條小路往回走。不知怎地，他突然想起昨夜的煎熬來，當時還跟小茹說，要拐彎抹角地問一下老郎中，這不正好是個機會嗎？

澤生止住了腳步，對張氏和小茹說：「妳們先回家，我……有點事要問一下老郎中。」

張氏以為他是要問關於小茹有了身孕該注意些什麼，也沒在意，就徑直往前走幾步，轉身進了自家的院子。

小茹當然猜得出他想問什麼，湊在他耳邊，壞笑著小聲道：「到時候要裝得隨意一點，別臉紅。」

她這一說，澤生立刻就臉紅了，壓低聲音回道：「是誰昨晚上摟著我不放，還哼哼地說『要要要』的？」

小茹被他一說臊得慌，趕緊低頭羞跑著進了自家院子。

澤生硬著頭皮向老郎中那邊跑去。

「澤生，你有事找我？」

老郎中年紀雖大，眼睛卻不花，他剛才遠遠地已經瞧見澤生和小茹在嘀咕著什麼。

澤生抓抓後腦勺，又搓了搓手掌，臉上紅暈早已染了好一大片。

老郎中見他那副窘模樣，心裡著實想笑。當了一輩子的郎中，不知把過多少人的喜脈，也不知被多少人問過這種話題。瞧著澤生的臉紅成那樣，再想著他們小倆口平時恩愛得很，就猜出了個大概，他只等著澤生自己開口呢。

澤生囁嚅著嘴，醞釀了好半天，才開口道：「我……我就想討教一下，婦人懷孕期間得……得謹記著什麼，或要禁忌什麼，或什麼時候可以解……解禁？」

澤生覺得自己已經問得夠露骨的，可是老郎中卻裝作一臉茫然。「你到底想問什麼呀？」

澤生尷尬得沒臉見人了，覺得實在不該來問老郎中，拐彎抹角什麼的，他壓根兒不會。「那個……沒什麼，我讓小茹凡事皆小心點就是了。」澤生說著就轉身要回家去。

老郎中連忙叫住他。「我家裡有一本《妊娠正要》，是我以前從我老師那裡抄來的，雖然是抄本，可是一段也沒落下的，你跟我回家去取吧，我借你看幾日。」

「真的？好，我這就跟您去拿！」澤生大喜，他沒想到老郎中還有這方面的抄本，若他將老郎中的抄本再抄下來，以後就可以留著自己慢慢看了，小茹整個懷孕期間，他都可以照顧得妥當。至於問房事什麼的，已經不重要了。

來到老郎中家的院子裡，澤生見他們一家老少正在忙活著打糖塊，這是過年家家必備的。

澤生與他家的幾位長輩打過招呼就站在邊上等著。

老郎中徑直進屋，拿出兩本冊子，都交到澤生手裡，然後頗含意味地笑著說：「別忘了要還我！」

「哎，謝謝您！」澤生高興地接過兩本冊子，卻見他家幾位已經成親的兒子們朝他直笑，還笑得那麼意味深長，他不免覺得有些莫名其妙，不知道是怎麼回事，只好紅著臉回他們一笑，掉頭回去。

等他往回走，邊走邊翻開冊子來看時，他有些撐不住了，第一本確實是《妊娠正要》，第二本他翻開一看，裡面全是「二人圖」，圖上的兩位小人兒都是一絲不掛，然後緊纏在一起，各種姿勢都有。而且這些圖畫都畫得特別形象真切，有的圖下面還標注「此勢孕婦不宜」，但大部分圖下都標註「此勢孕婦前三個月及後三個月不宜」。

澤生雙眼一閉，再將冊子一合，心裡暗忖，這個老郎中，明明知道他是想問什麼來著，還故弄玄虛來這一套，真是羞煞他也！再想到剛才老郎中的幾位兒子朝他笑得那麼玩味，看來他們對這第二本冊子的圖畫都是知曉的。

澤生想想都覺得自己該找地縫鑽了。而這兩本冊子太大，他又沒法揣在懷裡，只好手拿著趕緊回家。

才進院子，他就聞見滿院子飄著豬油渣的香味。小時候每逢殺豬日，他和大哥及兩位妹妹，全都守候在灶前，等著他們的娘煉出豬油，然後盛出一盤又一盤豬油渣來，豬油渣金黃酥脆，吃起來可比肉還香。

只見全家人都坐在院子裡，一人手裡端著一個小碗，津津有味地吃起來。

張氏見澤生回來了，就說：「快進去裝一碗來吃吧，再不吃真涼了。」

「嗯。」澤生應著，連忙將兩本冊子收在身後。

儘管把冊子收在身後，當他側身準備進屋裡時，坐在院子裡的所有人都瞧見他手裡的書冊。

小茹也好奇，還沒來得及問，張氏就搶先問了：「澤生，你手裡拿著什麼書？」

「啊？」澤生定住，頂著張緋紅的臉。「噢，是……《妊娠正要》，就是記著孕婦平日裡該注意些什麼，從老郎中那裡借來的。」說完飛快進自己屋了，把書冊放下，才走了出來。

瑞娘見澤生這麼疼惜小茹，竟然還特意為此借書來看。她朝洛生嘟囔道：「我怎沒見你操心這些？」

洛生正在大口吃著豬油渣，見瑞娘這麼一問，他噎住了，然後憨笑著說：「我想操心這些也沒用啊，我又不識字，把書借來也是把字當鬼畫符看。」

他這一說，大家都笑開了。小清聽了哈哈大笑，嘴裡的豬油渣都掉出來了。

小茹笑得很開心，邊吃邊朝澤生說：「快去裝些來吃，香噴噴的，好吃極了！」

吃過豬油渣，澤生從張氏手裡接過來十五斤肉，和小茹一起回自己屋了。

澤生打水將肉細細地洗了好幾遍，道：「小茹，我們留五斤肉過年待客和自己吃，剩下的十斤肉做臘肉怎麼樣？」

小茹不太會打算這些，因為她實在不知道過年時會有多少客人要來、該準備多少肉，只一個勁兒地點頭。「好！你會醃肉嗎？」

「簡單，就是用鹽醃起來，密封好，待開春有了暖和的太陽，記得每日掛出去曬就行了。今晚吃什麼？」澤生伸過頭來看小茹在洗什麼。

小茹正在用熱水泡著筍乾，滿臉期待地道：「等會兒做筍乾炒肉啊，據說這可不是一般的好吃。對了，你拿一把筍乾給大嫂送去吧，她上次說饞這個。」

「好。」澤生就抓了一大把筍乾往洛生屋裡去了。

澤生進去大哥屋裡時，見瑞娘和洛生兩人正在忙著醃臘肉，把鹽往肉上敷了厚厚一層。

瑞娘見澤生送來了筍乾，有些不好意思地道：「你們也才那麼一點，怎麼還給我們這麼些？」

「給你們嚐個味道嘛！」

澤生放下筍乾正準備出來時，卻被洛生叫住了。

「澤生，聽娘說，家裡賣豬肉的錢你要借去進貨？」

「嗯，我跟娘借了六百，等二十八歇鋪子那日，估計我就都能還上了。」本來澤生打算吃過晚飯後再向大哥提借錢的事，沒想到大哥先提起了。

「是不是錢還不夠，若是不夠，從我這裡拿個幾百文吧，反正你也就挪用幾日不是？」

洛生說著就走過來洗了洗手，然後去床頭後面拿錢了。

澤生當然不會跟自己的大哥客氣，但是對於大嫂，他還是有些顧忌的。

看了看瑞娘忽閃不定的臉色，澤生小心翼翼地問：「不知大嫂……若是你們急著花錢，我就不借了。」

瑞娘也不想做個難說話的人，免得叫婆婆和小茹小瞧了她。此時她看著手裡的那一大把筍乾，心裡嘆道：看在這筍乾的分上，自己也得借呀！何況洛生都張羅著拿錢去了，怎好意思攔住說不借？

她抬起來，乾脆地回道：「洛生一共掙了五百多文，就借給你家五百，夠不？」

澤生沒想到大嫂會答應得這麼痛快，直道：「夠了夠了，謝謝大嫂，到時候一定連帶著上次欠的花生錢一起還你們。」

洛生見瑞娘這麼爽快，他自己就更爽快了，將五百文錢往澤生手裡一擱，道：「不急，等你有了錢還再說。」

澤生朝洛生哂笑了一聲，轉身走出了他們的屋子。

澤生才出去，瑞娘的臉就拉得有些長了，不高興地道：「洛生，哪有你這樣的，怎麼也不等二弟開口借，你就先提了？好歹也要等他開口借，我們再爽快地借給他，才像樣子嘛！瞧你那樣，好像巴不得他來借似的，你是不是嫌錢多了？」

「瞧妳說的，兜來兜去的，不還是同意借？親兄弟之間弄那麼些彎彎繞繞的。」洛生接著醃臘肉。

瑞娘惦記著趕緊做筍乾炒肉，就來到灶上開始忙活了，一邊切著肉，一邊鼓著腮幫子道：「你倒是不會來彎彎繞繞的，我懷孕這麼些日子了，就沒見你上心過。你瞧二弟，還特意借書來看，叫什麼娠……什麼正要來著，你呢？哪怕你不識字，也該向澤生學學，討教討教。」

「澤生是讀書讀呆了，女人懷孕生孩子是再正常不過的事情了，還要看什麼書。娘生了我們兄妹四個，也沒聽她說爹為此看過什麼書，我們不照樣個個長得好好的。」洛生答得利索。

瑞娘聽了氣得直咬唇，從碗裡挖出好一大勺辣椒粉要往鍋裡撒。

洛生起身，疾步上前將她手裡的勺子奪了下來。「哪怕不看什麼正要的書，妳也應該知道有身子的人不能吃這麼辣的。這麼一大勺，妳想辣得肚子裡的孩子身上長疙瘩嗎？」

瑞娘嗆道：「我就是愛吃辣嘛！」她硬是再挖了些辣椒粉出來撒在鍋裡，洛生瞧著這次只撒了一丁點兒，也就沒多說什麼了。

瑞娘平時特別愛吃辣，想讓她一丁點兒都不吃，也不太可能，這樣會憋壞她的。

「咦？洛生，你瞧見沒，剛才茹娘可是吃了不少豬油渣，胃口好著呢！而且我也沒見她嘔吐過，她懷孕了怎沒什麼反應呢？我懷頭一個月時，吃什麼都難受，稍吃多一點就想吐，她跟我的反應一點兒都不像。聽說懷女娃的反應大一些，懷男娃的反應就輕一些，難道……」瑞娘說著就十分著急了。

洛生皺眉道：「妳瞎想什麼呢？娘上次還說，她懷我那會兒，吐得腸子都快出來了，整個人瘦了一圈，最後生了我，不也是男娃嘛！」

「你的意思是，有可能我懷的是男娃，茹娘懷的是女娃？」瑞娘又有些歡喜了。

洛生真心拿她沒辦法，嘆道：「我可沒這麼說，懷男娃還是懷女娃，跟嘔不嘔吐或吃得多不多，好像沒什麼關係，妳快炒妳的菜，都快糊了！」

# 第十四章

此時，澤生和小茹在自己屋裡津津有味地吃著筍乾炒肉。她這時已經吃第二大碗了。

「澤生，我剛才吃了那麼一碗豬油渣，現在又吃得下這兩大碗飯，你不擔心嗎？」

「有什麼好擔心的，能吃是好事！」澤生說話時還不忘朝她的碗裡挾菜。

「擔心胃撐大了，以後就縮不回去，吃得太多浪費糧食啊！」她現在不說會長肥了，因為她知道自己一定會長胖的，胖多胖少就看天意了。

澤生不禁笑道：「妳放心，雖然供不上妳穿金戴銀，但糧食還是夠妳吃的，妳就別瞎操這個心了。」

沒辦法，小茹真的是抵不住眼前飯菜的誘惑。不過她心裡慶幸著，這個年代並不講究以瘦為美，好像大家對胖瘦沒有太大的感覺，只要看上去順眼就行。她在想，自己只要不突然暴肥，應該不至於被劃入醜的行列。在這裡生活，無須太在意身材，不用糾結每頓飯菜含多少熱量，真是少了一大壓力啊。

他們吃完飯後，就一起坐下來列明日進貨的單子。具體要進哪些貨，兩人在白日裡已商量得差不多了，此時只要記下來就行，弄好之後天色已暗了。

「澤生，這麼多東西，你一個人買得過來嗎？而且你得跑好多家鋪子，來回搬貨，都不知要耽擱多少時間。怕是等趕到家，天早就黑了。明日我還是與你一起去吧！」小茹有些擔憂，平時每次去縣城，可都是他們倆一起的。

「不行，妳如今可是有身子的人，且不說受不了顛簸，難道妳還要搬貨？我熟門熟路的，不會耽擱太久的。」澤生雖然嘴上這麼說，其實他心裡也算了算，估計真得天黑許久才能到家。

恰巧這時方老爹進來了，他一進來就道：「澤生，明日你要帶那麼多錢在身上，還要進那麼多貨，你娘不放心，也擔心你忙不過來，就讓我跟著你一起去，好搭把手。」

澤生喜出望外。「娘想得真是周到，我們正在為這事發愁呢！」

他心裡不禁有些感動，爹娘平時嘴裡不說什麼，其實時時刻刻都在為他們操心。

小茹沒想到正在她擔憂之時，公婆會想著來幫他們一把，直歡喜地道：「謝謝爹，也謝謝娘。」

方老爹還真不習慣聽這麼多的謝謝，幫自己的兒子他覺得是理所應當的。他微笑著應道：「自家人謝什麼，澤生，你明日可得起早一些。」

方老爹一出門，小茹一下子撲到澤生的懷裡。

「爹和娘真好，又借錢又幫忙的。」

「以後妳可得記著好好孝敬爹娘。當然，我也會好好孝敬妳爹娘的。哎呀，妳懷孕的事是不是還沒來得及告訴妳的爹娘？」澤生驚道，這麼大的事卻忘記告訴岳父岳母，這可是他這個做女婿的失了禮呀。

「哼，等你想起來，黃花菜都涼了。上午何家村的二牛來買東西，你只記得讓他給爹捎酒喝，就是忘了說這件事。還是我想起來了，追上二牛，讓他務必將我懷孕的事轉告爹娘，好讓他們高興高興。」

澤生伸手攬過小茹的腰，朝她臉上親了一口。「是我失禮了，我向妳賠罪。」

小茹嬌笑道：「你這是賠罪，還是占便宜呀？」

「都是！」說到這裡，澤生想起還有一件極其重要的事要做。「妳先睡吧，我等會兒就來睡。」

澤生找出那本《妊娠正要》，翻了翻也就十五頁，只需費三個晚上就能抄完了，他趕緊找出紙放在桌面上攤平，磨起墨來。

「你幹麼，要把這些抄下來嗎？」小茹不解道。「只要隨便翻翻，瞭解個大概不就成了？」

「老郎中說就只借我幾日，我們最近事多，怕是沒空看，看了也記不住，所以我就想著抄下來，抄下來後可就是自己的了，隨時都可以看。妳瞧，上面還記著臨盆前禁忌，還有哺育嬰孩需謹記……這些多重要啊，連怎麼餵奶都有，可得全部抄下來。」澤生十分認真地提筆抄了起來。

小茹湊過臉來看，確實沒錯，這本冊子裡記的東西還挺詳全，只是這樣太辛苦澤生了。

時辰還算早，她也不想一人先睡，腦子裡胡亂想著，就想起一事來。

「咦，還有一本冊子呢，今日你不是拿回兩本了嗎？」

澤生身子一僵，面紅耳赤，羞道：「那本和這本內容差不多，反正妳不識幾個字，就沒拿出來給妳看。」

小茹見澤生臉紅了，感覺有蹊蹺，笑問道：「你今日沒拐彎抹角地問問……那個什麼？」

澤生側臉看向她，壞笑道：「妳個小壞蛋，什麼那個什麼，快睡覺去。」

「到底問沒問嘛？」小茹雙手摟著他的胳膊直搖晃。「快說，可不許瞞我。」

澤生被她搖晃得寫不了字，乾咳了兩聲。「我……問了，可是……老郎中沒聽出來。」

小茹知道澤生臉皮薄，他不好意思直接問出來那是肯定的，她也沒多想，便起了身，從衣櫃裡找出快做好的棉襖來，再縫上前襟就可以穿了。

拿出棉襖時，卻從衣櫃裡掉出一本冊子來。小茹彎腰撿了起來，還沒打開看，澤生立刻起身跑了過去，一下子從她手裡奪去冊子，憨笑道：「妳……別看，這沒什麼好看的。」

本來小茹還沒想著非要看，見澤生那麼緊張，笑得那麼詭異，她就偏要看，她伸出雙手來搶，搶不著，就跟著澤生後面追，兩人歡笑著圍桌子轉來轉去。

「妳別跑了，妳可不能跑。」澤生一邊跑一邊提醒著她。

小茹可不聽話，非要追上來搶。

澤生怕她懷孕閃到腰，便停了下來，妥協道：「妳要看就給妳看吧，只能看一眼。」

小茹還沒等他說完，立刻翻開了第一頁，頓時就被驚呆了，這個也……太露骨了吧！

「叫妳別看，妳還要看，嚇死妳了吧？」澤生伸手要收起她手裡的書冊。

「嘻嘻，看看也無妨。」小茹緊攥著書冊不放。

「我說了，妳只能看一眼的。」澤生扳著她的手指，要拿下書。

「你就讓我再看看嘛！看一眼和多看幾眼也沒什麼區別。」小茹笑嘻嘻地捧著書冊。「你快去抄那個《妊娠正要》吧！我上床看，不打擾你。」

「乖，聽話，別看了。」澤生是怕她看了又像昨晚那般煎熬，不停地喊要，他會很難受的。

小茹就是不還給他，還笑著指向床邊。「要不……你也上來，我們一起看？」

一起看？澤生有點暈。「妳個小色鬼，不理妳了。」

他回桌前繼續抄書，時不時還回頭看看小茹，見她饒有興趣地翻了一頁又一頁，他腦袋有些發熱，心裡暗忖，等會兒過去還不知要遭她怎樣的摧殘呢！

待他抄完五頁，想到明日還得早起，就放下了筆。他來到床前，見小茹已將冊子放下了，雙眼閉著。

澤生以為她睡著了，便輕輕地脫衣上床。待正要躺下，她伸出雙手，一把摟住他的脖子，睜開雙眼深深地望著他。

澤生一看她這模樣，就知道她中毒了。「叫妳別看，妳非要看，這下難受了吧？」

小茹緊摟著他脖子不放，湊上去，貼上他的唇，再狠狠纏戀著，她的吻如同暴雨襲來，有些躁熱，有些狂野。

澤生還是頭一回見小茹對自己這般狂熱，有些吃驚，還沒反應過來時，她已含住他的舌頭吮了起來。

澤生一身熱血頓時沸騰，可他的理智告訴自己，這樣不行啊，再下去，又會重複昨晚的煎熬。

激吻一番後，澤生喘了口氣，戀戀不捨地道：「我們還是睡覺吧。」

「不……不行……」小茹哪肯放過他，迷戀地吻過他臉，再到他的脖頸。

澤生渾身難耐，卻不能由著小茹這麼下去，他會受不了的，於是挪開身子，想躲開她。沒想到小茹不但不放開他，還在解他的衣扣。

澤生握住小茹要解他衣扣的手，兩眼含著慾火，道：「妳再這樣，我真的想吃妳了。」

小茹直勾勾地看著他。「我不怕被你吃。」

「不行，妳剛才不是都看了嗎？上面都清楚地寫著，得懷孕三個月後才能行房，妳現在才懷一個多月，還得等兩個月。」澤生讓自己冷靜下來，同時也給她潑點冷水，他不想因一時衝動做錯事。

他見小茹興致仍濃，沒有絲毫地減退，又勸道：「來日方長嘛！我們快睡覺吧。」

小茹神秘地朝他笑道：「你肯定沒看圖冊的最後一頁。」

澤生下午拿回冊子時，只是在路上翻過一次，被其中的二人圖嚇懵了，隨便掃幾眼就合上了。不要說最後一頁，後面十幾頁，他都沒看。

「看不看都一樣，反正前三個月和後三個月就是不行。」澤生平躺了下來，將被子蓋好。「睡……覺！」

小茹一下趴在他的身上，喘著情慾的氣息，嬌媚地道：「最後一頁上面寫的是，懷幾個月都無妨。」

見澤生愣愣地不太懂，她又柔聲道：「你放心好了，哪怕我快要生孩子了都不要緊。」說完，她撲向澤生，吻如一波又一波熱潮，很快將他淹沒。

澤生剛開始完全是靠著自己的理智與冷靜拒絕小茹的主動，可他再矜持再顧忌，也禁不起這般挑逗和撩撥，她可是他最心愛的人，是他夜夜都想擁有的人。

既然小茹說懷幾個月都無妨，澤生便豁出去了，由著她纏吮著他，再由著她解開他的衣扣。他控制不住地將她的衣裳也剝了個乾淨，還將她渾身吮遍。

小茹被他吻到極致，再也忍受不住了，一下子整個人鑽進被窩裡，伏在他的腰身上。

「小……小茹……」澤生驚得說不出話來，渾身如被一股電流襲擊，僵麻了，卻舒服至極。

再過了一會兒，澤生反應過來了，難道小茹說的最後一頁竟然是這種姿勢？他嚇得不行。「這樣不行……妳快出來，小茹，妳快出來……」

小茹只覺得這樣，澤生肯定會很享受，可是他一直央求她出來，難道是她感覺出錯了，她探出腦袋，羞澀地問：「你不舒服嗎？」

澤生身子一滯。「不是……不舒服，是、是……」

到底是什麼，他也說不出來啊，反正是他無法意料到的，感覺這樣不太合適。

小茹知道這樣突破了他的心理底線，她剛才看冊子最後一頁時，也被嚇了一跳。可是，她當時渾身已止不住地蕩漾起來，然後就閉著眼睛開始密謀，等澤生放下筆、爬上床時，她該怎樣讓澤生享受一番從未體會過的滋味。

事後，澤生摟著她，輕聲嗔道：「妳太壞，把我也給帶壞了。」

小茹羞打他的胸膛。「不是我，是那本冊子把我們倆帶壞了。」

枕在他的臂膀裡，小茹本打算好好睡一覺，澤生卻突然鑽進被窩裡，有模有樣地學起她剛才的舉動。

小茹驚呼。「啊……不行不行，這種可是連冊子的最後一頁也沒有的，你快出來，你……」

在她大腦空白之前，還在想，完了完了，他們倆真的全被帶壞了。

不過，只許沈淪這麼一次，僅僅一次而已。從明日開始，晚上老實睡覺！

次日天還沒亮，澤生就起床了。做好早飯後，天色才剛泛白。

澤生匆匆吃過早飯，再來床邊看了看熟睡的小茹，親吻了一下她的額頭，就出門了。方老爹早早準備好了，套好牛車，和澤生一起往縣城裡趕。

待小茹醒來，枕邊早已空空。再看一眼窗外天色，就知道澤生已起程去縣城了。

她想起昨晚那激情的一幕，感覺像作夢一般。她無法相信那些舉動是她做出來的，還是在澤生百般拒絕下做出來的，想想都覺得羞愧。

算了，不想了，越想她就越懷疑，昨晚那個死死纏住澤生的慾女還是不是自己。

起床後，她見鍋裡蓋著熱呼呼的飯菜，與煙囪底相連的小鍋裡還有溫熱的洗臉水，不禁一陣感動。

澤生起那麼早做飯且不說，還為她準備得那麼仔細，要知道他今日可有得忙呢，竟然走前還惦記著她這些小事。

小茹心裡喜孜孜的，感覺自己好像掉蜜罐裡了。不過，她心裡也為澤生這麼辛苦而甚是心疼。等他回來了，可得對他多說幾句甜言蜜語，好讓他舒坦舒坦。

因為鋪子裡沒有貨可賣了，她吃過早飯後就不去鋪子裡，而是生了一盆火，坐在家裡做棉襖。

澤生的棉襖今日再做就完工了。等他晚上回來時，再讓他穿上試試，看合不合身。

澤生和方老爹半上午就趕到縣城，因為要進的貨多，跑的鋪子也多，父子兩人還真是累壞了。

忙到午時，他們匆匆啃了些帶來的乾糧，再接著幹活，不敢多歇息。

到了下午，貨單子上所列的東西都備得差不多了，只剩喜服、喜鞋、珠簾和新娘頭冠了，這些可都是答應人家的，必須都買齊了。因為這條小街上沒有喜鋪子，在這裡根本買不到。

澤生讓方老爹在牛車那邊等著，看好貨物，而他要去前面的大街上買。根據兩年前的記憶，他知道這條街上有一家喜鋪子，由於沒有多少時間欣賞那些富家子弟出入的大鋪子，他是一路尋著那家喜鋪子而去。

走到半路，澤生看到有一家大鋪子竟然是二層樓的，這種樓在縣城實屬少見。兩年前他經過這條街時，根本沒見過這幢樓，也不知到底是什麼時候建的，做的又是什麼買賣？看上去，倒是挺氣派的。

澤生隨意瞧了幾眼，猜想必是有錢人開的大鋪子，由於他也沒那個閒心去多加關注，便一路往前走。

「澤生！」一個女人的聲音好似從那樓裡傳了過來。

澤生四處瞧了瞧，再朝那樓門前看去，並沒有見著人，還以為是自己聽錯了，何況在這縣城裡，他可是誰也不認識的，更不要說認識什麼女人了。

儘管他隱隱覺得那個女人的聲音似曾相識，卻仍然不相信真的有人在叫他，便又抬腿朝前走。

「澤生！」那個女人又喚了一聲。

這下澤生聽得真切了，好像不是他耳朵聽錯，是真的有人在叫他。

澤生抬頭朝那幢樓的第二層瞧了瞧，只見那窗戶口探出一個女人的腦袋。

咦？這個女人看上去有些面熟。

澤生實在覺得奇怪，這個女人是誰呀，怎麼認得他，知道他叫澤生？

「你等會兒，我就下來！」那個女人說著就縮回了腦袋，然後快速往樓下跑。

當女人跑到澤生面前時，見澤生皺著眉頭有些莫名其妙地看著她，才意識到自己這般打扮，他根本沒認出她來。

「妳是……」澤生看著眼前這個濃妝豔抹且穿著俗豔的女人，驚愕地問道：「妳是……芝娘？」

芝娘朝他嫵媚一笑。「你來這裡進貨嗎？」

澤生見她這般笑，感覺很不舒坦，不禁眉頭微皺。芝娘這是怎麼啦？看上去怎不像個良家婦女，倒有點像狐狸精呢！

「芝娘，妳……妳怎麼在這裡？在這裡做買賣嗎？」澤生實在搞不懂芝娘為何會出現在這裡，而且還是一身古怪的打扮。

芝娘聽澤生問她是不是在這裡做買賣，窘迫得無言以對，默默地點頭。

「做什麼買賣？」澤生見她那張打著濃厚胭脂的臉，此時更紅了，而且還耷拉著腦袋不出聲，他又道：「妳還是趕緊回家吧！妳的丫頭近日哭得厲害，一直吵著要娘。」

芝娘聽他提到她的女兒，眼淚頓時在眼眶裡打轉，說不想孩子是假的，可她現在已經沒有退路了。

澤生有些納悶地又抬頭瞧了瞧這幢樓，再看看芝娘的穿著，花枝招展又俗豔得很，他實在不明白芝娘是哪來的錢打扮這一身，又是怎麼混到這幢樓裡的，到底她在做什麼買賣。

這時，澤生聽到樓上好一陣銀鈴般的笑聲，他抬頭看去，那個窗戶裡出現好幾個和芝娘差不多打扮的女人，個個濃妝豔抹，笑得讓人很不舒服。

「桃花，那個男人是誰呀，長得真可人……」其中一個女子掩嘴嬌笑道。

澤生傻了，這說話口氣聽上去怎麼像……書裡寫的妓女呢？芝娘什麼時候改名叫桃花了？

此情此景，是越看越像書裡寫的青樓女子迎送男客的那一幕了。

他近日也聽人說縣城好像開了一家青樓，都大罵這個開青樓的在給本縣老百姓抹黑，說本縣的清譽活生生地被它給毀了。也有人說，青樓蓋得那麼氣派，肯定是有錢人開的，人家有後門可走，官商勾結，說不定開青樓的老闆給縣令送了大禮。

澤生再看門匾，上面赫然寫著「如花樓」，確定是青樓無疑，再看著眼前的芝娘，他嚇得直往後退，一連退了好幾步。

芝娘知道自己的身分被樓上那幾位姊妹的話給戳穿了，澤生已經知道她淪為青樓女子，是賣身的骯髒之人。

若不是因為澤生，她是絕對不會與任何相識的人打招呼。平日她在樓上都不怎麼出門，就怕遇到熟人，給自己娘家人丟臉，也給自己的孩子丟臉，孩子以後長大了畢竟還得找婆家的。

當她在樓上見澤生從下面走過時，她實在忍不住了，想近距離見一見他，再與他說幾句話。

澤生退到遠遠的地方，看了一眼芝娘，真是嘆她不爭氣。她若跑出來尋個男人嫁了也行，好歹有個家，日子也有個盼頭。

可是……她怎麼能做這種丟臉又齷齪之事呢？她還真是沒臉面了。

其實芝娘也是被逼無奈，當初跑出來，她身上帶的那點錢，就只夠三日花用。三日之後，她便連口飯也吃不上了。

為了不讓自己餓死，她接受了一個陌生男人的施捨。剛開始還以為這個男人沒有娘子，想把她帶回家做他的娘子呢，沒想到這個居心險惡的男人竟然糟蹋她，然後把她賣到這家青樓裡來了。

被糟蹋後，她就知道這輩子已經無望了。反正在這青樓裡吃好穿好的，過的日子可比以前逍遙多了，也就是丟臉而已。

丟臉就丟臉吧！她已經不在乎自己還有臉沒臉了。只要這日子過得下去，不餓肚子，不被人打罵就行。在這青樓裡，只要積極接客，不但沒人敢打她，鴇母還整日帶著笑臉哄著她呢。

澤生嫌惡地看了她一眼，趕緊走開了。他還有正事要忙呢。

「澤生！」芝娘追了上去。「你……有空的話，能去裡面坐坐嗎？可以……到樓上點我的名，叫桃花。」

芝娘臉帶羞澀，眼裡卻含著熱切的光芒，甚至有些挑逗的意味。

啊？澤生瞠目結舌！要他去逛青樓？還點她的名?!他覺得這簡直是對他的侮辱和恥罵。

澤生惱怒地瞥了她一眼，頭也不回地大步走開了。他邊走邊恨恨地想，這個芝娘，徹底沒救，已經是污穢一團了，哪怕她現在想回到東生的身邊，他都認為這是對東生的侮辱。

沒想到芝娘又追上來了，攔在澤生的面前，見他那般厭惡地看著她，再也不敢提什麼讓他進青樓找她的事了。

「澤生，你回去後，不要向別人說起在如花樓門前見到我了，好嗎？我不想讓我娘家人因為我而被人唾罵，也不想讓丫頭因為我……」

「好了，我知道了。」澤生說完繞開她，大步流星地走了。

澤生尋到喜鋪子，將要買的全買齊了，然後和方老爹趕緊往家裡趕。因為早上來得早，澤生辦事也還算利索，又有方老爹幫著搬貨，總算趕在天黑之前到家。

小茹見澤生回來得還算早，十分高興，和他一起去鋪子裡，將貨都擺上。貨都擺好了後，小茹笑盈盈地跑到澤生面前，踮腳勾住他的脖子，朝他臉上親了一口。

「澤生，辛苦你了！」

澤生被她親得不好意思了，他朝門看去，好在門是斜關著，只留有一條小縫，不會有人看到。他可不習慣被人看到他們倆的親熱。在他眼裡，被人瞧見這一幕，是有傷風俗教化的。

想到此，他便想到芝娘。

「小茹，我今日瞧見芝娘了。」澤生雖然答應不會將這件事告訴別人，但他一定不會隱瞞小茹的。

小茹驚得目瞪口呆。「什麼？你瞧見……芝娘了？她在哪兒，做什麼？」

「我在大街尋喜鋪子時，從如花樓前走過，被一個女人叫住了。這個化得跟妖精一樣俗豔的女人跑到我面前，滿臉堆笑，我認了好半晌，才認出她是芝娘來，她自己不覺得羞，我都快被她羞死了。」

澤生嘆道：「真是自作孽不可活。」

「如花樓？」小茹驚得身子一晃，歪坐在椅子上，這個芝娘……真是刷新了她的三觀啊。

澤生見小茹被驚著了，來到她身邊坐下，遞給她一塊棗糕吃。「芝娘這樣跑出去，會被人家當成不檢點的婦女，哪個男人會真心要她？除了青樓，她沒有更好的去處。若一般的女子，遇到這些糟心事，實在撐不住恐怕也就是尋短見，一了百了，死個乾淨。而她又不想死，還想活得更好，那就只能扔掉臉皮了。」

「也是，這樣她好歹有口飯吃。她沒請你進如花樓坐坐？」小茹嘴裡吃著棗糕，忽然側臉朝著他笑問。

澤生一滯，想起芝娘當時說的那句話，都覺得污了自己的耳朵，哼聲道：「有！好歹我和她做鄰居也有兩年多了，她難道不瞭解我的為人，竟然這麼侮辱我，太過分了。」

小茹嘴角噙著壞壞的笑意，道：「瞧你說的，哪裡有那麼嚴重，你潔身自好不就行了？她呀，是對你……她以為你做買賣了，身上有錢了，偶爾進進青樓也無妨。」

「哼，東生若是哪一日腦子清醒過來了，知道這事，估計能扛著鋤頭去如花樓挖芝娘的頭！」澤生憤憤地說，為東生抱不平，轉念想到事情的嚴重性，又道：「我答應了芝娘，不向別人說起她的事，因為她怕連累她的娘家人和孩子，妳可別在外面說漏了嘴。」

「你放心，我怎麼可能會說出去，我難道像個嘴上沒把門的人？」小茹雖然不喜歡她，但也不至於將芝娘的醜事到處宣揚，去作踐她的家人和孩子。

「哎呀！」小茹突然叫了起來。「我們還差芝娘的錢呢，上次收她花生，只給她四十文，她賣給我們五十斤花生，還欠她一百一十文錢！」

她這一說，澤生也想了起來，確實還欠著人家錢。「瞧我們倆這記性，可不能因為人家走了，連帳也不還。等到二十八日，我們把錢還給東生娘吧，反正那花生錢本來也不該是芝娘得的。」

澤生見小茹手裡那塊棗糕吃完了，便拉起她。「時間不早了，我們趕緊回家做飯吃吧！」

「嗯，你的棉襖我已經幫你做好了，等會兒你試試看合不合身。」小茹欣喜地說，這可是她人生第一次做棉襖，一針一線都是她純手工完成的呀！為自己心愛的男人做這些，她倒是心甘情願。

「不錯，我的小茹都會做棉襖了。」

澤生鎖好鋪子的門，與小茹並肩往家裡走。

「那是，賢妻良母嘛！」

小茹正說著話，突然腳步止住了，因為她瞧見路旁有好多人圍在一起，好似還聽到男人說說唱唱以及拉二胡的聲音。

小茹和澤生走近一看，見瑞娘和張氏也在。

「茹娘，快過來，妳也來算一算命吧。」張氏和瑞娘朝她直招呼。

澤生瞧見是算命先生來了，頓時拉住小茹。「別去算了，一個瞎子，難道會比睜著眼看人世的還懂得多？哪怕他懂得多，也不至於知道每個人這一生最後會是什麼樣子。我的恩師楊先生就說過，這世上根本不存在什麼先知，算命之類的全是假的，若上天真有觀音菩薩，真有玉皇大帝，祂們也未必知道世上千千萬萬人的命運，我們趕緊回家吧！」他可是謹記著恩師的話，從來不圍觀算命的。

哦，原來是瞎子算命啊。小茹心裡直發笑，原來瞎子算命這個年代就有啊。她小時候也經常見巷弄內有瞎子拉著二胡給人算命，只不過現代社會的人相信這個的少，攤前冷清。而此時見那麼一大群人圍著，聽得十分認真專注，就知道這些人大都是相信的。

澤生拉著小茹離開。「每到過年前幾日，這個人都會來算命，估計他早對我們村每家每戶的情況及各自的生辰八字都瞭若指掌了，哪裡還需要算呀！只要聽聲音知道是哪家人，他便扯開嗓唱了。」

「澤生、茹娘，你們倆怎麼走了？快過來、快過來！」張氏跑過來叫住他們，她很想為小茹算一卦，想早早地知道小茹肚子裡懷的是男娃還是女娃。

「娘，我們不算，我不信……」

澤生話還沒說完呢，張氏直喝住了。「快過年了，說話注意點，這種不信命的話可不能瞎說！」

這時他們又聽見瑞娘在那邊高呼：「算命先生，該輪到我了！」

小茹怕澤生惹他娘不高興，便拉著他。「去聽聽吧，正好到大嫂了。娘，我們一起去。」

這下張氏臉上才有了笑容，趕緊過來聽聽這個瞎子給瑞娘算命。其中，最想知道的當然是她肚裡懷的是男娃還是女娃了。

瑞娘報上自己的生辰八字，那個老瞎子就拉著二胡唱了起來。「年支若要逢劫財，祖上難攢田和宅；月支若要逢七殺，身陷貧困命中安。妳的出生年月有些偏，因此少時遭受貧苦，饑寒交迫，甚是難安。」

瑞娘聽得怔愣了，算命先生果然什麼都知道啊。

圍觀的人直呼。「準，算得真準！瑞娘，妳在妳娘家可吃了不少苦呢！」

瞎子聽了很得意，又唱道：「日帶偏財遇良人，衣食豐足命裡逢。雖然妳的年月不太濟，但生辰之日頗帶財，將來定會衣食無憂，無災無難，一生安康。」

大家又都熱鬧了起來，羨慕地說：「瑞娘，妳嫁給洛生有福了，衣食無憂，一輩子都無災無難，真是好命啊！」

這下瑞娘喜得直樂。「可不是因為我嫁給洛生才得了福，算命先生都說了，是我生辰的日子好，帶偏財。」她才不承認洛生是她遇到的良人呢。

張氏也懶得管瑞娘是否承認她嫁給洛生得了福，而是急急地朝算命先生問道：「你給她算算，她肚子裡的娃是男是女吧！」

算命先生臉色微滯，硬著頭皮唱道：「時支若要逢傷官，恐怕女多兒子少。時支若要逢正印，晚年子女最賢孝。」

瑞娘和張氏都急了。「頭一胎到底是男娃還是女娃？」她們可聽不了那些兜兜轉轉的話。

算命先生神色稍顯不安，拉著二胡良久，終於唱出來了。「時支若把正官現，半凶半吉也亨通。若在臨產前，多做好事善事，與人相處和睦，不起紛爭，招來了吉運，生的定將是男娃，喜胎！若一不小心招惹是非，行了傷和氣之事，或做了虧信之事，生的定將是女娃。當然，這也是……喜胎！」

這下瑞娘和張氏都糾結了，看來這生男生女，還是沒個定論，得多做好事善事，與人相處和睦？

瑞娘帶著哭腔對張氏說：「娘，我昨日還罵明生家的狗來著，他家的狗見我們家殺豬，想來啃根肉骨頭，我把狗罵走了，怎麼辦？」

算命先生聽了直想笑，清了清嗓子道：「此卦對人不對狗，妳無須憂慮，而且我算的是在臨產前，而非最近時日。」

這下瑞娘與張氏皆鬆了一口氣，還有戲，還有生男娃的希望。

澤生聽算命先生給瑞娘那般算命，覺得那根本就是胡謅，不免對此嗤之以鼻。什麼叫半凶半吉也亨通，其實就是為他自己留個後路而已，到時候無論生男生女，別人都會說他算得準。

若真生了男娃，大家就說是瑞娘臨產前做了善事，善事還不好找嗎？到時候瑞娘肯定會拚命去幫這個、幫那個，別人罵她，她也絕對不敢還口；若是生了女娃，大家就會說瑞娘是不是做了虧信之事，比如答應誰的事給忘了，或是與誰不和睦，哪怕與洛生爭了兩句，也會被認為是起了紛爭。反正最後生男生女，都沒人懷疑是算命先生胡謅的。

澤生心裡是這麼想的，但當這麼多人的面，也不好說什麼不信的話來，可會遭他娘罵的。

給瑞娘算完了，張氏就將小茹的生辰八字報給算命先生聽。

小茹自己還沒反應過來張氏報的是她的生辰八字，在旁悠閒著。她對這裡人說的什麼天干地支是一知半解，以為婆婆報的是自己的或是小清的。

澤生一聽就知道是小茹的，當初定親時，媒婆就拿來了小茹的生辰八字給方家看過，澤生可是銘記於心的。

「娘，小茹的不用算。」澤生小聲地道，還扯著他娘的衣袖。

這時圍觀的人都起鬨。「澤生，怕什麼呀！給你的娘子算一個唄，還有來年是生男娃還是女娃，算算你們鋪子來年買賣如何，這可都是大事啊，怎能不算呢？」

張氏用眼神狠狠地示意著澤生，讓他不要在算命先生面前說不信命。澤生無奈，只好在旁乖乖地聽著。

小茹一聽說這是要給自己算了，來了興趣，他能算出自己是穿越來的嗎？恐怕不能吧。

算命先生是何等人，既然出來謀這口生計，對各村的人早已瞭若指掌，何況澤生和小茹開方記鋪子，可是人盡皆知的事，他是早就有備而來的。

瞎子一聽張氏報的這個生辰八字，就知道是小茹的。他拉開二胡搖頭晃腦地唱了起來。

「年支若要逢羊刃，祖上要基無逞強，月支若要逢正官，手藝買賣會經營。」

大家都直叫嚷。「準！全都算對了！」

澤生在旁鼻子輕輕一哼。這個要你算，只要知道小茹底細的哪個不知？

小茹樂了，要說買賣還行，至於手藝，她哪裡會多少呀！算得根本就不準。

瞎子接著唱道：「日帶正財逢正官，夫唱婦隨多恩愛，偏財若要逢正官，財富滾滾事無憂！」

這下所有人都羨慕地驚呼：「澤生、茹娘，你們要發大財了，財富滾滾事無憂啊！」

還有人打趣道：「夫唱婦隨多恩愛，原來這是命中早已注定的呀，難怪這對小倆口日日黏在一塊兒，跟黏皮糖似的。」

澤生與小茹被這些人說得有些臉紅，這都是什麼跟什麼呀！明明是算命先生根據他們情況編的詞，這些人簡直被洗腦了。

瑞娘在旁默默地聽著，慭悶著嘴，略微嫉妒。小茹的命就是比她的好，她是年支和月支都不太好，只有日柱和時柱比較好一些，而小茹的生辰八字年月日幾乎樣樣都好。

生辰八字決定一生的命運，看來小茹可是從娘胎出來就注定比她瑞娘的命要好。

張氏聽了當然也高興，兒子要發財了，她這個當娘的走出去多有面子。但是，她最關心的算命先生還是沒說，她忍不住催道：「那來年會生男娃還是女娃？」

瞎子早知張氏會來這麼一問，他又打馬虎眼唱道：「時支若要逢正財，子女皆是財才星。子女有財又有才，明年後年接著來！」

大家聽了都驚呼，這得多好的命啊，有子有女，還都是有財又有才，而且明年後年接著來，豈不是所有的好運都跑到澤生和小茹頭上去了？

問題是張氏想知道的算命先生還是沒有直接回答呀，儘管張氏現在笑臉如花，心裡仍留有一個疑問。

瞎子沒聽見張氏歡喜的聲音，就知道她還是不太滿意，他心裡有些挫敗感了，都說兩年內會有兒有女，還是財才星，她怎麼就還不滿意呢？

他只好再補唱幾句。「兩年之內生兩胎，一男一女輪著來。若是財滿先有男，若是福滿先有女。財福齊至生雙胎，兩男兩女或龍鳳，皆看緣淺或深重。」

澤生和小茹簡直聽懵了，這算命先生的意思是，她這肚子裡的胎有五種可能啊！要麼男，要麼女，要麼雙男，要麼雙女，要麼是龍鳳！

小茹簡直要吐血了，這還需要你算？世上所有的胎都被你個瞎子快說全了，就差沒說生四胞胎、五胞胎了！

澤生朝小茹擠眉弄眼，他當然也是被這個算命先生逗樂了。這個算命先生可真是圓滑得很，就是不肯直接說是男還是女。若說錯了，待來年印證他算得不靈，以後可就混不下去了。

儘管他算出來的是五項選擇題，澤生與小茹這對當事人都不相信，可旁邊的眾人卻都認為算命先生算得極準。「算命先生真是絕了，連這都能算出來！澤生，兩年之內，你就兒女雙全了，真是有福啊！」

這下張氏總算是滿意了，雖然沒有直說小茹這肚子裡懷的到底是男胎還是女胎，但他說了有可能是雙胎，還可能是雙男或龍鳳呢！當然，她是不會往雙女上面想的。如果真的財福齊至的話，又怎麼可能會有雙女呢？所以她堅信沒有這個可能。

算完命後，四人一起相伴著回家了。

張氏走起路來樂顛顛的，瑞娘則忐忑不安，腦子想的都是如何在臨產前做善事，如何與人相處和睦。

而澤生和小茹只當算命先生說的是玩笑話，根本沒往心裡去。買賣得認真地經營，日子還得好好地過，可不能因為瞎子的胡謅，就以為命中注定他們將來會財福齊至而懈怠懶惰了。

此時估計張氏和瑞娘都會認為，哪怕澤生和小茹這對小倆口現在日日什麼也不幹，上天也會讓他們財源滾滾事無憂呢！她們倆對算命先生的話是深信不疑的，既然他說會財福齊至、兒女雙全，那將來就一定會是這樣的。

一回到家，張氏自然要向方老爹說說剛才算命的結果，還說澤生和小茹且等著享福吧，他們兩老也可以跟著沾光了，瑞娘和洛生雖然命格差一點，但也是衣食無憂、一生安康、無災無難，能這樣也算是有福了。

方老爹自是喜不勝收，平時極少喝酒的他，此時也忍不住開了一壺，還讓張氏今晚炒個肉菜，他想喝個幾杯，暢快暢快。

張氏笑得眉眼都擠一塊兒去了。「好，我這就去炒肉！」

瑞娘本來對自己的命格還算滿意，但與小茹一比，她的就差遠了。她有些悶悶不樂地向洛生抱怨，說臨產前還得做善事，不得與人爭論，這樣才能生男娃，要是一不小心罵了人，生了女娃該怎麼辦？

洛生半晌丟給她這樣的話。「生了女娃又怎麼了，妳娘頭一胎不也是生了妳這個女娃，反正田地裡的活，我一人也能做得來，妳多生幾胎不就是了？不至於像妳娘那樣，非得生出七個女娃才能得一兒子吧！」

瑞娘朝洛生直跺腳。「你瞎扯什麼呢？竟扯到我娘頭上去了！我還不是盼著頭一胎是男娃，以後就可以放寬心了嘛！」

「有什麼好著急的，既然算命先生都說我們一家衣食無憂、無災無難、一生安康，妳該高興才是，別動不動就和茹娘比，我們和二弟、茹娘不也算是一家人嗎？難道妳不指望她好？」

「我有你說的那麼壞心眼嗎？」瑞娘氣得直咬唇，又不知道該怎麼辯白，她可不是希望小茹多麼倒楣，只是不希望小茹過得比她好而已。不過，看來這是不可能的，算命先生都算過，她根本沒有勝過小茹的希望。

只是……若自己能生男娃，小茹生女娃，在這方面勝她一回該多好啊。

洛生也知道瑞娘並不是那種生著壞心眼的人，便回道：「那妳就別成日為此事發愁，該是男娃就是男娃，該是女娃就是女娃，急也是急不來的，以後別再為這些事憂心了，憂心過多，對孩子不好。」

昨日澤生在院子裡跟小茹說話，說在懷孕期間要保持好心情，以後孩子性格才會活潑開朗。洛生無意中就把這話聽來了，瑞娘經他這麼一提醒，也覺得該收斂了，為了孩子，她得開心一點才好。

另一邊廂，澤生和小茹在屋裡忙著做晚飯。

「澤生，你是不是跟娘一樣，特別希望頭一胎是男娃？」小茹試探地問，想知道他有沒有重男輕女的思想。

澤生撇著柴火往灶膛裡塞，想也沒想便回道：「我只盼望著妳順順利利把孩子生下來就行，不管是男是女，我都會喜歡，反正我們遲早會兒女雙全的。」

小茹翻炒著鍋裡的菜，笑問：「你不會也相信算命先生說的，我們兩年之內會兒女雙全吧？」

「我才不是相信他的，我們不是早商量好要生兩個孩子嗎？那就一定會有兒有女的，妳放心吧！」

小茹停下手裡炒菜的動作，突發奇想地問：「若連生兩個女兒怎麼辦？」

這時澤生沒剛才那麼隨興了，手中動作稍滯了一下，隨即答道：「不會的。」

小茹猶不死心，追問：「萬一會呢？」

澤生抬頭，有些臉紅地問：「那妳……願不願意再生第三胎？我跟妳說，避子藥可不是那麼好買的，買到了也不一定有效果。到時若妳再懷上第三胎了，妳想不生都難。」

小茹吹了吹額前的頭髮，很淡定地接受了澤生這句話的言外之意，果然還是重男輕女！只不過不會像別人那麼嚴重罷了。好吧，這點也沒什麼不能容忍的，放在她自己身上，若只生一雙女兒，她也還會想生一個兒子的。兒女雙全才是個「好」嘛！

澤生以為自己這番話會惹小茹不高興，沒想到她並沒多大反應，只是吹了吹氣繼續炒菜。

他心裡不禁想：小茹真好。兩人這般和和美美地過小日子，真是快哉！

小茹見他看著自己傻樂，也跟著傻樂，朝他嘿嘿笑了笑，雖然她不知道澤生到底是在笑什麼。

# 第十五章

吃過晚飯後，小茹興奮地將新做的棉襖給澤生穿上，然後緊盯著他好一番欣賞。她心愛的男人穿著她親手做的棉襖，這種感覺讓她有點小小的觸動。

偶爾她會覺得自己與澤生這段感情很不真實，總覺得幸福來得太突然，會不會是幻夢一場？會不會夢醒之後，一切煙消雲散？

此時見澤生穿上她一針一線縫的棉襖，她感覺這是最真實不過的生活場景，她終於踏實了，這絕對不是幻夢一場，是真真實實的，不知不覺中眼淚也盈眶了。

澤生低頭看自己的前身，很滿意地道：「挺合身的。」

趁他抬頭前，小茹飛快抹掉了幸福的眼淚。待他抬頭看她時，她給他的是一個美麗的笑顏。

「小茹，明日我就穿給娘看，娘肯定會誇妳的，以前娘以為妳做不好針線活，這下妳可得在她面前顯擺一下。」澤生扭過脖子想看看背後，只是看不到。

「嗯，得顯擺一下，好讓娘喜歡我。」小茹拿起銅鏡放在他的側身，讓他透過鏡子看看背後的模樣。

看過之後，澤生接過她手裡的銅鏡放在桌子上，問：「妳自己的棉襖做好了嗎？」

「嗯，也快了，再過兩日應該就能做好了。明日去鋪子裡賣東西，忙時我和你一起賣，空閒時我就做做棉襖。」小茹將她自己的半成品棉襖在身前比了比。「你瞧，我這件也還不錯吧。」

澤生直點頭。「妳穿什麼都好看！」

「哼，你嘴上抹了蜜吧！」小茹拿出針線坐在油燈下縫她的棉襖。

澤生又擺上書冊和筆紙，抄起《妊娠正要》來。

抄了一半，他忽然抬頭道：「小茹，等這幾日妳做好了自己的棉襖，在生孩子之前就不要再做針線活了，缺什麼我們自己花錢買就是了。」

小茹納悶。「為什麼？我還想給我們的孩子做小衣服、小鞋子呢！」

「這書上說了，懷孕期間若多費眼力，待生孩子後，眼睛就沒以前好使了。娘的眼睛就不太好使，若離得遠了，她就認不出熟人來，肯定是在懷我們兄妹幾個時，費多了眼。」

「哦？」小茹看了看眼前這昏暗的油燈，的確是挺費眼的，這裡又沒有眼鏡可配，近視就只能模糊地看東西和認人了，這還真不太好，她可得留著雪亮的眼睛看澤生呢。「可是……哪有親娘不為孩子做衣做鞋的？」

澤生思量了一下，覺得小茹這話也對，就道：「那妳就少做一點，待孩子出生時，是九月天，還熱著呢，妳就做兩件小衣服和兩雙小鞋吧，意思意思一下，實在不夠穿就買。」

「好。」忽地，小茹打了噴嚏，而且還感覺頭有些暈乎乎的。

澤生見她打噴嚏打得厲害，便起身走過來，對著燈仔細看了看她布滿紅暈的臉，又摸了摸她的額頭，再摸摸他自己的，緊張地問：「妳不會是生病了吧？妳的額頭比我的燙。」

他這一說，倒是提醒了小茹，她今日的確感覺身子不太爽利。「我上午就感覺有些頭暈，到了下午又開始鼻塞，身子乏得很，腰腿都有些疼。因為不是特別難受，我也沒在意，難道真是染上風寒了？」

「妳怎麼不早說？染上風寒可是不能拖的，今晚妳只吃一碗飯，我還以為妳是怕胖才不肯吃的，沒想到是因為身子不舒服，妳怎麼能這麼大意呢！」

小茹知道澤生是為她著急，被他這麼責怪也不好回嘴，只能知錯地看著他。

澤生拿起書冊拚命地翻了起來，眉頭越來越擰。「小茹，這書上說了，懷孕期間若感染風寒，容易傷及胎兒，而且還不能隨便喝藥，這……這可如何是好？」

小茹聽了有些害怕，她以前可聽說懷孕期間感冒，會有很多病菌侵入體內，對胎兒很不利的。

澤生立刻起身，將她手裡的棉襖拿了下來。「妳快上床躺著歇息，我給妳熬碗薑湯喝，若發出汗來還沒好些，就得趕緊找老郎中看看，能不能配些藥性溫和一點的藥喝。」

為了肚裡的孩子，小茹趕緊上床躺著。澤生跑到灶前忙活起來，沒過多久，他就將薑湯端了過來，讓她喝下去，還燒了熱水，讓她好好泡腳。

折騰了這一陣後，小茹躺在床上有些躁熱，喝了薑湯確實讓她出了一身汗，感覺身上輕爽了一些。

澤生拿大巾子將她身上的汗擦乾。「現在感覺如何？」

「好多了，應該沒事了，你也趕緊睡吧！」小茹以為自己發了這一身汗就差不多了，加上身子困乏得很，她很快就睡著了。

澤生見她睡著，不好打擾她，也沒提找老郎中來看病的事。剛才他看了書，見書上說，有些人感染風寒發一身汗，就無虞了。

可是到了後半夜，小茹又醒了，身子越來越難受，頭還發燙，看來那一大碗薑湯雖然讓她發了汗，卻沒能讓她完全好起來。

她來到這裡，還是第一次生病，生病的感覺可真不好受，又不像前世那般家裡會備好成藥，自己看看藥盒上的說明書，再看是不是與症狀相似，然後吃藥就行，實在撐不住才會上診所。

此時她渾身難受，心裡又著急，擔心因為自己生病而影響了肚子裡的胎兒。她想著，再過兩個時辰天就要亮了，還是先撐著吧。

哪怕這時叫醒澤生，再去找老郎中來，然後熬藥，也得等好長一段時間才能喝上藥，而且中藥的藥性慢，難受的症狀可不是一時半會兒就能消失的。

她躺在床上硬撐著實在難受，忍不住輕輕翻動著身子，生怕弄醒了澤生。沒想到澤生淺眠，她這輕輕一翻動，他就醒了。

「小茹，妳怎麼醒了，睡得不好嗎？」他伸手摸一下她的額頭，一下驚坐起來。「妳的額頭都燙成這樣，怎麼不叫醒我？」

「我自己也是才剛醒的。」

澤生起身拿塊巾子浸濕，敷在小茹頭上，又另找一塊巾子浸濕來擦她的脖子、腋窩，正準備掀開她的肚兜給她擦胸前時，小茹羞澀地捂住他的手。

「妳的身子哪個地方我沒見過，怎麼生病了就變得這麼矜持了？」澤生不容分說，就掀開了她的肚兜，擦著她的胸前。

小茹羞赧得不行，行房時的袒裎相見，和此時這種裸露讓他看，感覺還是不太一樣的。

接著澤生還要擦她的大腿，小茹自然是緊夾雙腿不肯分開，但是硬生生地被澤生給掰開了，他可不管小茹願不願意。

澤生給她全身擦拭三遍後，她身上好像沒那麼燙了，也感覺好受了一些。

這時澤生才放心了些，準備出門去找老郎中。

小茹叫住了他。「天都快亮了，還是等一會兒再去吧，何必將人家從床上叫起來呢？」

「都感染風寒、全身發熱了，妳怎麼一點兒也不當回事？」澤生小聲嗔怪了一下她，就趕緊出門了。

在這裡染上風寒可不是一件小事，有的人的確是挺一挺就過去了，但有的人因拖長了時間沒治，就會接著生大病，還有的人一病不起，就這樣離開了人世，可不能不把風寒當病。

好吧！小茹不敢再吭聲了，乖乖地躺在床上等著。在她眼裡，感冒而已，確實不算大事，只是怕影響胎兒才會有些擔心，否則她還真不覺得這有多嚴重。

澤生急忙去找老郎中，因老郎中走路緩慢，澤生是連拉帶拽地把人給帶過來了。

老郎中喘了好一陣氣才坐了下來，仔細給小茹把著脈，再觀察她的臉色，然後慢悠悠地道來：「茹娘，妳別緊張，並無大礙。澤生行事周全，及時給妳喝了薑湯，又為妳敷濕毛巾祛熱，算是緩解了不少。」

這些都是在路上時，澤生迫不及待地先將小茹的症候及採取措施跟他說了。

小茹一聽並無大礙便放心多了，而澤生似乎還有憂慮。「真的不會影響到腹中的胎兒？」

老郎中低頭寫著方子，邊寫邊道：「茹娘此症候並不厲害，只是攻及虛表而已，還未傷及內裡，對胎兒影響甚微。這幾日內，要多歇息不能勞累，還要多喝水。」

這下澤生的緊張神色總算舒緩了下來，一聽要多喝水，立刻倒了一大碗水遞給小茹，要她喝下去。小茹聽話地將這一大碗全喝了，看來今早吃不下什麼早飯了，喝水就喝飽了。

老郎中將寫好的方子遞給澤生。「孕期不能喝藥性過強的藥，只有板藍根和連翹適宜，這兩種都清熱、解毒，且副症較弱。每日喝兩次，估摸著三日後就能痊癒了。」

他從藥箱子裡拿出平時備的幾包板藍根和連翹。「這些不夠，我回去再拿三帖，等會兒我給你們送過來，你趕緊熬藥吧。」

澤生付錢給老郎中，再重重地道謝。要知道老郎中竟然提出親自跑腿給他們送藥過來，這在平時可是極為少見的。

澤生讓小茹再躺下多睡一會兒，他自己忙著去熬藥了。

沒過多久，老郎中送藥過來了，臨走時，他神色有些忽閃不定，略微猶豫，最終還是說了出來。「春一秋二夏三，冬則可有可無，實在難抑制，也需著衣行事，身無寸縷，冷熱交替，是最易招病的。」

澤生與小茹一頭霧水，他到底在說什麼？

老郎中意識到是自己的失誤，因為他先前沒有提醒，擔心他的那本冊子致使這小倆口過於激烈了，只是，他以為這小倆口怎麼樣也會等孕期滿三個月再行房事，沒想到這麼快他們就招來了風寒。

見他們倆沒聽懂，老郎中也不好將話說透，說太透了怕小倆口羞得受不住，便含笑地對澤生道：「你看一下《妊娠正要》倒數第二頁就明白了，這些可得謹記著。孕期不生病，來年才能生個健康體壯的大胖娃。」

澤生稀裡糊塗「哦」了一聲，待老郎中走後，他趕緊翻出《妊娠正要》倒數第二頁來瞧，才看幾行字，他臉上頓時滾燙。

上面寫的是，房事應與季節相應，每旬次數要有限，春一秋二夏三，冬則可有可無，冬季行房事，切忌赤身裸體，而孕婦更須謹慎，否則易感風寒，輕則躺床喝藥數日，重則斃命！

小茹見澤生臉色赤紅，還帶有一絲驚嚇的表情，納悶問道：「怎麼了，上面寫什麼了？」

「嗯……就是說……以後晚上睡覺要蓋好被子，別受了涼。」澤生含糊地說。

「拿來我瞧瞧。」小茹朝他伸手要書冊。

澤生以為她就識幾個簡單的字，根本看不懂這些，就遞給了她。

小茹不動聲色地看完這些，故作淡定地道：「呃……沒看懂。反正以後我們晚上睡覺老實點，不亂踢被子就是了。」

其實她心裡在想，我的神，在這個醫藥不發達的年代，可不要因為房事丟了命啊！

澤生端來湯藥，小茹捏著鼻子都喝下去了。再苦也要喝呀！現在她是一人兩命，可馬虎不得。

早飯也是澤生端到她手裡，只是喝水又喝藥，她早就喝飽了，何況生病之人本就胃口差，她只吃了幾口而已。

張氏和瑞娘得知小茹病了，都進來瞧瞧。

「澤生，你快去鋪子裡忙吧，有我和瑞娘在家裡，你無須太擔心茹娘。如今快過年了，我們不需出門幹活，都在家呢，無須你守著。」張氏催著澤生去鋪子裡，進了那麼些貨，可不能耽誤賣。

澤生其實想守在小茹身邊，可是她也催著他。「你快去吧，估計這時都有不少人在鋪子外候著呢！」

澤生思來忖去，最後還是聽話地出門了。

張氏見澤生身上穿的新棉襖，問小茹說：「澤生身上穿的棉襖是妳剛做成的吧，瞧上去還不錯，妳自己的那件呢？」

「還沒做完，我本來打算這兩日做呢，沒想到病了。」小茹背靠著床頭，有些暈暈乎乎，經張氏這麼一問，她想著還是將棉襖找出來做做吧。

她正準備起身去拿棉襖，被張氏攔住了。「在哪兒呢？我幫妳拿，妳別起來了，可別又受了涼。」

「在櫃子裡，反正我現在也睡不著，就坐在床上縫縫吧。」小茹想到就這麼一直躺著或坐著，也怪難受的。

張氏從衣櫃裡找出棉襖。「妳別折騰了，我來幫妳做。我瞧著也沒剩多少，我手快，不用兩日，就能幫妳做好了。」

小茹有些不好意思。「這哪能讓娘費心呢，我躺在床上也睡不著的。」

「睡不著也要歇著，肚子裡還有孩子呢，可不許勞累。」張氏拿起棉襖就坐在床邊縫了起來，小茹只好躺進了被窩。

瑞娘見張氏那麼心疼小茹，心裡很不是滋味。她只好安慰自己，若是自己生病了，婆婆也會這麼對她的，這樣想想，她就舒服多了。

「瑞娘，妳給這火盆裡多加些炭吧，屋裡涼得很。」張氏吩咐著。

「哦。」瑞娘從屋角的炭袋子裡挑出幾根好炭，挾進火盆裡架好，再把火盆移到離床近一些的地方。

「瑞娘，你們的棉襖都做好了嗎？」張氏邊縫著棉襖邊問。

「嗯，我和洛生的都做好了，我還準備給孩子做兩套呢。」

張氏停下手裡的針線。「妳可先別急著給孩子做，孩子得來年七月才出生，妳這就把棉襖做好了，孩子也只能等到來年冬天穿，妳又不知孩子到時候長多大的塊頭，做了不合身，豈不是白搭？澤生昨天還跟我說，我的眼不好是因為當年懷他們幾個時，多做了針線活。妳可不要學我，孩子的棉襖妳就別做了，等產後來年入了秋，妳提前給孩子做就成。」

瑞娘聽了頓時渾身舒暢，婆婆這也算是關心她吧！既然婆婆說不要做了，那就不做吧，反正是為了她好，不希望她以後眼睛不好使。

「嗯。」瑞娘應了一聲，然後臉帶笑容出去了。

小茹在床上躺了兩日，喝了四次藥，覺得身子輕爽不少就下了床。

第三日，她就和澤生一起去鋪子裡了，當然，這一日兩帖藥，她還是會記著喝的。

轉眼，還沒到二十八日，鋪子裡的貨就賣得乾乾淨淨，於是他們提前一日把鋪子關上，好好在家準備過年。

首先，得把欠的錢一一還上。張氏和瑞娘見借的錢都回來了，而且賣花生的錢也到手了，自然是眉開眼笑。

澤生還特意留了一些年貨沒賣，炮竹、香、春聯和掛畫，還有過年的各種炒貨和吃食。當他分給她們時，她們第一反應是要按平時的價給錢，澤生自然不會收，一家人過年圖的就是喜慶與和睦，平時她們買東西都是按進貨價，這大過年的，他怎麼可能收她們的錢？

當他把那一百一十文錢還給東生娘時，特意進去看了一眼東生。

東生仍然沒有變化，眼珠子都不帶轉的，傻愣愣地坐著，還必須得靠牆而坐，否則他坐不穩。

澤生瞧他呆滯的模樣，再瞧著一旁流涕的丫頭，甚覺心酸。除了從衣兜裡掏出為丫頭準備的一包糖，他又能做什麼呢？

東生娘收了錢，自然不好給澤生臉色看。她今日碰到一個從縣城回來探親的人，說好似在縣城的南面碰到芝娘，但不敢確定是不是，因為只是擦肩而過，沒仔細看正臉。她想起這事，就問起澤生來。「澤生，你經常進縣城，有沒有見過芝娘？」

澤生一驚，但立刻恢復平常神色。「芝娘？沒有啊，她怎麼可能會在縣城呢？」

「我也覺得不太可能，只是有人說眼熟，很像芝娘。世上長得相像的人多著呢，芝娘怎麼可能還能混到縣城過好日子去了？她在外面不死才怪，到時候就等著她娘家人去給她收屍吧！」東生娘說得唾沫星子直飛，兩眼發狠，感覺她若遇到了芝娘，定會上去掐死她不可。

澤生聽不了那種惡毒咒罵的話，趕緊出來了。

大年三十除夕夜，小茹和瑞娘都不自己做飯了，她們和張氏一起做一大桌豐盛的年夜飯。

在吃年夜飯前，方老爹端著一盆祭食帶著洛生、澤生去祠堂了。

這座祠堂已建了上百年，雖然破落，但每到年關，村長都會安排人收拾乾淨的。

大年三十年夜飯前要去祠堂祭拜祖先，是一代又一代傳承下來的，方家村所有男丁，無論老少，哪怕一歲小孩都是要來的。

屆時只有男丁入得了祠堂，按這裡的話說，女子長大了就是別家的人，這種宗祠之事，當然不得讓女子參與的。

家家戶戶的男丁都端著祭食盆去祠堂，擺在長長的案臺上，點上香。大家會一起圍觀各家端來的祭食，看哪家準備的最豐盛。往往準備最豐盛的那一家，定是這一年日子過得最紅火的。

今年看來算方老爹端來的最豐盛；他端來了一個大豬頭，還有一隻大肥雞、一條魚、一大盤紅燒肉。這些等會兒都要端回去吃的，不會真的留在這裡供奉著，因為這都是年夜飯裡最重要的幾道菜了。

與其說是比祭食盆，其實是比年夜飯，看哪家年夜飯吃得最帶勁。方老爹拔得頭籌，博得大家好一陣歡呼，免不了要誇一番方老爹和洛生能吃苦，而更多人則誇澤生有頭腦，會做買賣，將來方家村的首富肯定非澤生莫屬。

澤生不好意思地陪笑著，他可沒想當村裡的首富，只要和小茹一起把日子過得順當就是。

接著又要比拚炮竹，看哪家放得多、哪家放得響。澤生可是從縣城進來不少炮竹，而且給自家留的是最好的。

雖然他放的炮竹不是最多的，但絕對是最響的。按大家的說法，那就是明年澤生家的日子會過得最響亮、最美滿。

這一晚，方老爹、洛生和澤生可是整個方家村關注的焦點。

在祠堂外放完炮竹，所有人又都進祠堂，按輩分站列，不可逾越。村長道完賀新春的詞，再神色肅穆地感謝祖上保佑方家子孫，接著就是所有人齊跪地，對著方家祖先及佛像磕響頭，磕完三個響頭，再按輩分一一前去上香。

上香完畢，這個每年必行的祭拜事項就算結束了，此時各家各戶就可以端著自家的祭食盆回家了。

回到家後，張氏將祭食盆的菜再倒進鍋裡熱一熱。方老爹在家門口放響炮竹，一大家子人就圍著大桌開始吃年夜飯了。

一共做了十道菜，葷素搭配，豐富可口。一家七口人根本吃不完這些，但過年講究的就是有餘，必須得多做，而且還不能吃得乾乾淨淨，每盤都得餘一些，這就叫年年有餘。

「今年的年夜飯可是我們家這麼多年來最豐盛的一次了！」張氏滿臉喜色道，然後挾起一塊紅燒肉往嘴裡塞著，吃得津津有味。

方老爹招呼著小茹和瑞娘。「妳們倆可得多吃些，肚子裡都有孩子呢！一人得吃兩人的飯，這魚、這肉，快，還不趕緊吃！」

「嗯，我知道。爹，我最近可會吃了！」小茹笑著答應。

澤生在旁還用手比劃著大碗。「她胃口好的時候，能吃下這樣的三大碗。懷孕前，她可是連兩碗都吃不下的。她這可不就是一人吃了兩人的飯嘛！」

澤生這一說，惹得大家捧腹大笑。小茹羞得擰他胳膊，吃下三大碗，這要叫別人聽了，多嚇人啊。

沒想到洛生也比劃了起來，說：「瑞娘也能吃下三大碗，還經常半夜叫餓呢，看來三大碗還是沒吃飽！」

瑞娘不好意思地橫了洛生一眼。「哪是沒吃飽，只是消食太快而已嘛！被你說得，我倒像頭母豬了。」

這下大家又是哄堂大笑，小清笑得差點噴飯。

方老爹笑道：「這可不是妳們倆能吃，而是妳們肚子裡的孩子能吃呢！來年妳們肯定都會生大胖娃！」

張氏也跟著附和道：「就是、就是，能吃還不趕緊多吃點！」

澤生見小茹挾不到愛吃的魚，便伸手給她挾了許多，放在她碗裡，還小聲地道：「小心魚刺，要我幫妳理嗎？」

「不用。」小茹朝他使了個眼色。這麼一家子都在看著呢，可不要太肉麻。

方老爹開了一壺酒。「今晚去祠堂，我們家可是樣樣拔得頭籌，無論是年夜飯，還是放炮竹，我們家妥妥地頭一名！」

「爹，我和澤生敬你一盅！」洛生舉起杯，顯然今日也是特別興奮，在祠堂受大家如此熱情的關注，他那顆激盪的心一直未能平靜下來，覺得自家人特有面子。

澤生也舉起杯，和洛生一起敬方老爹，父子三人就這麼喝起酒來。

「娘，要不要我和哥也敬妳一杯？」澤生打趣道，他知道他娘以前過年從不喝酒，也不知今年願不願喝一口。

張氏猶豫了一下，然後拿過酒壺。「好，我也來喝一盅！我不跟你們喝，我跟瑞娘和茹娘喝。」

小茹趕緊倒酒要敬婆婆，喝酒對她可不是難事。

瑞娘也忙著拿酒壺，只不過她有些害怕，她長這麼大，從未沾過酒，但婆婆都那麼說了，她不敢喝也得喝。

方老爹連忙止住，朝張氏笑道：「妳是不是高興糊塗了，她們倆可都是有身子的人，哪能沾酒？」

「哎喲！」張氏窘道。「我一時高興竟然把這事給忘了。來，澤生、洛生，我們喝。瑞娘和茹娘，妳們倆趕緊吃菜吧。」

小清也來湊熱鬧。「我也敬娘！」

小茹和瑞娘就這麼看著澤生他們一家樂呵呵地喝酒，敬來敬去，說著一些平時從來說不出口的感謝話。

小茹的病已經徹底好了，而且今晚的米飯是用大木蒸桶蒸出來的，特別的香，她又恢復了胃口，吃了三碗。

在她吃第三碗時有些小心翼翼，一看對面坐著的瑞娘那早已發胖的臉和變寬的身段，她稍放心了些，感覺自己應該不會超過瑞娘。

瞧，瑞娘這時吃得可帶勁了，絲毫不畏懼她手裡也是第三碗。

吃過年夜飯，方老爹端出一個特大的火盆，這個大火盆是專門留著除夕夜用的。平時都是用小火盆，省著柴火和炭。

這個大火盆一端出來，洛生和澤生就忙著將火生起來，火苗竄起後，他們架上一層又一層木炭，原本一袋子炭，這一下子幾乎架上了小半袋。

沒過多久，炭火燒得紅旺旺的，一家人圍著火盆嗑瓜子、吃花生、喝茶水，旺盛的炭火映得每個人的臉都火紅火紅的。

一家人就這麼吃著、聊著，甚是歡愉。

小茹嫁過來這幾個月，今夜是頭一回見一家人圍在一起這麼和樂、這麼暢快的閒聊。

方老爹和張氏給他們講了不少陳年舊事，哪家哪一年發生了什麼難以置信之事；哪家過去興旺了，現在又敗落了；哪家以前窮得揭不開鍋，如今過年也有新衣穿了，還有錢買年貨；哪家兩口子打架，鬧得上吊喝藥，最後沒救過來丟了性命……

雖然說的大多是小茹不認識的人，但她也聽得很入神，這些事可都是活生生的例子，人生百態就是這麼上演的。

到了深夜，大家吃飽喝足了，都有些睏。方老爹讓眾人各自回屋睡覺去，他要一個人守除夕夜。

「爹，你年紀也大了，這一整夜特難熬，要不我來守吧？」澤生說道。

每家都得有一人守除夕夜，而且一般是家中最長者守夜。

方老爹揮趕著澤生去睡覺。「嫌你爹老了？我年紀是大了，但身子不減當年，仍然健壯得很，不至於連除夕夜都守不了。你快去睡，快去睡！明日還得早起拜年呢！」

小茹睏得眼都有些睜不開了，她上床後，沒多久就睡著了。懷孕之後，她特別嗜睡，也都不怎麼作夢。

澤生似乎因過年太興奮，睡意並不太濃，加上過年要點大紅燭，比平時的油燈要亮堂，還通宵不能滅——當然，窮人家若買不起大紅燭，也沒法這麼講究了。

澤生側躺著，藉著明亮的燭光，靜瞧著小茹熟睡的臉；她那嫣紅的臉蛋、長長的睫毛、紅潤潤的豐唇，看上去是那麼讓人喜歡、讓人沈醉，他忍不住伸手過去輕輕摸了一下她的臉，觸了一下她的唇。

怕弄醒小茹，他又縮回手，就這麼一直靜靜地看著她，再想著她肚子裡有著他的孩子，他們以後一起養兒育女，日日相伴，年年相守，想著想著，臉上禁不住漾起甜蜜的笑容。

在如此閃爍的燭光照映下，小茹沈靜的睡臉，和澤生那清俊臉龐上漾起的好看笑顏，交相輝映，顯得那麼溫馨、那麼美好。

不知過了多久，澤生伸手摟住小茹的腰，不知不覺地沈睡了。只是，他那美美的笑容、嘴角輕揚的笑意，一直停留在臉上。

過年必做的幾件事與現代並無太大差異，大年初一拜年，初二回娘家，之後請各門親戚輪流來家吃飯。過年的習俗一代一代傳承下來，變化極少。

整個過年期間都是熱熱鬧鬧的。這家吃了再去那家吃，小茹過這麼一個新年，長胖了許多。

這日是正月十四，澤生與小茹剛從一位表叔家回來，在表叔家吃過最後一頓新年待客飯，這個春節算是結束了。

他們回到家時，天已經很黑了。

小茹洗漱之後爬上床躺著，她捏了捏自己變寬的腰身，再摸了摸微微凸起的肚子，感嘆道：「澤生，我胖得多不多？」

澤生邊脫衣邊瞧著她，想想還是不要說實話吧！

他故作認真地道：「哪有胖多少，也就是稍稍圓潤了一些，腰身和肚子之所以會變化大些，那是因為妳肚子裡有孩子在撐著的，妳放心，待妳把孩子生出來後，妳肯定是我們村裡最好看的娘！」

這話哄得小茹歡喜得不得了，她撫摸著肚皮道：「我的孩兒呀，明日就是正月十五元宵了，一晃眼這個春節就要過完了，這日子過得可真夠快的，你還有七個多月就能從娘肚子裡出來了。」

澤生也躺了下來，感同身受地說：「這日子的確過得很快，我們都成親快半年了，如今妳肚子裡都有我們的孩子了，我怎麼感覺我們才成親沒多久呢？」

「你知道我們為什麼感覺日子過得很快嗎？」小茹問道。她還用手饒有趣味地摸著澤生嘴角剛冒出的一點鬍渣，這種摸上去有點刺刺的感覺，她倒覺得挺舒服的。

「為什麼？」澤生反問。「是因為時間本來就匆匆如流水，我都長鬍子了嗎？」

小茹忍俊不禁，道：「那是因為我們過得太快樂了，所謂『快樂』，就是因為過得太歡樂，才會覺得特別快。」

「哦，原來快樂是這個意思，妳這解釋還真是特別！」澤生這時又像平日裡一樣，貼著小茹的肚皮。「快讓你娘給你唱唱那首〈快樂寶貝〉吧，你娘自編自唱的。」

小茹噗哧一笑，這首歌可是她讀小學三年級時在兒童節表演的節目，因為當時怕唱得不好丟臉，她可是足足練了一個星期，以至於到現在她對那旋律與歌詞還銘記於心。

「我都給孩子唱過好多回了，現在該輪到你給孩子唱了！」小茹從來沒聽過澤生唱歌，她好想聽一回，想知道從他嘴裡唱出來的音色與旋律會是什麼樣的。

澤生這下為難了，臉色窘迫地發紅。「我……我不會唱歌，我不是跟妳說過嗎？」

「隨便唱幾句嘛，嫁給你都快半年了，連你的一句歌都沒聽過，太虧了，快唱快唱。」

小茹興奮地等著。

澤生絞盡腦汁地回想自己到底會唱什麼，小時候跟著夥伴會亂哼幾句，長大後在學堂裡，倒是跟著楊先生學唱過詩詞，可是他一直都是小聲哼哼跟著唱，從來沒真正打開過唱腔，沒好好敞著胸腔唱過一回。

在小茹一遍遍的慫恿下，他只好硬著頭皮哼唱一段。

第一次聽自己的相公唱歌，這種感覺還滿有意思的，小茹越聽越想笑，最後笑得身子直發顫，快喘不過氣來了。因為他這根本不叫唱歌，頂多算得上「說唱」，像現代饒舌。

不過，他的音色還是很透亮純淨的，聽起來很舒服。

澤生見她笑成那樣。「是妳讓我唱的，我唱了妳又笑話我。」

小茹忍住笑。「我是笑你唱得好，說唱水準一流，又不是笑你唱得不好聽。」她故作不懂地問：「你剛才唱的是誰作的詞，感覺像是出自多情公子耶。」

「是柳先生作的詞，嗯……他應該算是比較多情吧。不過他寫的詞真的很好，描述情到濃時，人如何憔悴又如何不悔，多深的情感。」

「他這個多情男子，為這個女子憔悴，又為那個消瘦，若是再多愛幾個女人，他最後不得死啊！」小茹誇張地道。

澤生朝小茹臉上親了一口，道：「妳放心，我只會為妳一人消瘦，為妳一人憔悴的。」

「哎呀，你又開始肉麻了。」小茹嘴上嫌他肉麻，卻覺得他貼在自己臉上的那份溫熱還不足夠，硬是將唇迎了上去。

澤生本只想親親她而已，沒想到這一親，結果兩唇相堵，又變成深吻了。由觸唇的溫熱到咬唇的動情，再到含舌纏吮的激盪。在喘息越來越急促時，手情不自禁地撫摸對方肌膚的那一刻，兩人同時理智地停住了。上次的錯誤可不能再犯，還沒滿三個月，再挺一挺。

小茹意猶未盡，也只好躺在他的懷裡。「你再唱一段吧，我喜歡聽。」

「那我就唱兒時的謠曲吧，以後好哄孩子乖乖睡覺。」澤生的臉緊挨著她的臉，相貼在一起。

小茹嘻嘻笑道：「好，快唱吧。」

「楊柳兒活，抽陀螺；楊柳兒青，放空鐘；楊柳兒死，踢毽子；楊柳發芽，打拔兒……」

小茹聽著聽著要睡著了，還不忘說一句。「你才是說唱第一人。」

澤生聽不明白，含糊地應了一聲，摟著她睡了。

次日是十五上元節，晚上一家人又湊在一桌吃大團圓飯，熱鬧了一番。

吃過飯後，澤生和小茹開始列進貨單子，畢竟過完年了，買賣又要開始做。

列完貨單子後，兩人沒什麼事做，澤生在年前早就把《妊娠正要》抄完，連著另一本畫冊一起還給老郎中，於是兩人就下下圍棋，總是到他們都十分睏了才上床睡覺，就怕提早就寢，一時睡不著，躺在床上又會想入非非。

正月十六，澤生獨自一人去縣城進貨了。因為春耕還沒開始，方老爹和洛生又去了石頭山。新的一年開始了，各自都要忙活生計了。

可是，當澤生進貨到傍晚回來時，還未到家，就聽到村口有人傳著說石頭山出了大事。石頭山第一日開工，出了禍事，一下死了三個人！

澤生嚇得咚一聲放下牛車，打聽得知死的三個人都是姚家村的人，並沒有方家村的人，他爹和大哥都安全無虞，才稍稍鎮定一些。他扶起牛車，將貨拉到鋪子門口，待貨全搬進鋪子裡，便趕著牛車回家了。

回到家，方老爹和洛生也正在和家裡人說這件事，原來是土炮點燃後，竟然好久都沒聲響，一點動靜都沒有，大家躲在一旁等得有些不耐煩了，以為這個土炮裡的火藥不足，或是潮濕了，便有三個人起身去看看到底怎麼回事。

一路走著都沒反應，三人剛蹲下來拿起土炮時，「砰」的一聲，土炮突然炸開，地動山搖，三人當場被炸飛，最後大家連他們的屍首都找不著。

當場所有人都嚇丟了魂，很多膽小的人當即嚇跑了，只有膽大一些的人幫著尋找那三人的屍首或身上的遺物。

一家人聽到這麼恐怖淒慘的事，都嚇得身上打冷顫。

張氏可憐道：「才過完年，就丟了性命，連具全屍都沒有，這叫他們的家人該怎麼活呀！」

方老爹和洛生都神色凝滯，似乎還未從當時那種驚駭的現場回神過來，心有餘悸。

「小茹以前跟我說多麼危險，我當時還不覺得，可這三個月還沒滿，東生被砸傻了，這下又死了三個人！爹、大哥，從明日起你們不要再去做那個活兒了。」澤生著急地勸道。「這幾日就要播種了，馬上還要春耕，還是先把家裡的農活做好才是正事。」

方老爹與洛生都低頭不語，似乎還在猶豫。

瑞娘聽到這事，都快嚇破了膽，也連忙勸道：「澤生說得沒錯，還是不要去了，老老實實種田種地吧，家裡現在又不缺錢花。」

小茹知道他們還是捨不得每日三十六文那麼好的工錢，細細思量了一下，道：「爹、大哥，你們以前不是經常出去給人家幫工嗎？你們的手藝已經足夠好了，完全可以在農閒時，一起去給人家蓋房子，自己當泥匠，這樣工錢會高一些。聽說許多人家因為在石頭山幹活掙了不少錢，今年都想蓋新房子呢！」

「是啊、是啊！」張氏經這麼一提醒，頓悟過來。「光我們方家村就有好幾戶人家要蓋房子，你和洛生去問問，看有沒有哪家願意請你們倆去蓋房。」

方老爹一直低頭思忖著這件事，主要是擔心自己與洛生這幾年一直是給人家幫工，從來沒有真正單獨接手給人蓋房，沈默了一會兒，他開口說話了。

「石頭山的活兒，我們就不去了，等會兒吃過晚飯，我和洛生就搭伴去問問要蓋房的那幾家吧，看人家樂不樂意讓我們倆去做。洛生，你說呢？」

洛生向來聽他爹的話，何況見瑞娘那害怕的模樣，他也不想讓她擔心，便爽快答應道：「嗯，我聽爹的。若真有蓋房子的活兒，而且人家也不要求我們日日滿工，我們還可以不耽誤春耕。」

主意定好後，眾人各自回了屋。

吃過晚飯後，方老爹與洛生跑了幾家，其中有兩家同意讓他們蓋房，還同意讓他們春耕農忙時歇工，工錢三十文錢一日，比去石頭山就少幾文錢。

一家人聽到這個消息都很是歡喜。

# 第十六章

轉眼就到了六月。

這幾個月來，「方記鋪子」的買賣做得如魚得水，十分順利，平均每日都能掙五十文左右，每月進項不少於一千五百文，而且有了足夠的本錢，澤生也無須太勤跑縣城了，十日跑一次就足夠。

他們的春耕一點兒也沒耽誤，每到農忙時，張氏會幫著小茹一起來鋪子裡賣東西，由著澤生去田地裡幹活。方老爹和洛生自然也會幫襯澤生，手把手教他播稻種、培育秧苗。

此時六月天，種得早一些的西瓜已經成熟，可以摘來吃了。

這一日，小茹坐在鋪子外乘涼，澤生從地裡摘回一顆大西瓜，切開來和她一起吃。

小茹的肚子已經很大了，大得她坐下來時，都得直挺著腰坐才行。最近洗衣、打掃屋子的活兒都由澤生做，因為她根本不能彎腰。

小茹一邊吃西瓜一邊說：「這西瓜甜是甜，但我不能吃太多，這肚子大得不太正常，是不是我平時吃得太多了？」

澤生瞧了瞧她那圓鼓鼓的肚子，也有些擔憂。「應該不是吃得多的原因，大嫂吃得估計比妳還多，可她的肚子看起來和妳的差不多大，她還有二十多日就要生了。」

「唉，那個老郎中也看不出什麼，說可能是我們的孩子長得太大，就怕到時候不好生。」小茹越說越害怕，放下手裡的西瓜不敢吃了。這裡的穩婆可不能和現代的婦產科醫生相比，若遇到難產，她可能要丟命的。

儘管澤生心裡也十分憂慮，但不想小茹心裡有太大負擔，安慰她道：「有些人說妳懷的可能是雙胎，若真是那樣，每胎個頭就很小，會很好生的，妳別太擔憂。」

這時，小茹見瑞娘急忙地從鋪子前走過，忍不住喊：「大嫂，妳這麼著急幹什麼去？」

瑞娘急道：「我剛才聽明生娘說，她從鄭家村過來，經過我二妹家門前時，見我二妹在家裡哭得可憐，好像是她公婆打了她，而良子在旁勸他爹娘，他爹娘還訓了他一頓。雪娘自開春嫁到良子家後，就沒過一日安生的日子，我得瞧瞧去，可不要讓她公婆把她身子打壞了。」

澤生見她挺那麼大的肚子，還走得那麼快，便攔住她。「大嫂，妳身子方便嗎？要不……我去妳娘家，找妳爹娘去良子家看一看，妳回家待著吧。」

澤生怕她這風風火火的，到時去雪娘家，若是與她公婆吵起來，她挺著大肚子再拉扯幾下或是怒氣攻心，會很危險的。

瑞娘卻直搖頭，一臉失望。「我爹娘根本不管這事，說嫁雞隨雞、嫁狗隨狗，良子他爹娘要管自己的兒媳婦，他們是不能插手的。雪娘才嫁過去三個多月，都被她公婆打過好幾回了。若只是隨便打幾下也就算了，明生娘剛才可是聽人說見著雪娘她公公拿著扁擔一個勁兒地抽她，若我再不去，怕是雪娘遲早要被他們打死的。」

瑞娘越說越氣憤，眼眶濕紅。

澤生有些著急，大哥今日前往較遠的周家村蓋房子了，而他身為小叔，與大嫂一起去良子家，也不合適。

「大嫂，妳等一下，我去喊娘，讓娘與妳一起去。」澤生說著就往回家的路上跑。

瑞娘大聲喊住他。「二弟，不用去找娘。上午李三郎家來人報信，說小源也懷上了，娘已經去李家村了。我沒事，就是去看看雪娘，再與良子他爹娘說說理，又不會與他們吵架。算命先生說過，我在臨產前不能與人家吵架，我記著呢，肯定會和顏悅色好好跟他們說的。」

瑞娘說完等不及就要走了。小茹見瑞娘就這麼離開，有些不放心。

「澤生，要不，你跟大嫂一起去吧？」

澤生為難道：「身為小叔，和大嫂一起去她二妹的婆家，這不合禮數。妳放心，大嫂心裡謹記著算命先生的話，是不會和良子他爹娘吵架的。大嫂十分在意生男娃，她定不會做出對自己不利的事來。」

小茹想想也是，近日裡大嫂可是盡做善事來著，幫這個、幫那個，西瓜被人偷摘走幾個，她可是一聲都沒敢罵。此次去良子家，她心裡也應該有分寸的。

另一邊廂，瑞娘來到良子家之前，儘量讓自己心平氣和，她心裡已經打算好了，到時候一定要跟良子他爹娘說一些好聽的話。俗話說，伸手不打笑臉人，只要自己迎上一張笑臉，再好好說希望他們能對雪娘好一點，不要總打她，想來這樣肯定不會有事的。

沒想到，剛到良子家門口，就見雪娘披頭散髮，發瘋似地往外跑，好在瑞娘注意著肚子，才沒被雪娘撞個滿懷。

她拽住雪娘。「二妹，妳怎麼啦？」

雪娘見是大姊來了，還來不及哭訴，仍是拔腿就跑，然後又見良子的爹娘跟在她後面追了過去。

他們見瑞娘來了，根本沒搭理她，而是雙雙齊上陣捉住雪娘，再把她手腳捆起來，往家裡扛。

瑞娘嚇得目瞪口呆，見二妹那般可憐的模樣，她的眼淚一下湧出來了。

她跟著進了良子家，極力忍住心中的氣憤，問道：「你們……你們怎麼這麼對待雪娘，她好歹是你們家的兒媳婦，良子呢？他也不管自己的娘子嗎？」

良子躲在屋裡，根本沒臉出來見瑞娘。

鄭老爹氣呼呼地瞪著瑞娘，大聲嚷道：「我還正想去找妳爹娘說呢！我家花了三畝水稻田換來的兒媳婦，吃好喝好地待她，她倒好，嫁過來都三個多月了，至今都不肯與良子同床，每晚情願睡地上也不肯同床。我家這是娶兒媳婦嗎？簡直是招進來一頭白眼狼！」

鄭老爹才說罷，鄭老娘又上陣，一把眼淚一把鼻涕的。「瑞娘，妳以為我們願意打她呀？她來的頭一個月裡，我們哪裡捨得打她，對她可是當自己閨女相待，若不是因為我有一次進他們房裡找東西，根本就不知道她鋪著被子睡在地上。當時打過她一回後，良子就騙我們說，他和雪娘已經行房事了。我們不相信，幾次半夜推門進去後，果然見雪娘仍然是睡地上的。我家良子有那麼不堪，就真的配不上妳家二妹嗎？」

瑞娘聽後啞巴了，再看看被捆著坐在地上的雪娘，慢慢地蹲下身子，問：「二妹，妳……妳這是何苦呢，良子他不是挺好的嗎？」

雪娘兩眼無神地看著她大姊，一個字也不肯說，只是緊咬唇，大有一副不樂意與良子行房，就是瞧不上他的意思。

「二妹！」瑞娘見她滿臉眼淚、頭髮蓬亂的模樣，心疼極了。「妳聽姊一句勸，認命了吧，良子會對妳好的。」

「不！我就不認命，我偏不！」

雪娘掙扎著要起身，因為手腳被捆著，只是一陣亂竄，一下將身前吃力蹲著的瑞娘給撞倒了。

瑞娘被撞得往後一仰，肚子疼得一時說不出話來，額頭大汗淋漓。良子的爹娘都嚇傻了，不知該怎麼辦。

雪娘更是懵了，她可不是故意的呀，直呼喊：「大姊、大姊，妳沒事吧？」

良子聽見外面似乎發生了什麼大事，從自己屋裡跑了出來，見瑞娘倒地不起，臉上的表情十分痛苦，他驚得直喊道：「爹，快去找郎中啊，可別出了人命！」

鄭老爹奪門而出找郎中去了。良子和他娘一起將瑞娘抬到床上躺著。

瑞娘疼得直咬牙，想到肚子裡的孩子，她嚇得直哭。「我的孩子呀，你不會有事吧……」

此時，雪娘還被捆在屋裡，良子的爹娘不肯給她鬆綁，就怕她乘機跑了。其實雪娘擔心大姊的安危，哪裡還有心思跑?!

郎中被請來後，他瞧了瞧，大呼：「都這個時候了，趕快找穩婆啊，她可能是要生了！」

瑞娘疼得死去活來，但郎中的這些話她還是聽清了，忙道：「郎中，我還有二十日左右才到日子呢！」

「妳褲子上都流血了，怕是破了胎水，哪裡還能等到二十日？怕是等會兒就要生下來了。」郎中也嚇得不輕。「妳這……還不知能不能順利生下來呢，早產二十日不說，孩子剛才被撞了一下，也不知會不會有事。」

瑞娘嚇得臉色發白，肚子疼痛難忍，她忍不住自發地用力，想阻止都阻止不了，心裡直哭喊，我的孩子，我的孩子……

鄭老娘把郎中和良子都趕了出去，她幫瑞娘脫下染血的褲子，才一脫下，就見一個嬰兒的頭露了出來。

穩婆還沒來，孩子就要生了！

鄭老娘驚慌失措地看著孩子出來了，朝外面急喊：「穩婆怎麼還沒來，我不會剪臍帶呀！」

瑞娘也感覺到產出孩子了，她哭著道：「孩子怎麼沒有哭？」

鄭老娘頓時愣了。「是啊！孩子怎麼不哭，也不動，難道……」她嚇得不敢說下去了。

瑞娘身子虛弱，用力掙扎著想坐起來，費勁兒半天卻怎麼都坐不起來，她撐起上半身，伸長了雙手哭喊著要抱自己的孩子，想看看孩子到底怎麼了，她都快急瘋了，眼淚糊了滿臉，聲音嘶啞。

「瑞娘，孩子臍帶還沒剪，妳怎麼抱啊？」鄭老娘六神無主了。她看著不動彈的嬰兒和哭得唏哩嘩啦的瑞娘，越想越後怕，整個身子都哆嗦了起來。

若是出了事，不會怪責到她鄭家頭上吧？畢竟這是他們痛打雪娘引來的事端。

就在這萬般焦急的時刻，穩婆終於推門進來了。她對怎麼處理早產很有經驗，先是拿出自己帶來的剪刀，一下剪斷了臍帶。她這把剪刀可早就用沸水煮過的，時刻準備著去產婦家剪嬰孩的臍帶。

穩婆抱起嬰孩仔細觀察了一下，神色緊張地將孩子倒豎，只是扯著兩條小腿，拚命地拍孩子的背，再拍孩子的屁股。

瑞娘見了心疼不已，她知道穩婆是在救孩子，也不敢吭聲，只是淚眼汪汪地看著穩婆使勁地拍打孩子，打得孩子屁股通紅，背也通紅。

拍拍打打好一陣，瑞娘沒聽到哭聲，臉色越來越蒼白，呼吸屏息得就快要停止了。

就在穩婆也以為孩子沒救時，孩子突然嗆了一聲，哭了出來，聲音不大，遠沒有足月產出來的孩子聲音那麼響亮，但這一記哭聲足以證明他還活著。

瑞娘緊繃的神經終於放鬆了下來，頓時熱淚盈眶，激動得說不出話來。

穩婆再仔細察看了嬰孩一番，接過鄭老娘從衣櫥裡找出的一件良子的舊衣裳，再將孩子包起來，然後對瑞娘囑咐道：「早產的孩子得細細將養，可馬虎不得，平時若見孩子不願吃奶、眼神不機靈，或不愛動、不愛笑，就得趕緊看郎中。」

瑞娘直點頭，急著從穩婆手裡接過自己的孩子，看著懷裡小小的孩兒，紅紅的臉蛋，一點點鼻梁，拇指般大的小嘴，可能是因為孩子太小了，皮膚還有些皺皺的，眉毛也沒長出來，眼睛一直閉著不肯睜開，只見睫毛一動一動的。

雖然孩子遠沒有她想像的那麼白白胖胖、漂亮可愛，但這是她的孩子，無論是怎樣的，她都是喜歡得不得了。

瑞娘忍不住親了親孩子的臉蛋，再捏了捏他的小手，盯著孩子的臉瞧個沒完，可能因孩子早產，五官長得並不是太清晰，她愣是看了良久，也沒瞧出孩子到底是像她，還是像洛生。

鄭老娘出去將母子皆平安的事告訴了鄭老爹和良子，捆在一旁的雪娘也聽見了，這下大家緊懸的心終於放下來了。

鄭老爹本來是膽大蠻橫之人，這次也把他嚇得不輕。這時他朝雪娘直瞪大圓眼，嚷道：「幸好妳沒闖下大禍，否則我鄭家跟著妳一起遭殃！我家怎麼就招了妳這麼個白眼狼媳婦？」

「爹，都什麼時候了，就別罵雪娘了。」良子壯著膽跟他爹頂了這麼一句。他從小都怕他爹，極少敢跟他爹頂撞的。

鄭老爹看在兒子的面子上，吹著鬍子轉身出去了。

良子蹲下來解開雪娘身上的繩子，輕聲道：「妳快進去看看妳姊吧。」

雪娘看也不看良子，揉了揉捆得疼痛的手腕，朝屋裡走去。

這時鄭老娘拿了秤桿，再拿了一只籮，跟著進來了。「瑞娘，秤一秤孩子多重吧。」

瑞娘微笑著點頭，把手裡的孩子交給鄭老娘。

鄭老娘將孩子放進籮裡秤，孩子現在沒哭了，雙手雙腳在籮裡動得靈活著呢。把孩子抱出來之後，她再秤空籮。

「瑞娘，孩子四斤八兩，早產二十日，能有這麼重，已算是好的了。」鄭老娘將孩子抱到瑞娘的胸前。

瑞娘接過孩子，突然想起一件要緊的事來，她趕緊打開孩子身上的薄衫，往孩子雙腿間一瞧，驚喜地道：「是男娃，男娃！」

鄭老娘笑道：「哎喲，妳現在才知道是男娃呀！瞧我，剛才嚇傻了，都忘了告訴妳這件大喜事了。」

雪娘也湊過來看她的小外甥。鄭老娘見她湊了過來，就垮著臉往邊上站了。

「二妹，這是什麼時辰了？」瑞娘問道，孩子出生的時辰很重要的，以後算命和娶娘子都是要生辰八字的。

雪娘剛才都被打糊塗了，後來又受瑞娘生孩子的驚嚇，哪裡知道什麼時辰啊，她迷糊地搖頭。「我……不知道到什麼時辰了。」

鄭老娘在旁道了一句：「這時已是申時末了吧！剛才妳生孩子時，正好是申時中。」

「申時？嗯，這是個好時辰。」瑞娘忍不住又親了親孩子的臉。

穩婆剛才一直幫瑞娘處理身子裡的血水和胎盤，弄好這些後，她就要走了，道：「只需二十文錢就夠了。」

她這一開口，瑞娘才想起自己身上根本沒帶錢。雪娘身上更是一文錢都沒有，哪怕有，也早被公婆搜出來了，怕她有了錢會跑掉。

瑞娘支吾地道：「穩婆，我可不可以先欠著，我來時忘了帶錢，待我回家去了，立刻讓我相公給妳送錢來。」

穩婆臉色有些難看，平時遇到這種事，哪家都是趁著喜事，會多給她幾文錢的，如今倒好，不要說多給錢了，竟然還要欠著。

鄭老娘見瑞娘犯難，而穩婆似乎又不太高興，她咬了咬牙，道：「我先替瑞娘墊上這個錢吧。」

「真是謝謝您了。」瑞娘推了推立在她床邊的雪娘。「快替我謝謝妳婆婆呀。」

雪娘低著頭，抿了抿嘴，好半晌才擠出幾個字。「謝謝婆婆。」

鄭老娘垮著臉「嗯」了一聲，帶著穩婆出去了。她從自己屋裡拿出錢來付給穩婆後，見鄭老爹一人氣悶地坐在門口抽著草菸捲，便問：「良子呢？」

「他去洛生家報信去了，得讓方家來接人啊，難道還要讓瑞娘在我們家坐月子？」鄭老爹氣哼哼地揶揄道。「剛才是妳替瑞娘付的錢？妳是嫌錢多嗎？幹麼操那個閒心?!」

「我是先替瑞娘墊上，等會兒她家來人了就會還給我們的，你心裡有氣別朝我出，還是想想怎麼治雪娘吧。」鄭老娘扔下這句話又進屋了。

這會兒，良子來到方家村，見澤生和小茹正在鋪子外搭的草棚裡乘涼，趕緊上前說：「澤生，大姊她……你大嫂在我家生了，你大哥這會兒在哪裡？」

「你說什麼？生、生了？」澤生驚得一下站了起來。「不是還沒到日子嗎？」

「你大嫂不小心被雪娘撞著，早產了！不過你們放心，她和孩子皆平安。」良子急著一下子將事情交代了個大概。「快去找你大哥吧！」

「我大哥去周家村幹活去了，還沒回來，你在這裡等著，我回家喊我娘去，等會兒我和我娘一起去你家。」澤生說完飛快地朝家裡跑去。

良子因一路著急往這邊趕，加上腿不靈便，此時雙腿都累得不輕，就坐在澤生剛才坐的椅子上，甩了甩有些痠疼的腿。

小茹剛才聽到這個消息，一直驚愕地說不出話來。見良子就坐在她的對面，便問道：「我大嫂可是早產了二十日，孩子還好吧？多大，有幾斤重？」

「我……我都沒進屋裡看，來得也急，還不知道這個。」

「那你知道是男娃還是女娃嗎？」小茹又問。

良子一愣，搖了搖頭，支吾地道：「我……我也沒來得及問這個。」

小茹洩氣了。好吧，看來他是什麼都不知道，只知道瑞娘早產生了孩子，兩人都平安無事，總的說來，這算是個喜訊，雖然早產了，只要大人和孩子都性命無憂，對於這裡的人來說，那就是大喜事。

小茹知道現代早產兒一般都是要放進保溫箱的，也不知瑞娘懂不懂得怎麼照顧早產的嬰兒，可別出什麼岔子。

她忍不住又問良子。「是穩婆接生的嗎？」

良子想了想，道：「好像是大姊……是妳大嫂先將孩子生了出來，穩婆才來的，聽說孩子一開始不哭，也沒動靜，是穩婆拍打了孩子好一會兒才出聲的。」

小茹心想，既然穩婆去了，應該會告訴瑞娘怎麼照顧早產嬰兒，她就別瞎操這個心了。

這時澤生和張氏已向這邊跑來。張氏是雖喜仍憂，沒有親眼見到瑞娘和孩子，她哪裡放心得下。只是，當她見到良子，還是沒能忘記問一件大事，那就是瑞娘生的是男娃還是女娃，良子和剛才一樣直搖頭，說他真的沒來得及問。

小茹看著他們三人急急地向鄭家村趕去，她坐在那兒憂慮地摸著自己的大肚子，還有兩個多月才生，可是肚子已經大得像快要生了似的，還要再長兩個多月，那得有多大呀！她真的好怕難產啊。

剛生產完後的瑞娘似乎恢復了些體力，已經靠著床頭坐了起來，手裡一直抱著孩子不肯放。

雪娘想要抱過來仔細瞧瞧，瑞娘見她蓬頭垢面的模樣，嘆道：「妳趕緊先去洗一洗吧，等會兒我還要好好跟妳說說話。」

她還真怕二妹此時如瘋婦般的模樣把孩子嚇著了。

鄭老娘見她走出去了，便來到瑞娘跟前，央求道：「瑞娘，還希望妳能好好勸勸雪娘，讓她踏踏實實跟良子過吧。平日裡她幹活倒也勤快，家裡被她收拾得也很得體，一開始我和良子他爹還為找了這麼個兒媳婦高興著，對她可是連一句重話都不捨得說，哪曉得……她讓我家良子遭這種罪，竟然不肯同床，那我們要這麼個兒媳婦幹麼，花了那麼多錢，還搭上三畝水稻田，難道是娶來乾看著？」

她說得眼淚直掉，哪個當娘的不心疼兒子？她是心疼良子被雪娘嫌棄成那樣，竟然還覥著臉護著雪娘，總是為雪娘說好話。她這個當娘的是想想就覺得心酸。

瑞娘見鄭老娘確實為人也不差，瞧她這副掉眼淚的心酸模樣，看來真是被雪娘氣得難受。雖說鄭老爹是凶了一些，說話總是大聲直嚷嚷，動不動就暴跳如雷，可是雪娘都嫁過來了，還想怎麼樣？良子雖然有缺陷，可畢竟是心疼雪娘的。

鄭老娘見瑞娘一直沒出聲，以為瑞娘不肯幫這個忙，又掏心掏肺地道：「妳放心，雪娘在我家定不會讓她吃苦的，上個月，良子還為她買了細棉布給她做新衣裳，要知道嫁衣都還有兩件沒穿過呢，竟然又急著給她添新的，這在我們鄭家村可是沒有過的，都是因為良子喜歡她、心疼她。還有，我家也算殷實的，良子的兩位哥哥都成了家，孩子也大了，日子過得都還不錯。我家的家底現在都是留給良子的，我和良子他爹還能下田地幹活，攢下的糧和錢，將來不都是良子和雪娘的嗎？」

瑞娘看了看雪娘的這個屋，確實不錯，可比她和洛生那一間放床又打灶的屋子強不少，光瞧著她對面那個刷了紅漆的大衣櫥，就知道良子他家可是花了心思的。

良子是鄭家最小的兒子，又因腿腳不便，他爹娘就更疼惜他一些。

「待雪娘進來，我定會好好勸她的，妳放心好了，至於能不能勸得動……」因為雪娘向來性子倔，瑞娘可不敢向她保證。只是這次她覺得雪娘倔得有些過頭了，良子長得還算不錯，身形也適宜，若不是有一條腿瘸，他也算得上是一位俊郎了，雪娘為什麼就那麼瞧不上他呢？

此時，雪娘洗淨臉，梳好頭髮進來了。她的婆婆就趕緊退了出去，來到屋外和鄭老爹坐在牆根下等著。前後隔了一間堂屋，土牆也很隔音，他們沒法偷聽，哪怕真的想認真聽，也聽不清楚。

「二妹，妳為什麼那麼嫌棄良子？」瑞娘直話問道，跟自己的妹妹說話，也無須拐彎抹角。

雪娘抱著瑞娘的孩子一直不出聲。

「妳跟姊還有什麼不肯說的？」瑞娘有些生氣了。

「我就是見他走路一瘸一瘸的，在我眼前晃來晃去，煩得慌！」雪娘皺眉道。

「妳為什麼就非要死盯著他的腿瞧，妳怎麼就不知道瞧瞧他的臉？他對妳知冷知熱的，可是一般女子想要都要不來的。妳和他同床行房又不會要妳的命，他可是妳的相公，妳都嫁過來了，不認也得認。妳就非要硬撐著挨公婆的打，打了一次又一次，讓旁人見了笑話妳，妳心裡就舒坦了？」瑞娘說話時帶著訓斥的口氣，自家妹子訓一頓也無妨。

雪娘聽了這話不服氣道：「姊，我們蔣家村有哪家的姑娘不比我嫁得好，好歹個個都找了個四肢健全的，妳不也嫁了個好人家嗎？姊夫家也不窮，他對妳也好。為什麼就我偏偏嫁了個瘸子，我心裡憋屈！」

「妳姊夫對我好，也比不上良子對妳好，方家也是今年日子才好過一些，頭兩年怎不窮？而且再怎麼比，也比不上鄭家富足。蔣家村的姑娘嫁的那些人家大多數都是窮人家，上次娘還說，春娘和紅娘被她們的男人打得哭著回娘家！良子可會動手打妳？妳公婆打妳也是因為妳不肯同床，妳若跟良子行房了，好好地跟他過，妳公婆肯定不會打妳，還會哄著妳、對妳好的！」

雪娘不吭聲了，低頭揪著衣角，揪弄了好半天，才嘟囔一句。「我就是不喜歡他！」

「不喜歡也得喜歡，妳一直這麼不理他，也不正眼瞧他，怎麼能喜歡得上？妳不喜歡他，難道還要喜歡別人嗎？」瑞娘直嗆她。

瑞娘這一嗆，嗆得雪娘滿臉通紅，眼神忽閃了幾下，然後又落寞了。

瑞娘見她這模樣嚇了一跳。「妳不會心裡真的喜歡上了別人吧？」

「哪裡是別人，是……是……」雪娘說不出口。

瑞娘回想著雪娘所能接觸的男人，蔣家村都是本姓同宗的，當然不會喜歡，那她沒理由喜歡別人呀！畢竟平日裡根本就遇不到異姓男人，平時偶爾來家裡串門的，也就只有自家的幾位親戚了。

想到親戚，瑞娘怔住了。「妳不會是喜歡表哥吧？」

雪娘沈默不語，瑞娘簡直要捶胸頓足了。

「妳這不是找死嗎？妳喜歡他做什麼？他是長得面皮好，不缺胳膊、不瘸腿的，可是他哪裡像個能過日子的人，整日遊手好閒的，姑姑都拿他沒辦法。前些日子還聽說他與鄰村的一位姑娘勾搭在一起，姑姑嫌那姑娘還沒說媒就主動貼上來，怕是個不清白的，不肯下聘呢！」

「表哥是因為見我嫁人了，才找人家姑娘的！」雪娘還為她表哥辯白。

「那他怎麼不跟姑姑說想娶妳？在妳嫁人之前，怎麼從來沒聽他提過一句，怕他是早就和那位姑娘勾搭在一起了，還來沾惹妳。即便沒有早早勾搭在一起，妳嫁人才三個多月，他就和別人勾搭上了，難道對妳會是真心的？」瑞娘氣得真想給雪娘一個耳摑子，讓她清醒清醒。

瑞娘的這些話，也正是雪娘這些日子想不通的，越想越傷心，這些日子她一直魂不守舍。

瑞娘突然身子一驚，壓低聲音問：「妳不會……不會和表哥那個了吧？」

雪娘窘紅著臉。「什麼這個那個，沒、沒有。」

「妳得跟姊說實話！」瑞娘都急紅眼了，若二妹真的和表哥那樣了，哪怕和良子同床行房了，以後也不會有好日子過，哪家願意要個不清白的，要了也不會對她好的。

「姊，我說沒有就是沒有，我們就是……就是……親過嘴。」雪娘羞得直埋頭，都快埋到脖子根了。

瑞娘這才舒了口氣。「沒有那就好，以後可別再想什麼表哥了，今晚妳就和良子行房事！」

「姊，我……」雪娘委屈的眼淚又出來了，她根本做不到啊。

「難道妳還要留著身子給表哥？他都和別的姑娘在一起了，聽姑姑說……她親眼撞見他們倆在床上呢，所以姑姑才不肯將這樣的姑娘娶進門。妳這清白的身子難道要留給這種浪蕩子？妳現在可是良子的娘子，妳想讓人家戳著脊梁骨罵妳賤貨嗎？」

雪娘聽說表哥竟然和別的姑娘在床上，頓時哭得唏哩嘩啦。「他說只喜歡我一個的，可就是不肯找媒人來我們家說親，直到我要嫁人了，他連一句挽留的話都沒有，原來是因為……我也知道我和他是不可能在一起的，可是……我就是沒辦法忘記他，更沒辦法躺在良子身邊呀！」

「妳就脫光衣服，閉著眼、咬著牙，上床躺著等良子就行，日子久了，妳就會喜歡上他的！」瑞娘給她出了個狠招。

「啊？姊，妳這說的都是什麼呀，我……」

「我說的是正經話，妳有什麼不好意思的，妳都好意思跟表哥親嘴了，為什麼就不好意思讓良子碰妳？難道表哥會比良子乾淨？他不知碰過多少女人呢，估計早就一身污穢了！」瑞娘越說越帶氣，想到表哥將二妹害成這樣，就恨得牙癢癢的。

雪娘被噎得說不出話來了，只知道哭。

這時她們聽到外面有了動靜，是張氏和澤生來了。張氏跟良子的爹娘打過招呼後，就趕緊衝進屋來看瑞娘和孩子。

瑞娘見婆婆進來了，十分自豪地說：「娘，是男娃！」

「真……真的？」張氏喜得結巴了，打了許多摺皺的臉頓時興奮得脹紅一片。她從瑞娘懷裡把孩子抱了過來，小心翼翼地摟在自己的懷裡。「哎喲，我的小孫兒，我的小祖宗，你怎這麼小，早出來了二十日，真是可憐見的。」說著說著眼淚就掉了下來。「都怪你娘，不好好護著你，讓你遭這份罪，真是心疼死奶奶了。」

在旁的雪娘聽了這話，心裡也很內疚，可事已至此，她又不能彌補什麼，只能希望孩子健健康康的，不要因早產而耽誤了長身子。否則以後一旦有人提起這事，她都沒法撇開自己犯下的錯。

瑞娘見張氏心疼得掉眼淚，也跟著閃淚花。「娘，孩子也有四斤八兩，不算太輕。」

「才四斤八兩，別人家的娃兒生出來可是有五、六斤，有的還有七、八斤呢！」張氏又是淚眼汪汪。

這時澤生也進來了，他湊過來瞧了瞧，嘻笑著說：「我的小侄兒長得像大哥呢！」

張氏含淚笑道：「我瞧著也是。」

瑞娘雖然沒瞧出像誰，但婆婆和澤生都說像洛生，那一定就是像洛生了。其實她心裡樂意孩子像洛生，這樣孩子就更能得到疼愛。

瑞娘想起剛才借了二十文錢的事。「澤生，你身上帶錢了嗎？剛才欠了穩婆二十文錢，是雪娘她婆婆墊上的，你先替我還給她吧。」

澤生摸了一下荷包。「我帶了錢，這就去還。」他說著就出門還錢去了。

張氏見孩子的嘴一張一合的，想來孩子是餓了。「瑞娘，妳給孩子餵奶了嗎？」

「喲，我忘了！」瑞娘自責道，剛才只顧著勸雪娘去了，把餵奶的事給忘了。

瑞娘接過孩子，撩起衣裳，將乳頭塞進孩子的嘴裡。孩子的嘴立刻吮了起來，可是吸吮了好一會兒，什麼也沒吸到。

張氏急了。「妳怎麼沒有奶呢？看來妳和香娘她們一樣，得過兩、三日才能下奶了，我當年可是生下孩子才一個多時辰就有奶的。」

「那怎麼辦？下奶之前孩子該吃什麼？」瑞娘焦慮道。

「我們趕緊回家吧！先熬米湯給娃兒喝，我再去磨一些米粉，煮米糊，加點白糖，味道也不錯的。」張氏畢竟是老一輩的人，還是知道該怎麼應對的。

張氏抱著孩子，雪娘來扶瑞娘起身。

瑞娘因早產，身子很不舒服，她下了地，雙腿一邁，肚子就疼。

張氏見瑞娘走路很吃力，便道：「要不……妳先在這兒躺著，等洛生回來，我讓他來揹妳回家，我和澤生先把孩子抱回去。」

瑞娘想到孩子餓了要吃東西，只好點頭。「好吧，我在這裡再等等。」

「那我們先走了，我給孩子準備吃的，然後再給妳煮發奶的鯽魚湯。」

瑞娘見張氏就這麼把孩子抱出去了，心裡有些不捨，但她實在走不動路，只好又爬上床來。

張氏才一出門，見日頭太烈，吩咐澤生道：「你去跟良子借把傘來，這麼大的日頭可別曬到孩子了。」

澤生又回頭去向良子借了把紙傘，一路上都撐著傘為孩子遮擋日頭。

走到半路，他們見洛生急匆匆地向這邊跑來。

洛生收工回到村口時，就聽小茹說瑞娘生孩子的事，他差點嚇失了魂，當聽說瑞娘和孩子都平安時，才穩住了神，扔下手裡的工具慌忙跑了過來，一路上是既興奮又焦慮。

洛生遠遠地瞧見了他娘和澤生，他加快腳步跑了過來，先是將孩子抱在手裡好好瞧了一番，然後傻笑著說：「好，好。」

張氏欣喜地道：「瞧你，都高興得糊塗了，不知道說什麼，就一個『好』字，趕緊去將瑞娘揹回來吧，她走不動路。」

「哎！」洛生急忙跑去。

張氏突然回頭朝洛生喊道：「是男娃！」

「我知道，剛才瞧見了！」洛生笑呵呵地跑開了。

澤生不禁樂了。「大哥可沒高興糊塗，剛才他抱在手裡才瞧那麼一會兒，孩子包得也挺緊，他就瞧見了，知道是男娃。」

「嗯，還不算糊塗。」張氏笑道。

到了方家村，小茹遠遠地就見張氏懷裡抱著孩子，澤生在旁邊撐傘。她迎了上去。

「娘，澤生，你們把孩子先抱回來啦，我瞧瞧。」

小茹想伸手抱過來仔細看，張氏卻不給她抱。「妳肚子裡還有孩子呢，都說挺著大肚子的女人不能抱人家的孩子，犯沖。」

啊？小茹有些懵，她還真沒聽說過有這種說法。不抱就不抱吧，她就湊在邊上瞧著，她還是第一次瞧剛出生的孩子，覺得孩子好小，一丁點兒大的臉，一丁點兒大的手，小眼睛、小鼻子，真是可愛呀。

她不敢當張氏的面說孩子小，因為孩子本來就早產了，怕一說小，張氏會心急。

「娘，孩子很像大哥呢！」小茹經過仔細觀察，確認是像洛生無誤。

張氏笑道：「那是，是誰的種就會像誰，這可是不會錯的。現在天色也晚了，你們今日早些關鋪子吧，等會兒要熬米湯，還要去磨米粉，我一個人忙不過來，你們倆就幫著點。對了，我還得讓你爹到池塘裡去捉鯽魚，好燉著給瑞娘發奶呢。」

小茹趕緊應著。「嗯，澤生，快把鋪子鎖上吧。」

婆婆都發話了，她可不敢不從啊。

澤生將草棚下的兩張椅子搬進鋪子，把門鎖上後跟著他娘回家。

方老爹剛才是和洛生一起幹活回來的，他喜孜孜地在家等著他們回來呢。

看了看正在熟睡的孩子，又見是男娃，方老爹自然開心。「我說今日左眼怎麼跳得厲害呢，原來是有大喜事。」

「你別光高興了，趁天色還沒黑，你去村前池塘裡看能不能捉幾條鯽魚來，要是實在捉不來，明日得趕早一些去石鎮買，瑞娘還沒有奶呢！」張氏著急道。

「好，我這就去。」方老爹從牆角找出一個魚籠，出去捉魚了。

澤生抱出他爹早已為孩子做好的搖床，小茹忙著鋪上早已準備好的小被子。

張氏小心地將孩子放進搖床。「小茹，妳在這裡好好看著。澤生，你快去熬米湯吧，我得去明生家磨米粉。」

澤生去灶上忙去了，張氏也端著一小盆米出門了。

小茹一人坐在搖床旁看著孩子，他那小模樣、小神情，還真是讓人越看越喜歡。她見孩子身子動了動，趕緊找來婆婆早已做好的棉墊給墊在孩子的屁股底下，又找來尿布。

可她實在不知道該怎麼給孩子包尿布，只好將布疊整齊夾在孩子的大腿間，然後再找來一條布帶子輕輕地繫上，這樣尿布就不會鬆了。

孩子還算乖，一直在睡，不吵也不鬧。待澤生把粥煮好了，米湯也端過來了，孩子仍然在睡。

「我發現剛出生的孩子真好，只顧著睡覺，一點兒也不吵。」小茹嘻嘻笑道。「帶孩子也挺容易的嘛！」

「妳話可別說早了，等孩子再長大一些，幾個月後肯定會鬧騰。不過，孩子還在睡，怎麼給他餵米湯啊？」澤生端著米湯犯愁了。

「他睡著沒法餵，應該是等他醒了再餵吧？」小茹答道。

「要是他一直這麼睡著，一睡好幾個時辰，肯定會餓呀。」澤生跑去拿了個勺子。「要不就這樣往他嘴裡送？」

「不行，你硬往他嘴裡送，可會嗆著他！」小茹攔著不讓澤生瞎來。

「可是，娘說他早就餓了呀！在良子家，他的嘴就一張一張的，想吃東西了。」澤生放下碗。「要不我們把他弄醒？」

小茹怔了一下，然後點頭。「好主意！」

澤生輕輕地抱起孩子，才一上手，就感覺孩子屁股底下濕濕的。「尿了尿了，趕緊換尿布。棉墊也濕了，都要換。」

小茹急忙地去找尿布和棉墊。「澤生，我們倆這是提前練一練怎麼帶孩子呀！」

「嗯，現在學會了，等我們的孩子出生了，就不手忙腳亂了。」澤生笑道。

等他們倆把孩子尿布換好後，澤生抱著孩子，小茹硬是撓了撓孩子，將他給撓醒了，然後她一勺一勺地往孩子嘴裡餵入濃稠的米湯。只是孩子嘴太小，每喝一口，米湯都從嘴邊往外溢。

「要是有奶瓶就好了，可以讓孩子自己喝，這樣餵著太費勁兒。」小茹小聲嘀咕著。

「妳說什麼？」澤生沒聽清。

「沒說什麼，我說這樣餵著太費勁兒。」小茹嘆道，她知道澤生是不可能知道什麼叫奶瓶的。

就這樣餵了十幾勺，孩子似乎喝飽了，嘴不動了。

澤生準備把孩子放進搖床，小茹攔著他。「不行，他剛喝完米湯，你把他放平了，容易倒流出來。」

「哦。」澤生明白了，他抱著孩子走了好幾圈，讓孩子消化消化，才抱進搖床裡。

待張氏磨完米粉回來，她見他們倆不僅給孩子包上了尿布，還餵孩子喝了米湯，滿意地道：「嗯，瞧著你們倆挺會帶孩子，等你們的孩子出生了，我就不用發愁了。」

他們正在說話時，洛生揹著瑞娘回來了。

張氏跑進洛生的屋，把床上的被子攤開。「瑞娘，妳趕緊睡會兒吧，今日妳可是辛苦了。」

「孩子呢？」瑞娘一躺下就問孩子的事。「把孩子放到我屋裡來吧。」

「妳先睡會兒，孩子有澤生和小茹看著呢，等妳歇息一會兒，緩過勁來，再讓他們把搖床抬到妳屋裡來。」洛生又催著她。「妳快歇息吧，我去看孩子，妳放心好了。」

他說完就出了門，還將門帶上，不讓外面的動靜吵著她。瑞娘也實在覺得很勞累，閉上眼睛才一會兒就睡著了。

沒過多久，方老爹也回來了，手裡提著兩條不大的魚。

張氏瞧了瞧。「魚小了點，今晚吃一條，明日吃一條，後日你再去鎮上買幾條大一點的吧。」

「好，池塘裡的魚不多了，越來越難捉。每日都有一群半大的孩子在那裡耗著，大魚早被捉沒了。」方老爹拿著魚到井邊打水洗了起來。

「爹，該給孩子取什麼名？」洛生剛才一直跟澤生、小茹在商量孩子的名字。澤生讓他自己取，他又怕取不好，非要徵求他們倆的意思。

從澤生嘴裡出來的名字都太文氣，小茹更是想不出來好的，她說的幾個，大家都聽不明白那名字是什麼意思，因為她說的都是什麼嘉、什麼偉、什麼軒之類的。

而洛生想的幾個他自己又不滿意，張氏還時不時插嘴說要賤一點的名字。

最後他們都犯難了，只好問方老爹的意思了。

方老爹邊洗魚邊思索著。「小名就叫牛蛋吧，賤一點。大名由澤生幫著想吧，慢慢想，也不急。」

啊？牛蛋？小茹怔愣了半晌，這個名字……也太賤了吧，真的取賤名就好養活？

洛生和澤生倒沒有小茹反應這麼大，那麼多人叫狗蛋，叫牛蛋也沒什麼，反正這是小名，待孩子大了，都會用大名的。

洛生答得爽快。「好，那就叫牛蛋。澤生，大名就交給你了。」

「好，我慢慢想。」澤生應著。

此時天色已暗黑，有洛生帶著他自己的孩子，澤生和小茹終於可以歇會兒，回自己屋裡做晚飯了。

「澤生，以後我們的孩子不要取什麼牛蛋、狗蛋，好嗎？」小茹真的不喜歡這樣的名字，所以想提前跟他商量好。

「牛蛋、狗蛋不好嗎？妳不喜歡的話，到時候我們就不取這樣的，反正狗蛋、牛蛋現在都有人叫了，也輪不上我們的孩子，否則就重名了。」

小茹突然起了好奇心，笑問：「你的小名叫什麼？不會也是什麼蛋吧？」

澤生嘿嘿直笑。「不是什麼蛋，大哥叫大栓，我叫二栓，小源叫大丫頭，小清叫二丫頭，一般過了七、八歲，就沒人喊小名了。」

「二栓？」小茹哈哈大笑起來。「二栓比什麼蛋還是要好聽一些。」

「小茹，妳說我們給牛蛋取個大名叫凌天好不好？」澤生一直在思索著大名，大哥和爹交給他的事，他可得認真完成。

「凌天？方凌天？……」小茹唸了好幾遍。「剛說牛蛋這個名太賤，你一下又取了個沖天的名！不過，這個名字挺好聽的。」雖然她聽起來覺得這個名字怎麼聽都像武林高手的名，但聽著確實不錯，沖天就沖天吧，要的就是這個氣勢。

澤生聽小茹說這個名字好聽，他就開始得意了。「不僅是好聽，寓意也好！凌天，就是希望他以後當頂天立地的男子漢。」

「嗯，那你去問問大哥和爹的意思，看他們對這個名字滿不滿意。」

澤生得了她的肯定，放下手裡的柴火和火筴，迫不及待地跑出去了。

洛生和方老爹一聽「凌天」這個名字，都說好聽，澤生再解釋一下這個名字的寓意，他們就更喜歡了，當場就定下了這個名字。

方老爹坐在搖床旁，瞧著他的小孫子，歡喜道：「牛蛋，你叔給你取了個好聽的名字，叫凌天。牛蛋、凌天，可都是好名，哈哈……」

方老爹開懷地大笑起來。

小牛蛋睡得很沈，絲毫不被方老爹的笑聲影響睡眠。

大家都吃過晚飯後，瑞娘才醒，洛生將張氏燉的鯽魚端給她吃。瑞娘也真是餓了，一會兒將一大碗吃了個淨，洛生再為她盛了一大碗飯菜。

「妳要多吃點，到時候還要給牛蛋餵奶呢！」洛生在旁看著說。

「還不知過幾日才會有奶呢。」瑞娘有些憂慮道，突然她一驚。「牛蛋？我們的孩子叫牛蛋？是你取的，還是爹取的？」她停下了手裡的筷子，似乎不太滿意這個名字。

「爹取的，娘說了，名字越賤越好養，牛蛋早產二十日，可得取個賤一點的名字嘛！」

瑞娘頓了一頓，接著吃飯。「牛蛋就牛蛋吧，雖然不是很好聽，只要是為了孩子好，取什麼樣的名都行。」她心想，是公爹取的，她也不好說反對的話呀。

洛生當然懂瑞娘的心思，又道：「澤生還幫牛蛋取了個大名，叫凌天，夠氣勢！」

「凌天？嗯，這個我喜歡！孩子吃了嗎？」瑞娘自己在吃飯，心裡一直惦記著孩子呢。

「妳放心，之前喝了濃米湯，現在娘又在給他餵稀米糊，餓不著。」

瑞娘笑了笑，放心地吃自己的飯。

這一晚澤生睡得很不踏實，他瞧著小茹的肚子實在是太大了，真的是越想越害怕。前半夜他是焦慮得輾轉反側，後半夜他又作了個噩夢，夢見小茹難產，嚇得他一下驚醒了過來，渾身都是汗。

小茹雖然是睡著的，但身子也不舒服，迷迷糊糊中，不停地翻動著身子，一會兒向左邊側，一會兒向右邊側，胎兒太大，壓迫得她很不舒服，睡得一點兒也不踏實。

次日一早，澤生就去石鎮，請來石鎮頗有名氣的周郎中。

周郎中瞧見小茹這大肚子，也是吃驚不小。「這當真只懷七個月？」

澤生和小茹同時點頭，滿臉的焦急。方老爹和張氏也在旁認真地聽著，小茹這個大肚子，真的是全家的憂慮啊。

周郎中仔細瞧了瞧小茹的肚形，再屏氣凝神地替她把脈，一邊不停地捋著鬍子，最後終於發話了。「有可能是雙胎。」

平時不少人就猜測是雙胎，可沒有誰能肯定，以為找周郎中來了，能確定一下，沒想到他也是說「可能」。

「雙胎的可能性有多大？」小茹實在耐不住性子，急急問道。

周郎中再仔細地給她把脈一回，謹慎地道：「九成可能吧，我能說九成，那就是比較有把握了。」

這下一家人稍稍放心了些，雖然沒得到個十成的肯定，但九成離十成也不遠了。

張氏再讓周郎中瞧瞧小牛蛋。周郎中一看就瞧出小牛蛋早產了二十日左右，不過他說牛蛋一切都挺好，無須擔憂。

送走周郎中，澤生拉著小茹進了自己的屋，再好好瞧她的肚子。「既然周郎中說有九成的可能是雙胎，那應該是差不遠了，我們一下就有兩個孩子啦！」

小茹卻苦著臉，憂愁地道：「一下生兩個孩子出來，我們能帶得過來嗎？」

「姊夫！方家公公、方家婆婆！」有一人進了他們的院子。

澤生和小茹往門外一瞧，是雪娘。

雪娘前腳進院門，良子後腳就跟進來了。

因為不放心瑞娘的孩子，雪娘昨晚憂心一晚上，生怕孩子有個三長兩短，就想著過來瞧一瞧。而良子的爹娘又不放心雪娘，所以讓良子跟著來。

雪娘進了瑞娘的屋，良子和大家打過招呼後沒有跟進去。一是他不好意思進人家的內屋，二是他知道雪娘不喜歡自己跟在她身邊，他很知趣，不願當個臭蒼蠅黏著她。

這時候，澤生和小茹要去鋪子裡了，和良子打過招呼，他們倆就相伴著出門了。只有洛生搬把椅子讓良子坐，在旁陪著他。

洛生向來不善言談，與良子也不熟，不知該說些什麼，只是有一搭沒一搭地說著孩子的事，然後就沒什麼話說了。

良子這麼乾坐著很尷尬，雖然他和洛生互為連襟同為蔣家的女婿有三個多月了，但兩人還從未坐在一塊兒說過話。

「姊夫，我……我去澤生的鋪子裡。」

洛生知道良子與澤生相熟，也不挽留他，就送他出了院門。

當良子來到澤生的鋪子裡，饒有興趣地看著貨架上新進的貨，掃了一圈後，他的目光停在一款珠花上。

作為農家人，一般未出嫁的姑娘和出嫁不多久的新婦會花些錢買頭花戴，生過孩子的婦人就再也不戴頭花了，大都是插根木簪子，只是為了不讓頭髮散下來，沒什麼講究。

而這種珠花，普通的農家女子以前是沒戴過的，自從小茹讓澤生進了這種珠花後，富足一些人家的女子才會買著戴。

當然，小茹看著眼熱，自己也戴了一個，雖然此時是挺著大肚子的孕婦模樣，她還是愛美的。

以前的頭花都是絹布做的，而這種珠花是由銅和松石製成的。每一顆松石都磨成珠狀，閃閃發亮，看上去特別招眼。雖然這些遠不如小茹在前世戴的那些水晶飾品好看，但這些看起來古韻十足，在這裡算是高檔的頭飾了。

珠花好看，但價錢也貴，是普通絹花的六倍價錢，小茹也只進幾款而已，怕賣不出去，沒想到還真有些人家為了好看捨得花錢，現在只剩兩個擺在那兒。

小茹見良子盯著看這個，就知道他想買去送給雪娘。

「良子，想買這個送給雪娘？看來你還挺知道心疼人的。」小茹笑道。

良子羞紅了臉，極小聲地說：「嗯，她的都是絹花，可沒這個好看。那個淺綠色的多少錢？」

小茹往便宜裡說，熟人嘛，她不好意思多掙人家的錢。「二十文，這種珠花是貴了一些，你要是沒帶夠錢，下次來了再給也行。」

「夠，我帶夠了錢。」良子為雪娘花錢不嫌貴，直接從袖裡掏出錢袋子，裡面一共也就只有二十五文，他一下掏出二十文錢買了珠花。

澤生在旁看了心裡挺不是滋味，昨日去良子家一趟，見他們家氣氛異常，而鄭老爹和鄭老娘在嘟囔說著什麼，澤生也明白了些事。良子不但不生雪娘的氣，心裡還時刻惦記著她，見到珠花好看就想給她買，他當真是想對雪娘好啊。

澤生挺佩服他的，娶了個娘子碰不得，還得日日哄著她、巴結她，他是想到都為良子叫屈呀。

小茹不明就裡，隨口問道：「聽大嫂說，你爹娘常打雪娘？」

良子面紅耳赤，一時不知該作何回答，嘴裡囁嚅了一會兒，慚愧道：「都怪我無能，沒能護好雪娘。」

澤生朝小茹直使眼色，示意她趕緊打住這個話題，她得了暗示，也就沒有說下去，儘管她心中一陣好奇，也只能等良子走了再問澤生吧。

澤生和良子坐下來聊著以前在學堂裡的事，良子讀過兩年書，遠沒有澤生讀的年數多，但良子經常受同窗欺負，幾乎每次都是澤生為他說話，為他解圍，兩人也因此有了些交情。

他們聊完學堂裡的事又感嘆年月過得真快，如今兩人都成親了。

「還是你過得順當，就快有孩子了，鋪子買賣也做得好。」良子十分羨慕地說，想到自己的窘況，他臉上又蒙了一層灰暗。

澤生拍了拍良子的肩頭，安慰道：「放心，遲早你也會有孩子的。」

良子淡淡笑著回應，心裡忖道：但願吧，只是這條路走起來真的很艱難。

# 第十七章

瑞娘抱著孩子讓他吸著乳頭，雖然還是沒有奶出來，不過聽人家說多讓孩子吸一吸，奶會早點下來，因此她是待孩子一醒，就讓孩子吸一會兒。

雪娘見孩子正常得很，放心了不少，道：「姊，等牛蛋長大了，妳可不要跟他說，是我把他撞出來的。」

「那要看妳日子過得怎樣，要是過得好，我自然不說。若還是過得這麼糊塗，我憂心，肯定會在牛蛋面前嘮叨的。妳昨晚……有沒有……？」瑞娘朝她直眨眼。

雪娘當然知道大姊問的是什麼，她擰眉道：「瞧妳說的，妳當我是青樓女子嗎？哪能做出那種事來。只不過……我怕又被公婆發現我打地鋪睡，就……上床睡了。」

「都睡床上去了，也沒那個？」瑞娘驚道。

雪娘直搖頭。「我們之間隔得遠著呢，良子也不敢碰我。」

「妳叫我說妳什麼好呢？他不敢碰妳，是怕妳生氣。妳若是給他好臉色，跟他說話、對他笑，他會不敢碰妳？」

「反正我都睡到床上去了，公婆也不能怪我什麼了，他們也沒理由再打我。良子不碰我，豈不是正中了我的意，我巴不得呢，幹麼還要笑臉相迎！」雪娘噘著嘴說。「而且以我早上對公婆臉色的觀察，他們肯定以為昨晚我和良子行房了，笑得開心呢，否則能讓我出門來看妳？」

「妳這不是要折磨死良子嗎？這種事能瞞得了多久，要是戳穿了，妳又得挨打，何苦呢？妳得好好哄著良子，順著他，他對妳好，公婆自然對妳好。昨日妳婆婆還跟我說，鄭家的家底全是留給妳和良子的，他兩個哥哥都是不能再分的。妳守著這麼好的人家，吃好穿好的，瞧妳，現在身上穿的都比姊的好，妳有什麼不滿意的？」

「我不在乎吃穿！」雪娘倔強地回道。

瑞娘訓道：「那妳在乎什麼？在乎相公好不好？那良子也比表哥強呀！」

雪娘沒接話，心裡暗想，她可沒覺得良子比表哥強，一個痴子與一個風流花心的正常人相比，根本比不出什麼來。不過，她也不再想表哥的事了，她知道表哥早把她拋到腦後去了。

只是每當她出門，見別人用異樣的眼光瞧自己，就覺得他們是在笑話她嫁給了個痴子。她心裡委屈，哪裡能再對良子好，覺得自己這一輩子都抬不起頭來了。

別人為什麼用異樣的眼光瞧她，她根本就沒琢磨明白。

這會兒張氏進屋來了，要給牛蛋餵米糊。雪娘和瑞娘便沒再說剛才的那個話題。

瑞娘把牛蛋抱在懷裡，張氏坐在床邊一勺一勺地往他的嘴裡餵。張氏特意將米糊煮得很稀，怕稠了不好消化，畢竟孩子還沒有足月，每餵一勺，牛蛋的嘴角都要溢出很多。

當張氏用勺子把牛蛋嘴角的米糊往他嘴裡刮時，瑞娘不樂意了。

「娘，嘴角的就不要再往他嘴裡刮了，不乾淨。」

張氏以前帶孩子可沒這麼講究過，再說，她平時見瑞娘也沒多乾淨、多講究。但是瑞娘這麼說也是心疼孩子，張氏便沒作聲，拿乾淨巾子給牛蛋擦嘴。每餵一勺，都要擦一下。再餵幾勺時，張氏就用勺子稍稍往牛蛋嘴裡餵深一些，這樣就不容易溢出來。可能是餵深了，牛蛋欲嘔了一下。

瑞娘皺起眉頭。「妳這樣餵太深了，牛蛋都差點吐了，我來餵吧！」

張氏心裡沈了一下，沒吭聲。因為是自己做錯了事，讓牛蛋想吐了，她也沒有回話，只好把碗遞給瑞娘，自己將牛蛋抱在懷裡。

她才一抱，瑞娘又蹙眉說道：「妳得好好托著他的腦袋，他腦袋還沒長穩呢。」

「我懂，我是托著的，剛剛只是才接過來，還沒擺好姿勢。」張氏忍不住回了這麼一句。

不知道牛蛋是因為聽她們說話不樂意，還是因為換人抱他，他就不高興了。他扯開嗓門哭了起來，嘴裡還有一口米糊也吐了出來。

這下她們倆手忙腳亂了，雪娘趕緊把碗接走，讓她們婆媳倆一人哄孩子，一個擦孩子的嘴。孩子的襁褓也濕了一小片，又得換乾淨的重新包起來。

瑞娘以前對婆婆可不敢這麼說話，可她覺得自己都生男娃了，婆婆怎麼樣也該細心照顧牛蛋才是。

張氏心裡也有氣，她可是一早上做好一家人的飯，因為瑞娘在坐月子，洛生和瑞娘都是在她的鍋裡吃的飯。而且做完早飯後，她又洗屎布、尿布，還洗了瑞娘和洛生的許多衣服，回來後又燉鯽魚給瑞娘吃。

忙完這些，她覺得尿布準備得不夠多，就把一些破衣服又剪成尿布，洗好晾上。接著，她就煮米糊來餵牛蛋，雖然一直忙著，但她可是高興地忙著，為孫子忙活，她樂意。可一到了瑞娘面前，好像她什麼也沒做好似的。

兩人都繃著臉沒說話，低頭將孩子收拾妥當了，瑞娘就接過雪娘手裡的碗。「二妹，妳抱著孩子，我來餵。娘，妳去歇會兒吧。」

雖然她說的是叫婆婆去歇息會兒，但那臉色明顯就是不高興。

張氏還是頭一回受兒媳婦這麼擠兌，心裡很不舒服，也就扭頭出去了。

見張氏出去後，瑞娘又接著對雪娘說：「妳還嫌妳公婆不好，昨日妳婆婆還一把眼淚一把鼻涕地哭，說只要妳好好跟良子過日子，她肯定會對妳好的。妳倒好，身在福中不知福，還羨慕我找了個好人家，妳可不知道我婆婆平時多偏心，什麼事都向著茹娘。這回我生了牛蛋，她才喜得不像樣子。可對牛蛋還是不用心，妳瞧她剛才餵的！」

「沒有吧，我瞧著妳婆婆滿心思都在孩子身上，可能她以前就是那麼帶孩子的，哪裡是不用心，妳可別瞎想了。」雪娘只覺得大姊剛才說話語氣不太好，哪怕她婆婆沒做好，但好歹也是婆婆呀，說話總該帶著敬意才好。

瑞娘似乎心裡還有氣。「那是，對牛蛋是真心疼，就是不肯更細心一點。對我還是和以前一樣，早上我讓她給我換個大一點的枕頭，我這個枕頭太小靠著坐很不舒服，腰一直疼疼，她到現在也沒給我換。」

「可能是忙忘了吧，剛才我進院子，見她一直在忙活著呢！姊，妳什麼時候這麼小心眼了？」

瑞娘撇嘴道：「哪裡是我小心眼了，若她真的對我上心，能將這件事忘了？好了，不說我婆婆了，說說妳吧，妳可得記住我說的話，不看僧面看佛面，哪怕妳瞧不上良子，看在他對妳好，還有他家那些家當也好，妳可別再犯傻了。」

「哎呀，我知道了，妳怎這麼囉嗦，我不是已經睡到床上去了嘛！我公婆得知我睡到床上去了，早上還給我煎了兩顆雞蛋吃。我知道怎麼做，早上我聽一個女兒嫁到表哥那個村裡的鄰居說表哥要定親了，聽說表哥要娶周家村的一位姑娘，以前瞎混的那個浪蹄子被他蹬了。我才不要再惦記他呢。」

瑞娘見雪娘不再惦記表哥了，也就放心了，至於行房的事，那就慢慢來吧！

見時辰不早，雪娘就要回去了。

雪娘出門時，見張氏正在拆洗瑞娘要的大枕頭，因為好久沒用過，有些發黴的味道，張氏就想著洗一洗，曬乾了再拿給瑞娘用。

張氏見雪娘出來了，送她出院門，說：「良子在澤生鋪子裡玩呢，你們中午就留在我們家吃飯吧。」

雪娘忙客氣道：「方家婆婆，妳也挺忙的，別管我們了。我來時就跟公婆說過，午時之前會回家的，他們會等我們回家吃飯的。」

雪娘來到澤生的鋪子外，也不進來找良子，只是朝裡邊瞟了一眼，就顧自向前走了。良子見了她，趕緊追了上去，但也不敢跟她並排著走，而是跟在後面。

他們就這樣一前一後，一路走著。

雪娘之所以不想與他靠得太近，就是嫌他一瘸一瘸的，若被路上來往的人瞧見了，猜出他們是小倆口，她就覺得特別丟臉。

「雪娘！」良子在後面叫了她一聲。

雪娘頭也不回。「幹麼？」

「我剛才在澤生鋪子裡看到一個好看的珠花就買來了，妳瞧瞧看，喜不喜歡？」

雪娘一聽說珠花，便止住了腳步。今早來她就見小茹頭上戴著珠花，可好看了，心裡還正想著什麼時候自己也買一個呢。

她回過頭來，良子就將珠花交到她的手裡，她拿在手裡細瞧了一番，覺得真的不錯，估計價錢不便宜。「這個多少錢？」

「不貴，妳不要管價錢，只要喜歡就行。」良子微笑地瞧著雪娘，他見雪娘高興，心裡就特舒坦。

雪娘連忙將珠花戴在鬢邊，像小茹那樣戴著。「好看嗎？」

良子直點頭。「好看！」

雪娘又朝前大步走，步子歡著呢，但她仍然不等良子，而良子和剛才一樣，在後面跟著。

中午時分，澤生回家做飯吃，因為小茹身子不便，這幾個月來都是由他掌廚。他一回來，就聽見牛蛋在屋裡哭。

「娘，牛蛋怎麼哭了？」澤生見他娘蹲在井邊洗菜，聽到牛蛋哭也沒進屋裡瞧，他覺得很是奇怪。

張氏臉色不太好，小聲地說：「剛才牛蛋拉了，我倒溫水去給他洗屁股，他不知怎麼就哭了。孩子好哭是稀鬆平常的事，可你大嫂硬說是水太燙了，把孩子燙哭了。我說我用手摸過了，一點兒也不燙，你大嫂又說是因為我皮糙，感覺不出來水燙。我多大歲數了，皮能不糙嗎？可她那手也好不到哪兒去呀，幹麼這麼擠兌我，我是婆婆，不是該受氣的媳婦。」

張氏越說越來氣，但也只敢捏著嗓子小聲地說，還是不想讓瑞娘聽到的。

澤生也壓低嗓音道：「娘，瞧妳說的，大嫂剛生牛蛋，妳就別跟她計較了。」

「我沒跟她計較，就是不愛聽她那話。以前她可沒跟我這樣說話，這一生孩子，脾氣就大了不少。」

這時瑞娘在屋裡喊道：「娘，妳快倒些水來給牛蛋喝吧！他一直哭不停，可能是渴了。」

張氏趕緊放下手裡的菜，進屋倒水去了，雖然她心裡在想，剛才已經餵了牛蛋好幾勺水，他哪那麼快就渴了，但瑞娘說是渴了，那就依她吧，否則又要爭起來。

澤生見她們婆媳兩人突然傷了和氣，甚是納悶。平時再怎麼樣也沒見她們互相擺臉色呀！生了孩子本來是件高興的事，怎麼鬧到不和睦了呢？

澤生做好了飯，匆匆吃了兩碗，就把小茹的飯菜裝進一個大碗公裡，然後再拿一個稍小一點的碗蓋上，送到鋪子裡給她吃。

「你怎麼又給我盛這麼多？我最近都不敢多吃的。」小茹見這一大碗公，鬱悶地倒出一半到那個小碗裡。

「妳別擔心，周郎中說有九成是雙胎，應該就錯不了了。每胎個頭都不大，不會很難生的。」澤生安慰道。「總得吃飽才是，孩子也是要吃的。」

小茹搖了搖頭。「不是不想吃，是吃不太下，這兩日胃裡難受得很，像是有一股火在胃裡和臟腑裡燒一般。不過大嫂說她懷六、七個月也這樣，應該沒什麼事，就是難受。」

澤生見她身子不舒服，心裡也很著急。「就盼著這兩個月趕緊過去吧，孩子順利地生下來，妳就能解脫了。這幾個月懷胎，妳真是太辛苦了！」

「唉，當娘的哪有不辛苦的，若是沒這麼早懷上孩子就好了。」小茹吃著飯，想到以前輕鬆的二人世界，還是很懷念的。

「懷都懷上了，還有兩個多月就要生了，妳可別說這樣的話，讓孩子聽見了，他們可不高興呢。」

小茹笑著瞥他一眼。「矯情，他們能聽得見才怪呢，你當你的孩子長了順風耳呀！」

澤生嘿嘿笑著，在他眼裡，他的孩子在娘胎裡就會很懂事的。

轉眼就已經傍晚了，他們將鋪子打烊回家。

一到家門口，他們聽見瑞娘在屋裡大哭了起來，還伴著牛蛋的哭聲。若是只聽到孩子哭，他們不會覺得有什麼。小孩子愛哭鬧，正常得很，可是……大嫂怎麼哭了起來？

澤生和小茹聽了都嚇得跑進她屋裡，怕是出了什麼事。只見瑞娘抱著牛蛋直哭，而牛蛋更是淚流滿面，哭得哇哇叫，嘴邊、胸前全是嘔吐物，地上更是污穢一片。

張氏鏟了好些灶灰撒在嘔吐物上，用笤帚掃著，臉色也極不好看。

「怎麼了，牛蛋吐了？」澤生問道。

張氏惱著臉道：「全吐了，這一頓吐出來了，連上一頓的也都全吐出來了。」

她又轉向瑞娘。「妳別哭了，快把孩子身上收拾一下吧。我說是妳不該急著把乳頭放進牛蛋的嘴裡，妳還不信。他才剛吃過米糊，妳這一放，他沒吸到奶，就拚命用力吸，把氣吸進肚子裡了，這一下就將胃裡的東西全嘔出來了。」

瑞娘哭著嗆道：「不是妳說一有空就讓孩子吸嗎？再說了，前幾次也是這麼吸的，也沒什麼事。我瞧著是米糊不乾淨，孩子吃了不舒服，才嘔出來的！」

張氏放下笤帚，憋紅著臉，生氣道：「米糊哪裡不乾淨了，磨好的米粉放進鍋裡煮，煮熟我就盛了過來，又怎麼不乾淨了？」

小茹見婆婆和大嫂在爭吵，也不好插嘴，更不好幫著誰說話。她見瑞娘抱著孩子邊哭邊說話，都來不及收拾孩子，便朝澤生使了個眼色。

因為婆婆之前說她挺著大肚子，怕犯沖而不能抱小孩子，她怕這個時候跑上去抱牛蛋又惹事端，只好讓澤生來。

澤生走過去將牛蛋從瑞娘手裡抱了過來，小茹趕緊給牛蛋擦臉、洗嘴，然後和他一起幫著牛蛋換襁褓。

可是瑞娘和張氏之間的爭吵並沒有就此結束。

「娘，妳以後洗碗要洗乾淨一些。平時我們吃飯的碗，妳經常沒洗乾淨，上面油膩膩的，用這樣的碗來裝米糊，牛蛋哪能吃，才出生兩日又不足月的孩子是不能沾油的！妳都生了洛生、澤生他們兄妹四個了，肯定懂這個道理的。」

原來瑞娘自認為是婆婆沒把碗洗乾淨，上面有殘留的油，才使牛蛋吐得這麼厲害的。

瑞娘的語氣雖然不重，但聽上去就讓人很不舒服，何況這是對她的長輩婆婆說話。澤生和小茹在旁聽了，都覺得不太適宜。

張氏可不是那種受得了氣的人，頓時嚷道：「這個碗我都洗了好幾遍，哪裡是油膩膩的？給牛蛋用的東西，哪樣我不是洗得乾乾淨淨的！我生了洛生、澤生他們兄妹四個，哪個不是長得好好的！妳要是嫌我沒洗乾淨，妳自己去洗。」

張氏撂下狠話，鐽走嘔吐物和灶灰出門了。

瑞娘被噎住了，氣得渾身發抖，然後嚎啕大哭起來，越哭越傷心，越哭越覺得委屈。她才剛生孩子，婆婆難道不應該細心照顧孩子嗎？婆婆不應該伺候好正在坐月子的她嗎？她生的是男娃，又不是女娃，又沒讓婆婆丟臉，竟然說什麼讓她自己去洗？

澤生和小茹見大嫂哭得這般委屈，也不知道該怎麼安慰她。牛蛋本來就在哭，聽到瑞娘哭，跟著哭得更厲害了。屋子裡頓時吵鬧一片，亂糟糟。

無計可施之下，澤生只好把牛蛋抱出來，小茹也跟著出了屋。

小茹知道自己不會安慰人，就由著瑞娘哭吧，怕自己沒安慰好，反而惹得她生氣。

澤生抱著牛蛋來到張氏面前。「娘，大嫂剛才的態度是不太好，但妳剛才的話也說得太重了些。大嫂在坐月子，妳怎麼能說讓她自己洗呢？」

張氏憋屈地把灶上已經洗過的碗全放進鍋裡，又舀上滿滿一鍋水，重新一個個地洗著，邊洗邊道：「我是把話說狠了一點，可是她也不能什麼都沒弄清楚，就怪我沒將碗洗乾淨。她又沒見著，怎麼就知道碗沒洗乾淨？你和小茹瞧瞧，到底哪個碗上還有油了，不都是洗得乾乾淨淨的嘛！」

「娘，算了，別因為這一點小事生氣了。大嫂昨日才生牛蛋，身子也不好，妳何必惹她呢？何況她只是太心疼孩子而已。哪個當娘的見孩子吐得這麼厲害會不擔心？她也不是針對妳，就只是著急。」

張氏聽了澤生這番勸，覺得自己剛才撂給瑞娘的話確實重了些，畢竟瑞娘給方家添了個孫子，有功勞有苦勞，她心疼牛蛋，不也是心疼方家的人嗎？

這下張氏想通了，也不氣了。她洗好碗，再煮了米糊，和澤生、小茹一起好好地餵了牛蛋。

小茹心裡一直在打鼓，婆婆和大嫂以後恐怕是有得吵了，孩子才出世兩日，就鬧出矛盾了，帶孩子的路還長著呢，這可如何是好？

她可不喜歡家裡瀰漫著壓抑的氣氛，這樣讓人感覺憋悶得慌。

瑞娘一開始是嚎啕大哭，然後是一陣一陣地哭，現在是斷斷續續地哼著哭。

沒過多久洛生和方老爹回來了。洛生聽見瑞娘哼哼著哭，就推門進了屋。「怎麼哭了，孩子呢？」

「孩子被二弟抱那邊去了！」瑞娘邊哭邊說，委屈得嘴直癟癟，她見洛生憐惜地看著自己，便「哇」一聲大哭了起來。

洛生嚇得不知該怎麼辦，坐在床邊撩開她哭濕的頭髮。「到底是怎麼了，妳好歹說個清楚呀！」

「牛蛋吐了一身又一地，連上一頓的都吐出來了！」瑞娘哭得肩膀也跟著一顫一顫的。

「牛蛋生病了？」洛生緊張地站了起來，準備出去看牛蛋。

「沒有。」瑞娘喊住了他。「就是沒吃好米糊吐了。」

洛生又轉身回來坐在床邊。「既然沒生病，妳哭什麼？吐了就再吃唄！這麼一點事，妳哭得這麼傷心做什麼？」

「你也不問問為什麼沒吃好米糊。娘平時洗碗都不太乾淨，好幾次碗邊上都油膩的。我就跟娘說，是不是因為碗沒洗乾淨，米糊裡有髒油，牛蛋才吐的，娘就生氣對我放狠話，說我要是嫌她沒洗乾淨就自己去洗！我才剛坐月子，哪能沾水？我為你們方家生孩子，為孩子擔心，難道還是我錯了？以前我沒能懷孕，娘就總拿話激我，給我臉色看，我只能生生地忍了。現在我已經生了孩子，還是個男娃，娘怎麼還是對我不依不饒的，牛蛋吐成那樣，我就瞧著娘一點兒也不心疼！」

瑞娘哭得一抽一抽的，像是要斷氣似的。

洛生懵了，這是婆媳吵架了？瑞娘自從嫁進方家門，和他娘還從未正面爭吵過，今日怎麼回事，就因為碗到底洗沒洗乾淨，能鬧出這麼大的事來？

見瑞娘哭得這麼委屈，洛生也覺得是他娘說話太重了。不就是心疼孩子吐得難受，提醒以後洗碗洗乾淨一點嗎？娘幹麼說那種話呢。

他哪裡知道瑞娘當時說話的語氣很傷人。瑞娘現在敘述的話，似乎表明她當時只是稍稍提醒而已。

洛生很不解，便勸瑞娘道：「妳也別哭了，娘昨日還那麼高興，喜得合不攏嘴，見人就說我家瑞娘生男娃了，今日肯定也不會有意要氣妳的。妳是知道的，娘有時候說話比較直，對誰都那樣，又不是針對妳。好了，好了，別哭了。」他找出瑞娘的手帕，給她擦著淚。「妳睡會兒吧，昨夜裡妳不是還叫腰痠嗎？多歇息，將身子養好，以後才能帶好牛蛋嘛！」

瑞娘見洛生哄著自己，心裡那口氣總算平了一些，便聽話地躺了下來。

洛生幫她蓋好薄被，才帶上門出去，來到堂屋接過澤生手裡的牛蛋，抱在懷裡哄著。澤生這才和小茹回自己的屋，開始做晚飯。

洛生見兩人離開了，先在腦子裡思慮了一下，他怕自己不會說話，惹得娘不高興，可他覺得還是勸娘以後對瑞娘好一些，畢竟瑞娘還在坐月子，應該讓著點才是。

他思慮得差不多了，就對張氏說：「娘，瑞娘說可能是碗沒洗乾淨的事，妳也別在意，她也是太心疼牛蛋了。她還在坐月子呢，哭多了也不好，以後妳對她說話不要太重了，她也挺辛苦的，昨夜裡喊了一晚上的腰痠。」

張氏聽自己大兒子的意思，似乎也是怪她說話太重。她也不知道瑞娘在中間是怎麼傳話的，肯定沒有將當時的話原原本本地告訴洛生。

「洛生，瑞娘她說我生了你們兄妹四個……」張氏正想反駁，忽然又止住了。「算了，跟你也說不清，反正你是心疼她，都是娘的錯。」

洛生急了。「娘，我不是這個意思，沒說是妳的錯。就是覺得瑞娘剛生孩子，身子也不好，就不要對她說重話了，免得給她心裡添堵……」

「我哪裡給她添堵了？」張氏氣道。「到底是誰給誰添堵？」

洛生被張氏這話給嚇住了，果然還是自己不會說話，惹娘不高興了。

「娘，妳別生氣了，我不說了。」洛生趕緊抱著孩子回自己屋裡了。

澤生和小茹並沒有去聽洛生怎麼跟張氏說話，但張氏最後那句「到底是誰給誰添堵」的聲音有些大，他們倆沒在意卻也聽了個真切。

澤生眉頭緊蹙，心裡很不舒服。

小茹見他不高興，便道：「婆媳關係本來就難處，你習慣了就好。」

澤生嘆氣道：「我喜歡一家人和樂融融的，像過年時那樣多好。剛才妳也聽見了，也不知大嫂是怎麼傳話的，大哥好似也覺得是娘不對，這下又把娘惹得不高興了。」

「我覺得大嫂和娘剛才說話都太衝了。這種事你又管不了，何必憂心？」小茹嘆道。

「希望到時候我們的孩子出生，可不要一家子鬧得不高興。」

「到時候妳記住，對娘說話軟一些，娘肯定就會更軟言待妳，大嫂和娘這麼吵，對她自己的身子可沒好處。」澤生想趁此提醒小茹，他可不想看到她和娘之間鬧彆扭。

小茹有些心虛，還真怕自己到時候也做不好。「你怎麼說著就扯到我身上了，你放心，我保證不先挑事端。你火燒小一點，菜都要燒糊了。」

澤生趕緊用火筴打了打灶裡的火。

這會兒，方老爹也回來了，不過回來沒多久又去田裡瞧莊稼的長勢，直到張氏將晚飯都做好後，他才回了家。

方老爹見張氏臉色不太好看，也不盛飯菜給瑞娘送去，反而是洛生來盛。

「妳不會是跟瑞娘吵架了吧？」方老爹試探地問。

「沒有，我跟她吵架，犯得著嗎？要真跟她計較，別人還以為我是惡婆婆呢，兒媳婦才生下男娃，不好好疼著，還欺負兒媳婦？」張氏也不知是在說正話，還是說反話，反正他聽著就覺得怪怪的。

「瑞娘才生牛蛋，少跟她計較，哪怕是她的錯，妳也忍忍，若是妳的錯，那就更不應該了。」方老爹也不偏誰，只說在理的話。

張氏儘管心裡仍有疙瘩，但也懶得再把這件小事扯個沒完。既然老頭子不明就裡，也就算了，不要再提。

只是她心裡不由得嘆道，看來老話說，兒子娶了媳婦會忘了娘，這話還真是沒錯。洛生剛才替瑞娘說話，還是讓她這個當娘的有些失落，就像心肝上被挖走了一塊肉似的。

本來以為這件事不再提，今日算是消停了。張氏收拾碗筷後，準備來給牛蛋熬稠米湯，讓她預料不及的是，瑞娘在她屋內突然又炸開了。

只聽見她對洛生十分生氣地嚷道：「向我娘家『報喜』這麼重要的事，也能忘記？哪怕你不懂，難道爹娘也不懂？昨日我就生了牛蛋，即便那是下午，不是報喜的好時辰，今兒個早上就應該趕緊去啊，哪家生了孩子不『報喜』，還得帶著八斤肉、八斤糖、八斤麵去，有的人家大方，還要備著一隻公雞和一隻母雞去呢！」

「報喜」這事確實是大事，洛生面露愧色，小聲解釋道：「這一大清早，就想著去給人家蓋房子嘛，爹肯定也是沒想起來，我……我也……」

「我們沒想起來是因為這是頭一胎，沒經歷過這事，但是爹娘怎麼能忘記呢？他們活了大半輩子怎麼會不懂這個？這明明是不把我娘家當回事！等我坐滿月子，到時候怎麼回娘家呀，我都沒臉見人了！」

瑞娘說著說著又哭了起來。「你們方家太不把蔣家當回事了，我這還是頭一回聽說能把『報喜』的事也給忘了，我這生的還是男娃呢，要是生了女娃，你們方家是不是得把我掃地出門呀！」

洛生掩住她的嘴。「妳小聲點，若是讓爹娘聽見了，他們心裡多不舒服？」

瑞娘一下推開他的手，不但不小聲，還將聲量揚得更高了。「都這樣欺負人了，還不讓我說呀！」

張氏聽後慌了，方老爹也大拍腦袋。「看我們糊塗的，怎麼能把這件事給忘了，這叫親家怎麼說我們方家！妳在家忙著家事，怎麼也不記著點？」

「你是當爹的，你怎麼也能忘？昨日我是高興得糊塗了，今日又忙活一大堆的事，也就……」張氏沒心思再跟方老爹爭這些了，趕忙去找錢。

她跑到瑞娘的屋，賠禮道：「瑞娘，這件事確實是我和洛生他爹糊塗了，真的是忙忘了，可不是像妳說的不把妳娘家當回事，故意不去的，妳嫁過來也幾年了，我們方家何曾不把妳娘家當回事了？如今日子也好過了些，也不差送報喜禮的錢。洛生和他爹一心繫著蓋房子的事，我又忙著家裡的這些瑣事，真的只是一時忘了而已。」

婆婆都這麼跟她說軟話了，瑞娘也不吭聲了，只是抹著眼淚。

張氏把錢塞在洛生的手裡。「你明早趕緊買好報喜禮，務必要加上一隻公雞和一隻母雞，還要封上紅紙，送到瑞娘的娘家去，別忘了向你岳父、岳母賠禮。」

「娘，我們有錢。」洛生又將錢往張氏手裡放。

張氏打開洛生的手。「你跟娘還推什麼？這錢本就該是新生娃娃的爺爺奶奶出。」

待張氏出屋後，洛生哄著瑞娘道：「妳瞧，爹娘怎麼可能是故意不叫我去的，他們什麼時候沒把妳娘家當回事了？誰都有忘事的時候，妳淨瞎嚷嚷，非要鬧得和爹娘撕破了臉，妳才稱心嗎？」

瑞娘此時聲量減了一大半，不敢再像剛才那麼大聲了。「我哪裡是這個意思，這種事怎麼能忘？別人家都不忘，偏偏你們方家給忙忘了，若真是十分看重我娘家，平時一點小事都會在意，時刻提醒著，何況生孩子的報喜大事呢？好了，我也不說了，反正最後說來說去都是你們方家有理。」

她剛躺下睡覺，忽然又想起一事，提醒道：「明日是牛蛋的『洗三』日，可別忘了叫我娘一起來，哪家哪戶都是姥姥來幫著給孩子洗三，一是來看外孫，二是親家趁這件喜事走動，串串門。你若是忘了叫我娘來，我娘肯定會不高興的。」

「嗯，妳放心，這件事我明日定不會忘。」洛生謹記在心。

次日一早，洛生就帶著禮去蔣家報喜了。瑞娘的爹娘聽說孩子前日下午就生了，到今日才來報喜，頓時臉拉得老長老長。哪怕洛生小心翼翼又恭恭謹謹地賠禮道歉，他們也不怎麼搭理他，反正是心裡憋足了氣，覺得方家這件事做得太缺禮。

洛生解釋好半天說爹娘真的是忙乎忘了，他們只是假裝理解說沒事，叫洛生不要在意。

當洛生請岳母一起來給牛蛋「洗三」時，岳母先是不吭聲，想著怎麼也得給方家一個教訓，她便假笑道：「洛生，今日家裡太忙了，怕是沒空去。我們今日得去田裡鋤草，再不鋤掉，得長到和稻穀一樣高了，可耽誤收成呢！」

洛生又不傻，知道岳母這是故意的。哪怕急著要鋤草，就不能等到明日嗎？他只好又委婉地表示，明日他來幫著一起鋤草，不會耽誤收成的。

可是他岳母又說：「你才剛當爹，不忙著自家的事，竟然來我們家鋤草，叫人家怎麼說我們？」

洛生想想還是罷了，反正岳父、岳母是明擺著得理不饒人，他再費口舌也沒用。

當洛生回到家，瑞娘見他沒有將她娘請來，心裡就明白是怎麼回事了，她瞭解自己的爹娘，氣性都大著呢！想到自己生男娃本是給娘家長臉的，最後卻讓爹娘心裡不痛快，瑞娘又嚶嚶地哭了起來。

人家的孩子洗三時，都有姥姥來幫忙，這叫福氣。這倒好，娘家不來人，這不是叫方家村的人看她笑話嗎？

她是越想越難受，越難受心裡就越生公婆的氣。

洛生可是費了一番口舌勸她，方老爹和張氏也是圍著她說盡了好話，就連澤生和小茹都遲遲未去鋪子裡。

一家人圍著瑞娘，說別人不會笑話她的，方家不是故意不報喜，蔣家也不是故意不來，好說歹說，才將瑞娘勸住了。

瑞娘雖然沒有盼到孩子的姥姥來，此時被這麼一家人圍著，她心裡也滿足了。哪怕方家人笑話她生了男娃，婆家和娘家都沒做到禮數，不夠重視她，她也只能忍了，還能怎麼樣呢。

她抽抽噎噎，終於止住了哭聲，將袖子一抬，抹了淚，道：「爹、澤生、茹娘，你們都忙自己的去吧，洛生你也幹活去。娘，我們倆來幫著孩子洗三，我娘雖然沒來，但孩子的事可不能耽誤。」

洗三既是洗掉孩子出生以來身上所帶的髒物，更有防病祛邪的意思，這在農家是十分重視的一件事。

張氏見瑞娘平靜下來了，便趕緊去將春季已曬乾的艾草拿出來，放在水裡煮著。據說用艾草水來洗身子，有防病的功效，哪家有懷孕之人，都是早早備好這些的。

張氏將燒好的艾草水端進瑞娘的屋子，瑞娘抱著牛蛋，婆媳兩人都一聲不吭，氣氛有些怪異。

最後還是張氏先開口了，心平氣和地道：「妳摸一摸水，看還燙不燙。」她是怕瑞娘又嫌她的手皮糙，摸不出水燙來。

瑞娘用手摸了摸，道：「差不多了。」

「我來抱牛蛋，妳幫他洗吧，我怕自己洗不好。」張氏是怕自己等會兒洗時，力道輕重不宜，惹得牛蛋哭了，瑞娘又怪她一頭包，所以她就想著還是讓瑞娘自己來吧！反正這是燒開過的水，不是生水，瑞娘是可以碰的。

瑞娘心裡又不高興了，暗忖，婆婆都養過四個孩子，洗三也不會嗎？她口口聲聲說得了個孫子心裡有多歡喜，可是連給孩子洗三這麼重要的事，她都不願費力。

於是瑞娘繃著臉，跟賭氣似的，把巾子扔進艾草水裡，攪濕再擰乾。給牛蛋洗身子時，她的動作倒是極輕柔的，哪怕心裡再不順暢，也不能把氣撒在孩子身上。

牛蛋這回挺乖的，很享受地橫在張氏的懷裡，由著瑞娘給他擦洗，臉上還帶著甜甜的笑容。

張氏見牛蛋笑了，也跟著笑道：「牛蛋生得跟洛生小時候簡直是一模一樣，瞧，他笑起來多好看，鼻子雖小，但是直挺挺的。」

瑞娘聽了心裡一揪，牛蛋長得好看就是因為像洛生？難道像她就醜了？明明知道她有一個缺點，就是鼻子有點塌，婆婆還偏偏要提鼻子的事！

張氏見瑞娘臉色陰晴不定，才意識到剛才那句話惹她不高興了。其實剛才也是無意感嘆一下牛蛋鼻子長得好，沒想到就戳中了瑞娘的缺點。

算了，不說了，感覺說什麼都是錯。

她們給牛蛋洗三之後，這一個白日過得還算是平靜的，壓抑的平靜。

反正婆媳兩人之間現在都不怎麼說話，到了不得不說話時，也就是簡單的「好不好」或「行不行」。

瑞娘躺在床上坐月子，還時不時哼哼著腰痠。腰痠倒是真的，至於有沒有她表現得那麼痠就不得而知了。

若是婆婆這時問她一句「妳腰痠得厲害，要找郎中來瞧瞧嗎」，她可能心裡就順暢多了。可是，婆婆什麼話也沒有說，她心裡怎麼都不對勁。

張氏照顧著牛蛋，要洗尿布和做飯時，就讓小清幫著，小清平時也就是放放牛，去菜園摘摘菜，偶爾會去田地裡幫著做農活。

小清如今快滿十三歲了，也算是個大姑娘了，張氏還說今年若有人上門提親，有合適的，也可以定親了。訂個兩年，十五歲成親，不早不晚的，正合適。

氣。

本來小清不敢抱牛蛋的，才出生三日的孩子，她有些發怵，怕自己沒抱好，惹大嫂生氣。

瑞娘自從生了牛蛋，由以前隱忍的性子變得動不動就生氣，動不動就哭鬧，小清還是有些忌憚的。待張氏手把手地教她之後，她才敢小心翼翼地抱那麼一會兒。

抱一會兒之後，小清要麼交給她娘，要麼就把牛蛋放進搖床裡。她搶著做飯、洗尿布。張氏見她那樣，心裡倒是高興的，好歹自己的閨女懂得遠離是非，不愛沾惹事，以後若到了婆家，應該也是拎得清的一個人。

白日也就這麼挺過去了。到了傍晚，澤生和小茄如往常一樣，相伴著回來了。

才剛跨進院門，他們又聽見瑞娘大哭。澤生與小茄面面相覷，無奈至極，大嫂這又是怎了？怎麼一日哭好幾回呀！

他們沒有像昨日那樣嚇得衝進屋去，而是跨著平穩的步伐走進去。

這也不能怪他們太冷漠，哭聲聽得多了，就沒什麼感覺了。

進去後，他們以為沒什麼大不了的事，沒想到還是被裡面的景象嚇到了，張氏與瑞娘竟然在搶孩子！

原來瑞娘今日有奶了，而且奶脹得圓鼓鼓的，每隔一個時辰，牛蛋都要吸上好一頓。因為終於能吃上自己娘的奶了，他吃得特別歡。

可是接下來麻煩就來了，不停地吐，嘩啦啦吐了一地。光吐不說，還拉得都是黃清水，屁股都拉得通紅通紅。

瑞娘就怪婆婆做的飯菜有問題，張氏氣得反駁道：「妳自己挺個大肚子跑到良子家裡，害得牛蛋早產，妳怎麼就不怪自己？早產的孩子本來就難帶，可能是消化不太好才又吐又拉的，這和我的飯菜能有什麼關係？」

瑞娘懶得理張氏，摟著牛蛋直哭。「牛蛋，娘的兒啊，我們娘倆在方家是待不下去了，還是回娘家吧。」

張氏哪能同意瑞娘把出生才三日的牛蛋給抱走，結果就鬧出這麼一場搶孩子的鬧劇。澤生見到娘與大嫂搶孩子的這一幕，心裡很不痛快。以前如此和睦的一家，如今卻鬧得不可開交。

他上前拉開了她們倆。「孩子都這樣了，妳們還只顧著鬧，我去找老郎中來瞧一瞧。」

澤生出門後，小茹幫著張氏一起收拾屋子。

收拾好之後，張氏想抱牛蛋過來仔細瞧一瞧，看他到底怎麼樣了。瑞娘卻怎麼樣都不肯鬆手，只是緊摟著牛蛋哭。

「都是娘的命不好，嫁到這樣的人家，娘沒有人在乎也就算了，連著你也不招待見，受這樣的罪……」

張氏再也忍受不了了，脹紅著臉辯白道：「妳怎麼能瞎說呢，誰不在乎妳了，一家人都在哄著妳，妳還想怎麼樣？牛蛋是我們方家的孫子，哪個不待見他了，都是喜歡他喜歡得緊！」

小茹本不想插嘴，見她們倆已經硝煙四起了，再不攔住一下，只會越吵越凶。

「娘，妳別生氣，大嫂是急壞了，口不擇言，妳別放在心上。大嫂，妳別總是哭，在月子裡哭多了，傷身子不說，還容易得產後抑鬱症的，哪怕為了孩子妳也忍……」

小茹話還未說完，瑞娘突然甩著淚，向她怒道：「什麼產後『易欲』症，妳這是在罵誰呢？妳是不是見不得牛蛋好，他吐了、拉了，妳是不是巴不得呀？只等著妳自己生雙胎出來，很得意是不是？雙胎就很了不得嗎？要是生出兩個女娃，我看妳就等著哭去吧！」

小茹傻了，這個瑞娘是怎麼回事，見人就咬啊！她可沒得罪過瑞娘呀，這幾日還幫著給牛蛋洗臉、擦嘴、餵吃的，瑞娘到底是哪隻眼睛看她很得意了？又是怎麼覺得她巴不得牛蛋不好了，她有這麼壞嗎？

怎麼一生了孩子，瑞娘整個人都變了呢？

瑞娘見小茹滿臉無辜的樣，就更來氣了。「妳就別裝了，平時還覺得妳人不錯，待我也和氣，我到妳鋪子裡買東西，妳也從不在錢上計較，都是給我最便宜的價，哪怕妳以前處處搶著風頭，招人眼，我也只當沒看見。只是這兩日我才發現，妳那些全是裝給人看的。妳來我屋裡好幾趟了，裝模作樣為牛蛋擦洗好幾次了，怎麼就沒見妳抱他一下？」

小茹一時語滯了。原來大嫂是因為這個生她的氣！

「大嫂，妳真是冤枉我了，我怎麼可能故意不抱牛蛋呢？娘說我挺著大肚子不能抱小孩子的，怕會犯沖，所以……」

小茹說到這裡，心裡一沈。完了，把婆婆捲進來了。

張氏也跟著說：「是我讓她別抱的，快要生孩子的人本來就不能抱孩子，老話都是這麼說的，妳不知道嗎？」

果然，小茹擔心的事情來了。

瑞娘氣傻了，她閃著淚花看著張氏和小茹，不說話了，眼淚如決堤。

張氏還沒明白過來，問道：「妳這又是怎了？哭個沒完，別把牛蛋給嚇著了，來，給我抱。」

「娘，牛蛋不需要妳抱了，妳等著抱妳二兒媳的雙胎吧！我一說她，妳就幫腔，說什麼快要生孩子的人不能抱小孩。我懷孕快九個月的時候，也沒見妳提醒過我一回，我前些日子還抱過明生家的孩子呢。妳們都出去吧！我自己能帶好自己的孩子。」瑞娘的心涼了。

而張氏的心此時是火燎燎的。「瑞娘，瞧妳這話說哪兒去了，茹娘平時我不也沒提醒嗎？就是前日我抱牛蛋回來，她想抱，我才那麼說一句。平時我可是一碗水端平的，怎麼扯出我等著抱二兒媳雙胎的話呢？」

瑞娘平時就覺得張氏待小茹比待她親，偏袒小茹的事可不是一、兩回了。本以為自己剛生孩子，婆婆怎麼也該細心照顧自己坐月子，更會好好帶著牛蛋的，沒想到，還是比不上小茹肚子裡的雙胎。

她死心了，不比較了，有氣無力地道：「妳們出去吧。」

小茹和張氏都沒動彈，張氏覺得瑞娘是在鑽牛角尖，而小茹覺得瑞娘可能是得了產後抑鬱症了。

以瑞娘本來的性子，應該算是犀利的，可是她隱忍了兩年多，在婆婆面前從來都是順從的，婆婆一說哪家媳婦生了、哪家媳婦懷孕了，再用那種眼神瞅著她時，她心裡都哆嗦，怕自己一直不能懷孕，說不定哪日婆婆會讓洛生休了她。

如今她生下牛蛋了，終於喘了一口氣，可是……公婆及家裡人怎麼個個都對她和牛蛋不上心呢？她心裡憋屈。

這時澤生帶著老郎中進來了。他見婆媳三人都不說話，還以為她們不吵了。

老郎中仔細瞧著牛蛋的神色，還扒開他的嘴看，再看看他拉的黃清水，最後十分肯定地說：「牛蛋嘔吐是因為撐壞了，拉是因為吃的奶水太油膩。瑞娘，妳哪能讓這麼小的孩子吃那麼多奶呢？還有，妳現在處哺乳期，不能多吃葷油的。趕緊哄著孩子好好睡一覺，今夜別再餵奶了，讓他胃裡清一清，明早再餵，每隔兩個時辰餵一次，每次少餵一點。」

澤生出門送老郎中了，張氏和瑞娘都不說話，小茹趁此趕緊回自己的屋子，她真是怕了，可別把自己給攪和進去。

張氏現在知道是自己不該煮了葷油麵條給瑞娘吃，因為年前家裡殺了豬，存了不少豬油，她認為豬油是好東西，當年她坐月子時，可是一口葷都沒嚐過，所以這幾日她給瑞娘下的麵條放了好多豬油，認為這樣好催奶。

瑞娘這幾日又是魚又是肉，還每餐吃豬油下的麵條，今日一來奶，牛蛋就拚命地吃，她自己心裡沒數，以為牛蛋吃得並不多，因為每次吃時連一邊奶都沒吃空。

張氏以為瑞娘也知道她自己的錯，不再鬧了，就端著那盆牛蛋拉的穢物出去洗了。

瑞娘怔怔發了一陣呆，覺得在這裡坐月子實屬憋悶，事事不順心。她默默地將牛蛋包好，再收拾自己的幾件衣裳，放進包袱裡繫好，挽在肩上，然後抱起牛蛋出了屋。她要回娘家坐月子。

張氏正在院子裡洗盆子，見瑞娘抱著孩子出門，她又跑過來搶，一邊搶還一邊說：「妳正在坐月子裡，怎麼能出門？快進屋去吧，妳要是沒坐好月子，傷的可是妳自己的身子，到時候洛生怎麼向妳爹娘交代？」

瑞娘緊抱著孩子不放，心裡直泛苦，她都要走了，婆婆在乎的也是她兒子洛生的處境，至於她和孩子，好像無關緊要。

她繃著臉，拍掉張氏搶孩子的手，抱著孩子就要往院子外走。別瞧她生孩子沒多久，力道還挺大，張氏追上來拉她時，還拉不過她，一方面是顧忌她懷裡還有孩子，張氏也不敢太大力，怕傷著孩子。

澤生和小茹聽見動靜從屋裡跑了出來。

澤生一句話也沒說，就從瑞娘手裡把孩子抱下來了。「大嫂，妳要鬧也不能這麼折騰孩子，要是孩子掉地上了，妳可得後悔一輩子！」

瑞娘見澤生這麼訓她，氣得臉發白。「連你也這麼跟我說話了，你還當不當我是你大嫂？你以前可不是這樣子的！」

瑞娘看了看旁邊的小茹，暗道：澤生自從娶了茹娘，整個人都變了，茹娘說什麼就是什麼，他只是跟著茹娘後面轉，哪裡像個當家作主的男人？以前澤生對我這個大嫂還是極敬重的，知道感恩，畢竟以前洛生賣命幹活，家裡有錢都供他讀書了。現在可好，有了茹娘，他再也不把我這個大嫂放在眼裡了。

她冷冷地道：「二弟，我是你大嫂，我的事不該是你管的吧。你不是耳根子軟得很嗎？到底平時聽多了什麼話，怎麼就學著對我這般不敬了！」

小茹氣得瞪大了眼，來到瑞娘的面前。「妳……妳這是在說我嗎？我可沒在澤生面前說妳壞話呀！」

瑞娘撥開小茹，理也不理她，只對澤生說：「把孩子給我，我要帶孩子回娘家坐月子。你只不過是小叔，難道還想作我和牛蛋的主不成？這還輪不到你。」

澤生簡直無語了，大嫂這是瘋了嗎？

小茹怕孩子被這麼一鬧騰真掉地上了，那就悲劇了。她催澤生道：「你快把孩子抱進我們屋吧。」

澤生聽話地抱著孩子趕緊進屋，還把門反鎖了。他是絕不會讓大嫂把孩子抱走的。在方家村，還沒有誰帶著孩子回娘家坐月子的先例。

瑞娘火了，來到小茹面前，恨不得給她一個大耳摑，雖然她忍住沒動手，但是嘴上可不饒人。「妳是哪棵蔥，竟敢擅自為我和我孩子作主？我是妳大嫂，妳是弟媳，要管也該是我來管你們，什麼時候輪到你們倆在我頭上耀武揚威了？牛蛋是我的孩子，不是妳的孩子，哪裡由得妳讓澤生抱哪兒就是哪兒，還當真是沒天理了！」

小茹懶得和她多費口舌，只是簡單說了一句：「妳快進屋吧，別鬧了，叫鄰居們見了笑話！」

正當小茹要回頭進屋時，身後氣得要發瘋的瑞娘拽了一把，咬牙切齒地道：「妳還真當妳是方家的老大是不是，這麼跟我說話的！」

小茹被她拽得身子往邊上一倒，好在旁邊是面牆，否則她要摔到地上去！

張氏見了忙上前扶住小茹，呼天喊地道：「老天爺啊，我到底造了什麼孽啊，我的孫子才剛出世，這家裡就鬧成這樣，沒一日安寧。難道這真是報應？難道是我以前不該抱怨老天爺怎麼還不賜給我們方家一個孫子？平時不該用話激大兒媳？老天爺，是愚婦錯了，祢就放過我們一家吧！」

瑞娘見張氏直呼老天爺，狠狠白了她一眼，心裡暗忖，要想開罵就放馬過來，何必扯上老天爺這個天大的墊背。

然後，瑞娘來到澤生的屋門前，拚命地敲著門。「澤生，你快把我孩子給抱出來！」

小茹穩住了身子後，長舒了一口氣，幸好自己沒出意外，否則她真跟瑞娘沒完！她離瑞娘遠遠的，向屋裡朝澤生喊道：「澤生，你把孩子給大嫂，讓她帶孩子回娘家，我們誰也別攔著！」

瑞娘聽了身子一滯，心忖道：這茹娘唱的是哪齣戲？

澤生在屋裡猶豫了一下，似乎明白了小茹的用意，還真的打開門，把牛蛋放到瑞娘的手裡，什麼話也不說。

瑞娘接過孩子，轉身要出去。

張氏急了，見瑞娘手裡抱著孩子，她又不敢上前亂拉，只跟在後面哭道：「就算我以前在妳頭上厲害了一點，妳已經鬧過好幾回了，這氣怎麼還沒出完啊！」

瑞娘可不承認自己只是在出氣，頭也不回地抱著孩子出了院門。

張氏還要追上去，被小茹在後面叫住了，故意朝外大聲說：「娘，妳別攔了，就讓大嫂帶孩子回娘家吧。牛蛋的姥姥都不來給孩子洗三，估計也是不重視孩子的。大嫂這一回娘家，還不知要怎麼遭她爹娘的埋怨，嫌她帶孩子回去鬧騰呢。怕是住不了一日，她爹娘就會趕大嫂和孩子回來。娘別著急，在家安心等著就是。妳想啊，大嫂這時候鬧著要回娘家，明日又不得不硬著頭皮自己回來，估計到時候她也不好意思再鬧了，覺得沒臉。」

張氏聽了小茹這話，覺得甚是有理，只是見瑞娘就這麼將牛蛋抱走了，還是很不放心。

瑞娘走在外面，將小茹的話聽了個全，腳下的步子也放慢了。

她知道自己爹娘的性子，待她回去，他們肯定是先將方家破口大罵一頓，然後再狠狠罵她一頓，說她沒用、丟臉之類的話。估計她和孩子還真是住不了一日，就會被爹娘給趕了回來。

剛才氣急，她沒來得及考慮這些，只以為這樣能出一口惡氣，好讓方家知道她的厲害，她可不是以前那個能隨便受氣的媳婦了，現在可好了，一念之差將自己置於如此尷尬的境地，到時候她該怎麼回來呀！

現在又不能立刻改變態度厚著臉皮轉身回家。她不得不邁著沈甸甸的步子往前走著，心裡難受極了，覺得婆家待她不好，娘家更是視她為潑出去的水，直嘆自己的命怎就這麼苦呢。

路上的鄰居見她這樣，也沒和她搭話，都知道這幾日她鬧得厲害，怕一句話沒說好，惹了她。

待來到村口大路上，她見洛生和方老爹回來了，頓時大鬆了一口氣，她的救命稻草來了。

方老爹和洛生一見瑞娘抱孩子上大路了，嚇得不輕。

瑞娘只說是與小茹、澤生拌了幾句嘴，張氏也沒向著自己，覺得委屈就想回娘家。

方老爹知道事情肯定沒這麼簡單，為了安撫瑞娘，他狠狠地罵了澤生和小茹幾句，也順帶著說張氏怎麼今日這麼糊塗。

「瑞娘，妳別和他們計較了，快回家吧，回去我好好訓一訓他們，為妳出氣。」有了這個臺階，瑞娘自然趕緊藉著臺階下，對著方老爹直點頭，眼淚直往地上滴，樣子十分委屈！

洛生心疼地抱著牛蛋，再看看瑞娘。「妳也真是的，氣性怎麼就這麼大，不顧自己的身子且不說，怎麼連牛蛋也不顧了？」

瑞娘這回老實了，什麼也不說，默默地跟著一起回家。

張氏、澤生和小茹見他們一起回來了，總算是放下心來，為了不起紛爭，都低著頭，各忙各的去了。

瑞娘就這麼回來了，她並不覺得丟臉，因為是公爹和洛生硬拉她回來的，可不是她自己後悔了。

小茹進屋坐下，大喘一口氣，朝澤生道：「大嫂總算安靜下來了，估計坐月子裡她不會再鬧了。」

# 第十八章

不知不覺已是九月初，雖然處暑已過去，但是秋老虎實在厲害，不少人熱出了病來。牛蛋就沒逃過，上吐下瀉的，這幾日是急壞了瑞娘，也累壞了張氏。直到今日，牛蛋才好了些，此時瑞娘正抱著他在一棵大樹下乘涼。

小茹挺著碩大無比的肚子從瑞娘旁走過時，她見瑞娘那張憔悴的臉，再看看自己的大肚子，不禁一陣擔憂。

大嫂才生一個孩子就折磨成那樣，整個人好像被掏空了一般。她還要生兩個呢，到時候不會比大嫂更加水深火熱、疲憊不堪吧？

瑞娘還沒出月子那會兒，就已十分憔悴了。牛蛋滿月時，家裡為他辦了滿月酒。瑞娘的爹娘終於肯露面了，假意與方家寒暄，說牛蛋洗三那日，家裡確實太忙了。當他們見瑞娘憔悴傷神的模樣，頓時又對方老爹和張氏冷起臉來，感覺自己的閨女在方家真是遭大罪了。

瑞娘不僅臉色憔悴，身子也不好，腰疼越來越厲害，還總是天旋地轉，頭暈得厲害。牛蛋在頭一個月裡隔三差五地吐，也拉過幾回，還發過高燒兩回，簡直是讓她及一家人操碎了心。

雖然後來她沒有再鬧，也沒有力氣去鬧，可是心裡從來就沒順暢過，哪怕有氣也只能憋著。本來孩子就難帶，還要餵奶，心裡又憋悶得慌，她整個人病懨懨的，一點神采都沒有，就像大病了一場，一直沒能恢復過來。

洛生見瑞娘心思太重，對孩子又太緊張，怕她這樣下去身子會撐不住，經常勸她放寬了心，說孩子雖然體弱了一些，慢慢將養就會好起來的。至於婆媳妯娌間的矛盾，更是勸她不要放在心上，說哪家沒有這些小矛盾，忍一忍也就都過去了。

張氏也勸她好好坐月子，別操孩子的心，叫她除了餵奶，其他的事都不要管。

可是她哪裡能夠做得到，身不由心啊。何況婆婆帶孩子，她根本不放心，非要在旁瞧著才行。

小茹憂心地來到鋪子裡，心裡一直在想著，等她生下兩個孩子，家裡就有三個孩子了，婆婆到底該幫誰帶孩子？

澤生坐在那兒掰著手指算日子。「小茹，這幾日妳就要生了，從明日開始，妳就好好在家待著，別來鋪子裡了。」

小茹摟著自己的大肚子，慢慢地坐下來，微微笑道：「好，我聽你的，什麼都聽你的，免得又有人說你耳根子軟，整日圍著我轉。」

澤生把椅子挪到小茹的跟前坐著，故作可憐狀，道：「沒辦法，娶了妳後，我耳根子就軟趴趴的，再也豎不起來了，怎麼辦？」

「噗，你就裝吧！」小茹拽開他的兩隻手。「平時什麼事都是我們商量著來的，哪有什麼都聽我的。」

澤生笑著起身。「我去鄭家村把穩婆請到我們家來住，白日有她守著妳，妳肚子一疼，由她來引導著妳生孩子，我就不用提心弔膽怕妳難產了。」

「啊？這……這樣好嗎？讓別人見了，還以為我多金貴，竟然提前把穩婆請到家裡來住，不太合適吧。」小茹真覺得他這種想法有些誇張。

澤生正著臉，十分認真地說：「妳不要管別人怎麼看，妳懷的是雙胎，跟人家單胎能一樣嗎？妳是我的娘子，肚子懷的是我們的孩子，我必須想辦法護你們母子周全，絕不能讓你們有任何一點閃失。」

澤生見她聽了有些發怔，看她感動成那樣，於是將自己正色的臉立刻變成一張微笑的臉。「聽說鄭家村那個穩婆接生的手法很不錯，比其他幾個都要強。牛蛋當時生出來不動也不哭，就是她處理的。請她來，妳應該不反對吧？」

若是這樣能讓自己的生命更有保障，小茹當然不會拒絕啦。「只是，穩婆她願意來嗎？她還得做農活呢！」

「這個妳不用擔心，穩婆來我們家多待一日，我們就多給她一日的工錢，還吃好喝好地伺候她，她肯定樂意。」澤生很有把握。

小茹心裡有些擔心公婆的看法，可是為了自己的安全，她也顧不得這些了。至於瑞娘的想法，她更是不管了。緊要關頭，還是自己的性命重要。

澤生請來穩婆，又去跟老郎中打招呼，希望他這幾日不要出遠門。雖然生孩子只要有穩婆在場就行，澤生還是覺得不夠，必須做到萬無一失才行。老郎中理解他焦慮的心情，點頭答應了。

方老爹和張氏見澤生把穩婆請到家裡來住，確實嚇了一跳。別的人家頂多提前跟穩婆打聲招呼，叫她別出遠門而已，哪有請到自家來住的？瑞娘懷孕時，他們原也準備等到她臨產的前兩日去打聲招呼，只是沒想到她會早產。

像這種把穩婆接家裡來住，可是方家村的頭例啊，至於別的村有沒有這事，他們不得而知。

方老爹見張氏神色誇張，怕她失了分寸，囑咐道：「妳可別不高興，要是叫茹娘心裡不痛快了，像瑞娘那會兒一樣，鬧得雞飛狗跳，可會影響她肚裡的孩子！妳可得笑臉哄著，讓她安心地把孩子生下來。」

張氏瞪了他一眼。「不用你提醒，我心裡明白著呢！何況茹娘懷的是雙胎，這般小心也沒錯。瑞娘那會兒鬧可不是我的錯，別賴在我頭上。」

方老爹沒搭理她，只要她知道這個分寸就行。

張氏轉過身就笑呵呵地去與穩婆寒暄著，安排她和小清住一屋。她從澤生嘴裡得知穩婆要在這裡吃住，每日還得給她三十文錢，頓時心肝深深地顫了一下，這真是夠貴的，要是茹娘幾日不生，豈不是要花好多冤枉錢？

算了，她也不管了。自從與瑞娘鬧得不開心後，她已經學會不摻和他們的事了。如今，她與瑞娘除了說孩子的事，其他的話幾乎都不說，互相冷著臉，這日子過得也實在悶得慌。她可不想和小茹也鬧成這樣，花錢就花錢吧，反正他們現在掙得也不少。

本以為這兩日小茹就要生了，可是穩婆足足在這裡住了四日，小茹的肚子都沒什麼反應，每日都是早上起來疼一會兒，然後又一點兒都不疼了。

小茹和穩婆都安心地吃、安心地睡，慢慢等著，她們倆還沒等急呢，張氏已急得不像樣子，兩條腿整日在院子裡瞎轉，但又一個字也不敢說。

瑞娘這兩個月來又回到以前隱忍的狀態了，本來想對小茹這事打算視而不見，可是見穩婆住了四日，日日吃吃喝喝，與小茹聊得開心，她實在是看得腦子都疼，於是她手裡拿著一個盆，因為心裡窩著火，放下盆時「砰」的一下，像砸盆子似的。

洛生正摟著牛蛋在床上睡覺呢，硬是被瑞娘這麼一砸，給嚇得坐了起來。好在牛蛋睡得深沈，沒被嚇醒，否則又要哭鬧一陣。

洛生給牛蛋蓋好薄被，皺眉道：「妳這是怎麼了，好好地發什麼火？」

瑞娘將馬鈴薯放在砧板上，用刀狠狠地剁著。「我哪裡是發火，就是看不慣茹娘那樣！得瑟什麼？只不過鋪子裡掙了些錢而已，就這麼不把錢當回事，花錢供著穩婆在家，我活這麼大也沒聽過這種張揚的事！」

洛生嘆道：「誰說不是呢，他們這錢花得確實冤枉，這都四日了，也沒什麼動靜。二弟捨得花這個錢，我們就別瞎操心了，茹娘懷的是雙胎，謹慎著點也沒錯。」

瑞娘咬牙切齒，暗自嘀咕著：雙胎、雙胎！雙胎就這麼了不得?!懷個雙胎，就被捧到天上去了！

待一家人都等得萬分著急時，第五日，小茹的肚子終於有動靜了。大清早時，澤生還在做早飯，小茹的肚子就有些疼。

吃完早飯後，小茹就疼得喊了起來。穩婆見小茹是一陣疼、一陣不疼的，而且下一陣比上一陣疼得厲害，認定小茹是要生了。

澤生見小茹要生了，當然不會再去鋪子裡，而是在旁守著，一想到今日他就能見到自己的孩子，是既興奮又緊張，可見小茹疼成那樣，他又心疼，這種滋味真是煎熬得很。

穩婆在旁故意跟小茹搭著話，想讓她分心，這樣感受的痛苦能輕一些。

澤生本來也想跟小茹說話的，穩婆卻把他趕到一邊，認為他在旁說話，只會惹小茹更脆弱，容易哭鬧。

澤生轉頭就去煮瘦肉麵，考量到小茹早飯只喝幾口粥，他擔心等會兒她體力不支，若生孩子時沒勁了，會很難生的。

小茹一會兒沒事樣，一會兒疼得哇哇直哭，剛開始她還顧接穩婆的話頭，到了後來，她疼得感覺身上的骨頭要裂開，好似有人要把她的身子給拆了似的，疼得昏天暗地，起初她還會哭鬧，慢慢地就奄奄一息，感覺自己要死了，肯定活不了了，這一關估計是過不去了。

澤生見小茹疼得精神渙散，一點兒力氣都沒有，他在旁跟著流淚，好怕她這一關挺不過去，他也跟著完了。

穩婆直罵澤生沒出息，說生孩子哪有不疼的，叫他去端肉麵來，再餵小茹吃幾口。

澤生按照穩婆的吩咐，而小茹閉著眼睛，麻木地張口閉口，麻木地吃著肉麵，慢慢地好似身子有了些勁兒。

再過一會兒，她就感覺孩子要從肚子裡出來了，此時她哪怕想憋著不讓孩子出來都不行，因為孩子在裡面一直往外拱。

奇怪的是，她剛才疼得要死要活，感覺已經進了鬼門關，這會兒卻疼得沒那麼厲害了。剛才是拆骨頭的疼，現在只是孩子往外拱得她疼。後面這一種疼，讓她感覺還能接受。

沒過多久，她就聽見「哇！哇！哇！」的哭聲。

一個孩子生出來了！

穩婆將孩子抱出來，發現胎盤也跟著出來了。咦？還有一個呢？

「不是雙胎嗎？另一個還沒出來，這胎盤怎麼出來了？難道不是雙胎？」她為產婦接生十幾年，也碰到過五次生雙胎的，但全是待兩個孩子都生出來後，才有胎盤的。胎盤一旦出來了，肚子裡應該不可能再有孩子了呀！

穩婆在接生時，是不讓澤生在旁邊看的，怕他急叨叨地耽誤事，先把他推了出去。

澤生在外一聽到孩子的哭聲，頓時興奮地衝了進來，見穩婆在那兒一驚一乍，他更是稀裡糊塗的，急道：「一個就一個吧，妳趕緊將臍帶剪了。」

澤生見那一片血糊糊的，實在是心疼小茹。他都沒來得及看孩子一眼，就趴在小茹的面前，拿巾子給她擦汗，問：「小茹，孩子生出來，沒事了，妳還撐得住嗎？」

小茹雖然人不是很清醒，但是穩婆說只有一個孩子，連胎盤都出來了，她還是聽得很真切的。

她虛弱地哭道：「不是說雙胎嗎，還有一個孩子呢？」

澤生也不知道這是怎麼回事，他再往小茹肚子上一瞧，見還是凸起的，朝穩婆喊道：「另一個肯定還在肚子裡呀！」

穩婆卻仍在糾結胎盤都出來了，怎麼可能還有一個在肚子裡呢？難道有兩個胎盤？

澤生這時突然想起來了，《妊娠正要》上說，有的是單卵雙胎，有的是雙卵雙胎。他當時沒太明白，現在頓悟了過來，急道：「小茹這肯定是雙卵雙胎，應該是有兩個胎盤的，妳是穩婆，怎麼連這個都不知道啊！」

穩婆聽得稀裡糊塗，她確實沒見過這種情況呀。她雖然接生的手法不錯，這也是跟著以前一位老穩婆學的，而那位老穩婆只教過她幾回，從沒跟她細講過雙胎的各種情況，她也根本不懂什麼單卵雙胎、雙卵雙胎的。

這些年來，她的手法也是自己摸索出來的。她接生過五對雙胎，全都是兩個都出來後，才見著胎盤出來。

此時她也來不及去想這是為什麼了，急急地將手裡的孩子剪掉臍帶，包好，放在搖床裡，再來小茹的身下看動靜。

澤生這時又想起一件十分重要的事，那就是給孩子做個標記，否則等會兒都分不清誰大誰小了！他趕緊拿一個小布條繫在孩子的手腕上，笑著瞧了孩子一眼，又來到小茹面前了。

沒過多久，小茹肚子又開始疼了。這一次比剛才順利得多，雖然還是有些疼，但她一聲叫喊都沒有就生出來了，這一個哭的聲音沒剛才那一個響亮。

待這個孩子出來時，澤生仔細一瞧，才知道剛才是瞎擔心了，根本無須擔心分不清誰大誰小。因為這個塊頭明顯要比那個小一些，而且長得和大的也不一樣。

雖然是雙胎，但兩個相貌並非如大家想像的那樣會相似得分不清。這時澤生又想起來了，書上說雙卵雙胎本來相貌就不會一模一樣，大都是一個像爹，一個像娘的。

小茹微睜著眼，見澤生把兩個孩子抱著並在一塊兒，就問道：「你把他們放在一塊兒不怕弄混了？是男娃還是女娃？你抱過來給我看看。」

男娃女娃？他竟然忘了看！

沒過多久，張氏跑進來了，因為穩婆一開始不讓她進來，後來又沒聽到什麼動靜，她以為還要等好久才生，就去河邊洗衣了。等她回來時，沒想到兩個孩子都已經生出來了。

她急急地揭開孩子的襁褓看，大的這一個，男娃；再揭開小的這一個，也是男娃！

躺在床上的小茹見婆婆如同被人點了穴一般，也不知她這是什麼意思，是男是女，好歹說句話呀！

還是澤生怕她心急，驚道：「兩個都是男娃！」

小茹腦袋一嗡，她幻想龍鳳胎的美夢破滅了。男孩子太淘氣，一下來兩個，她有些暈乎，感覺接下來的日子她可能過得像打仗。她本想讓澤生把孩子抱過來她看看，可是此時又累又暈，眼皮子一合，還是先歇息吧。

澤生見小茹一聽說兩個都是男娃，立刻神色不對，然後又眼睛一閉，他嚇得直撲過來，搖著她。「小茹，小茹！妳醒醒！」

他以為小茹是被嚇暈過去了！

小茹慢慢睜開眼。「你嚎什麼呀，我想睡會兒。」

「哦。」澤生鬆了一口氣，呵呵笑道：「妳睡，妳睡。」

穩婆已為小茹擦淨了下身，嘴裡還小聲地嘀咕著。「兩個胎盤、雙卵雙胎？又長見識了。」

見小茹要睡覺，她趕緊閉上嘀咕的嘴，和張氏一起忙著給孩子稱重量，大的四斤六兩，小的四斤整，在大多數的雙胎裡，這個重量算是重的了，看來在娘胎裡養得很好。

再看時辰，是午時之始。據算命先生以前跟村民們說，午時出生的人，性格明朗，待人誠懇，且運程吉利，大富大貴。儘管澤生不信算命先生的話，此時也忍不住遐想，難不成真的是「財才星」？

兩個孩子剛才都是出娘肚子時哭了幾聲，然後就一直是睡著的，任由著被抱來抱去，稱重量又很安詳，他們兩個都睡得香。

忙完這些，張氏就坐在兩個搖床中間，一會兒看看大的，一會兒瞧瞧小的。澤生這才發現他娘熱淚盈眶，看來她是一直激動得說不出話來。

穩婆說兩個孩子都足月生下來的，身子健康著呢，應該很好養的，不容易生病。澤生向她道謝，再付了錢，還特意多給她二十文。

見穩婆笑咪咪地揣著錢走了，澤生也坐了下來，陪著張氏一起瞧著兩個孩子，輕聲地說：「娘，瞧妳，哭什麼？」

張氏不好意思地抹淨淚，湊在澤生耳邊小聲道：「大的像你，小的像茹娘。」然後無聲地笑了起來，那張臉像一朵褶皺的花。

澤生忍俊不禁，娘一哭一笑跟孩子一般。

小茹懷孕的這幾個月裡，許多人說她懷的肯定是雙女。因為都說懷女娃時，娘會變漂亮，懷男娃時娘會變醜。瑞娘懷孕時，臉色發黑，皮膚冒痘，所以生了個男娃。而小茹雖然身子臃腫了些，但臉色紅潤，氣色清爽，總是笑盈盈的，大家就都認為是雙女無疑了。

張氏雖然一直沒說出自己的擔憂，但心裡可一直是揪著的。她倒也沒奢望兩個都是男娃，覺得若是龍鳳胎就好了，可千萬不要是雙女呀。

現在得知是雙男，她自然是激動萬分，雖然不是龍鳳胎，但這結果也不比龍鳳胎差。

這時傳來孩子的哭聲。不是小茹剛生出來的兩個孩子哭，而是院子裡的牛蛋在哭，哭得還挺凶。

張氏騰地一下起了身，不知牛蛋怎麼了，難道是摔著了？她又怕牛蛋哭聲太大吵醒了正在睡覺的小茹，趕緊跑出門去看個究竟。

原來是牛蛋不樂意躺在搖床裡，便拚命哭。他平時被瑞娘抱慣了，喜歡在娘的懷裡待著，哪怕是奶奶的懷裡也好，就是不喜歡搖床。

到了午時要做飯了，瑞娘正忙著洗菜，她昨日還跟張氏說，今日吃過午飯，得去地裡鋤草呢。

見瑞娘絲毫不為孩子的哭聲所動容，一心洗她的菜，張氏只好趕緊過來抱起牛蛋，牛蛋立刻不哭了。

張氏抱著牛蛋來到自己的屋裡，看看小清在做什麼菜，吩咐道：「少放點豬油，妳二嫂要發奶呢，煮兩顆蛋。等妳爹回來了，可得讓他趕緊買瘦肉和鯽魚去。」

小清一會兒在灶上炒菜，一會兒來灶下燒火，忙得汗流浹背。她知道娘和自己這下得忙死，家裡現在有三個孩子需要帶，她這個當小姑的，哪能清閒得下來。

「娘，二嫂也生了，妳準備給誰帶孩子呀？」小清不得不為她娘憂心。

張氏剛從新得兩個孫子的喜悅中緩過來，現在她也是一個頭兩個大，不知該怎麼辦？想不偏不倚，實在難啊。

待小茹醒來時，已是下午申時，她是被餓醒的。

澤生想讓她多睡會兒，吃午飯時就沒叫醒她。這時他見小茹雙眼一睜開，就喊小清。

「小妹，快去把燉的鯽魚給熱一熱，還有飯菜也熱一熱，妳二嫂醒了。」

「噢，知道啦。」小清在院子裡應著。

澤生扶著小茹坐了起來，欣喜地道：「我們孩子可好帶了，剛才我和娘給他們餵米湯時，他們喝得一個比一個帶勁，喝飽後就睡著了，尿濕了也不哭，就是屁股扭幾下，可把我跟娘逗樂了。」

小茹睡了這幾個時辰，精神好多了，興奮地說：「快快把他們抱來我看看，我到現在還沒看一眼呢！」

澤生先把大的抱過來。「這是大寶。妳說我們給孩子取的『大寶、小寶』好聽嗎？」

「好聽，怎麼不好聽。」小茹對她自己取的名字可滿意了。自從她被周郎中認定有九成把握懷的是雙胎時，他們倆就開始給孩子取名字，取了兩個月，最後才定了下來，無論孩子是男是女，大的就叫大寶，小的叫小寶。

當然，這是小茹堅持要取這樣的名字的。她可不想讓自己的孩子叫貓蛋、狗蛋的。至於大名，他們足足取了好幾十個，男孩名和女孩名都有，只是一直沒能定下來。

小茹摟著大寶瞧了又瞧，笑問：「怎這麼像你？」

澤生自豪地道：「本來就像我嘛，他是我的兒子當然像我啦！」

小茹把大寶交給澤生。「你再把小寶抱來我瞧瞧。」

當小茹摟著小寶瞧時，頓時樂了。「小寶是不是像我呀？」

「像！娘說了，大的像我，小的像妳，我瞧著也是。」

澤生抱著大寶，小茹抱著小寶，兩人樂呵呵地把這一對並在一起對比著。小茹摸了摸大寶的臉蛋，再摸摸小寶的臉蛋。「肉乎乎的，摸著真舒服。澤生，你說是大寶好看，還是小寶好看？」

澤生瞧來瞧去，覺得都好看，為了哄她開心，他就道：「小寶更好看一些。」

小茹瞅了瞅，卻道：「我覺得大寶更好看一些。哎呀，都是我們的孩子，都好看！」

「就是，都好看！」澤生親一下大寶，又親一下小寶。

小茹笑著推開他。「你別肉麻了，親得孩子臉上都是口水。」

這時小清端了兩個大碗進來了，一碗鯽魚，一碗飯菜。

小茹真是餓了，讓澤生把孩子放進搖床裡，她要吃飯了。

澤生只把大寶放下了，小寶還一直抱在手上，而且還抱著走來走去，輕輕地左右搖晃著。

小茹見他那樣，心裡一陣好笑。「你別抱了，快把小寶放下來吧。可別把孩子養得跟牛蛋一樣，屁股都不肯沾床，醒著要抱，睡著還要抱。本來睡得好好的，一放下來就醒，多鬧騰啊。你瞧大嫂和娘累成什麼樣了，都老了許多。」

澤生想想也是，可不能讓孩子養成這嬌慣的毛病，就把小寶放了下來，然後找出紙筆寫著什麼。

「你在寫什麼？」小茹好奇地問。

澤生已經寫好了，遞給她看。「明早我要去妳娘家送『報喜』禮，妳看這些禮夠嗎？」

小茹一瞧，被驚著了，肉十六斤、麵十六斤、白糖十六斤、雞蛋一百個、公雞和母雞各兩隻，還外帶兩壺酒！

「送這麼多幹麼，十六斤肉得吃到哪一日去，還有四隻雞？竟然還有酒？」小茹放下了單子。「你這是成心要氣死大嫂！她生牛蛋時，家裡都忘了給她娘家報喜。你倒好，送這麼重的禮，我怕這樣連爹娘都不樂意呢，不是因為錢的事，就怕覺得我們太張揚了。」

澤生卻不這麼認為。「妳生的是雙胎，當然每樣都要送雙份的了！怎麼能和單胎一樣呢？這兩壺酒是孝敬妳爹的，他一高興定要喝酒，明日聽說妳生了大寶和小寶，少不了是要吃上幾盅的。」

小茹想到瑞娘那眼神和臉色，還有以前她和婆婆鬧得雞飛狗跳，覺得這樣肯定不妥。「澤生，這回你還是聽我的吧，就按八斤的來，多出五十個雞蛋和兩壺酒就行了，只要比生單胎的禮稍重一點，我爹娘肯定就會高興的，又何必惹大嫂不痛快呢？」

澤生有些不盡興，感覺自己當爹了，一下有兩個兒子，不張揚揮霍一下，似乎很不爽快。可是小茹說得有道理，他不能自己高興了就往大嫂的傷口上撒鹽，也只好作罷，收起了那張單子。

小茹吃著吃著，就想起瑞娘坐月子時，她和婆婆之間鬧的那些矛盾，再想著家裡這麼多孩子，婆婆現在肯定在發愁，不知該帶誰才好。於是她吃飽後，放下碗筷，道：「你明日跟娘說，叫她後日來給孩子『洗三』，把我妹妹小芸也叫來，讓她帶上換洗的衣服。」

「好，讓小芸也過來玩，她都好久沒來我們家玩過了。」

「不是讓她來玩，是讓她幫著給我們帶孩子，等我出了月子，就不需她幫忙了。」小茹答道。

「這樣不妥吧，不是有娘和小清在家嗎？用不著小芸的。」澤生納悶道。「哪有讓娘家的人來帶孩子的，會叫人笑話的。」

「笑話什麼呀！要是我也和娘鬧起來，那才真會讓人笑話呢！我和娘帶孩子的方法肯定不一樣，免不了會有矛盾，所以……娘就帶著牛蛋吧，小清和小芸給我們幫忙就行。」

小茹越想越覺得這樣比較好，又道：「小清性子直爽，小芸溫順聽話，有她們倆幫著，我才能好好坐月子，把身子調養好。」

她可不想在月子裡與婆婆或大嫂發生矛盾，把自己身子氣壞了，孩子又沒帶好，最後倒楣的還不是自己？大嫂就是前車之鑒，她可得學乖一點。到時候讓小清和小芸一人帶一個，她只要指導指導一下就行，自己該吃就吃，該睡就睡，坐好了月子她才有力氣帶孩子嘛。

「還有，我們自己做飯吃，不用吃娘鍋裡的，我喜歡吃你做的飯菜。」小茹呵呵笑著。

「早上和晚上你做，中午由小清或小芸做，你不會不願伺候我坐月子吧？娘最近做的菜越來越鹹了，我吃著不舒服，又不好直說。」

「哪會呢！妳愛吃我做的，我就給妳做。只是……妳剛生大寶和小寶，娘應該是想幫我們帶的。」澤生其實是擔心小茹心裡會覺得委屈。

「澤生，我問你一個問題，你可得老實回答我。」小茹鼓著腮幫子道。「今日我們的大寶、小寶都在旁邊看著呢，你可不許說謊！」

澤生被她問得有些緊張了。「妳問吧，到底是何事，妳這般鄭重？」

「若我和娘吵起來了，你幫誰？」她見澤生眼睛忽閃忽閃的，又道：「不許說哄我的話！」

澤生撓了撓後腦勺，只好老實回答了。「心裡肯定是想幫妳，但是……當著娘的面，我還是得幫娘。」

小茹雙肩一聳，嘆了嘆氣。「我就知道會是這樣，只是心裡想幫我有什麼用？為了不和娘正面發生矛盾，也不讓你在中間為難，還是讓娘接著帶牛蛋吧。」

這時張氏端了一碗紅糖水進來了。「茹娘，快趁熱喝了，今日妳失了那麼多血，可得好好補補。」

張氏把碗遞到小茹手上，就來到大寶、小寶面前，琢磨著先抱哪一個，想了想，還是先抱大寶吧。

小茹瞄了一眼婆婆那神情，就覺得她以後肯定會偏大寶一些，因為大寶長得像澤生啊，沒辦法，哪怕對待自己的兒子都會有一些偏心，更何況是對孫子呢。

小茹朝澤生擠眉弄眼，讓他跟婆婆說帶孩子的事。澤生會意了，就接過他娘懷裡的大寶。「娘，大寶現在是睡著的，可別抱了，否則他以後就不肯離手了。牛蛋現在小清在帶嗎？」

張氏努了一下嘴。「你大嫂自己帶著呢，她剛鋤草回來了，我就把牛蛋交給她了。」

「等會兒大嫂還要做飯，妳就帶著牛蛋吧。小茹剛才跟我說了，打算讓小清和她的妹妹小芸一起來帶大寶、小寶，妳就接著帶牛蛋，不要為大寶和小寶操心了。」

張氏張大了嘴，驚訝地道：「這哪成，我帶牛蛋都兩個多月了，怎麼能不帶一帶大寶和小寶呢？」

小茹真的不想為這件事和她牽扯老半天，就直截了當地說：「牛蛋確實需要人帶，他整日要抱著，大嫂一個人根本忙不過來，她有時候還要下田地。我有小清和小芸就夠了，再說，大嫂上次吵鬧時就說妳平時偏袒了我們，這次妳乾脆不要管我們，她也就沒話說了。何況妳平日裡也太累了，昨日深夜裡牛蛋哭了一個多時辰，可都是妳起了床才將他哄好的。」

張氏本來一直為這件事發愁，她心裡還是想帶大寶和小寶，畢竟這兩個才剛出生啊，她這個當奶奶的很想出點力，但牛蛋也是她心頭上的肉，身子又弱，實在也需要她。

「茹娘，還是妳通情理，我這個當娘的真要好好謝謝妳了。」張氏說著，竟然眼眶濕潤了，在瑞娘面前，她覺得自己受了不少氣，看在牛蛋的面子上，她一直忍著沒發作，沒有像別的婆婆那樣直接訓斥兒媳。本以為到了小茹這裡，會因為帶孩子的事又要受氣，沒想到小茹直接說不讓她帶，還說了這麼些體恤的話。

張氏覺得在兒子和兒媳婦面前因為這個落淚有些不好意思，連忙道：「我去磨米粉，晚上給我的大寶和小寶熬米糊吃。」

說完她彎腰用額頭碰了碰大寶，再碰了碰小寶，和她的兩個小孫子親熱了一下就出去了。

小茹見婆婆這樣，忍不住笑了。「娘還真像小孩似的，愛笑也愛哭，平時說話也是直來直去的。」

澤生忽然朝她臉上親了一口。「小茹，妳真好，什麼事都想得開，也放得開，和妳一起過日子，心裡一點負擔也沒有。」

「那是，我也不想讓自己心累，我得好好坐月子，得保持心情愉快，得做最好看的娘，千萬不要像大嫂那樣，變得那麼憔悴，她才十八、九歲，看上去就像二十好幾，快三十了。」小茹可是想想就覺得怕，還伸手攬過銅鏡，好好照了照。「還好還好，臉上一點褶子都沒長。」

「妳才十六歲多，長什麼褶子呀。」澤生將她的枕頭放倒。「妳再接著睡一會兒吧，就怕深夜裡大寶和小寶會鬧，會耽誤妳睡覺。」

小茹想來也是，牛蛋就經常鬧夜，有時候大人去蹲個茅坑，他都要在屋裡哭得唏哩嘩啦，好不悲慘。希望自己的大寶、小寶可不要這樣啊。

小茹瞇了好一會兒才睡著。她一睡著，大、小寶就跟著醒了，不過他們不哭也不鬧，睜著小眼睛轉著，澤生就在旁跟他們玩。雖然孩子還太小，可能看不清他，但是他們玩得很開心，兩手握拳舉在頭頂，腿在搖床裡直蹬。

澤生捏著嗓子，用蚊子般的聲音驕傲地對他們說：「你們還真心疼爹娘，知道白日裡多玩會兒，晚上好睡覺不吵鬧，真是爹娘的好兒子！」

他左手握著大寶的小拳頭，右手握著小寶的小拳頭，輕輕地伸展著他們的小胳膊玩著。大寶和小寶嘴裡發出一陣「哦」的聲音，聲音很小，但足以聽出他們的歡樂來。

他們沒玩多久又睡著了，澤生見天色不早了，就開始忙著做晚飯，小茹說喜歡吃他做的飯，他當然會很用心地做好。

待飯熟了，小茹和孩子們都醒了。

張氏和澤生一起餵孩子們吃米糊，小茹因為下午吃飽了，這會兒不怎麼餓，但還是吃了一碗，何況是澤生費了半天勁兒做的，她可得給他面子。

方老爹和洛生也回來了。按照習俗，除了相公，任何男人都不能進新產婦的屋。聽說小茹生了雙男，洛生不好犯忌諱進來看，就在門口跟澤生說了幾句兄弟之間體恤的話。

方老爹心急想看一對寶貝孫子，實在顧忌不了那麼多，就邁腿進來了。兩個月前，牛蛋出生第一日時，因為孩子是放在他的堂屋，他可以摟著牛蛋好好瞧一瞧、親一親。

而此時大寶和小寶都在澤生和小茹的屋子，張氏也在，他並不想讓他們把孩子抱出去給他看，這麼折騰他的一對孫子，他不捨得。

方老爹一進來便向小茹致歉。「茹娘，妳可別怪爹不懂忌諱，爹實在等不及想看大寶和小寶了。」

「爹，沒事，你是孩子的爺爺，想進來看自己的孫子有什麼不對？」小茹以前聽別人說起這個忌諱就覺得很奇怪，別的男人不能進來那是自然，公爹進來有什麼不可以，哪個當爺爺的不著急看孫子，還非得抱出去看？

方老爹一見大寶、小寶，歡喜得不行。「哎喲，這不就是小澤生和小茹娘嘛！我們方家有福嘍，才有了牛蛋，又有大寶、小寶這麼一對可人兒。爺爺老了，以後方家就靠你們撐門面了。算命先生說了，你們可是『財才星』，能當官，還能發大財，定能光耀門楣！」

張氏在旁也是眉眼笑得擠到一塊兒去了。「瞧你，他們才剛出娘胎，你就扯什麼光耀門楣的事。我就盼著他們好好睡覺、好好吃飯，長得白白胖胖，就滿足了。至於『財才星』，這已是上天安排好了的，根本無須操這個心，到時候我們只等著享福就成。」

方老爹聽了一陣喜慶地哈哈大笑。「只等著享福？妳這個老婆子，比我的心還大！」

澤生與小茹聽了相視一笑。小茹心裡在想，他們對孩子的期望也太高了吧，還真把算命先生的話當金口玉言了？看來她以後可得在教育孩子這一方面下苦功夫啊。

晚上睡覺時，大寶和小寶果然乖順，可能是白日醒了兩回，玩了那麼一會兒，所以整個晚上都睡得香。

澤生只醒來兩次，一次幫他們換尿布，一次熱些米湯給孩子們喝，而且他每次起身時都是躡手躡腳的，動靜極輕。小茹根本什麼也不知道，一覺睡到天亮。

次日一早醒來時，小茹見盆裡都放了好幾塊尿布了，不好意思地說：「澤生，我睡得太死了，竟然沒有醒來給孩子換尿布，我這個娘當得是不是不合格呀？我昨日睡那麼多了，怎麼晚上還能睡得那麼死？」

「妳是生孩子時體力耗費太多，這兩日妳還可以多睡會兒，等妳有奶了，晚上就得給孩子餵奶，怕是再也不能睡得那麼安逸了。有了孩子，這日子可不能再像以前那麼輕鬆了。」澤生揉了揉眼睛，起了床，雖然只醒來兩次，但仍感覺睡得沒有完全解睏，心裡感嘆，當爹當娘都不容易啊。

他起床做早飯吃，然後就去何家送報喜禮了。

張氏想到等明日孩子洗三後，大寶和小寶就由小清和小芸帶，心裡覺得很過意不去，所以這一日，她打算一點兒都不讓小茹操心，先跟瑞娘說好了，叫瑞娘今日別出門幹活。張氏是從早忙到晚，小清也跟著幫忙，什麼事都不讓小茹沾手，只讓她躺在床上歇息，好好坐月子。

澤生到了何家，何老爹聽了這個大喜事，趕緊把一個月前就準備好的炮竹拿出來放了，噼哩啪啦好一陣響，一會兒就有不少鄰居圍上來問小茹生了男娃還是女娃。

王氏眉開眼笑，樂得合不攏嘴，跟大家說自己得了一對雙胞外孫，都是男娃，真是讓鄰居們羨煞了。

王氏還跟澤生說，她明日得趕早去方家，因為她等不及想看孩子了。

小芸聽說讓她去給姊姊帶孩子，心裡高興著。她並不知道帶孩子有多難，只聽說要去方家住一個月，她就開心，別看她平時安靜，性子柔順，其實可喜歡串門走親戚了，而且她很喜歡跟小清玩，才去過姊姊家幾次，每次與小清說話都很投機。

王氏和小芸是滿懷著欣喜熬過了一日，次日起了個大早，匆匆吃過早飯就趕到方家了。她們來時，張氏在屋裡燒著艾草水，小清和澤生把孩子抱到院子牆根下，曬著早晨溫暖的太陽。

王氏一來就接過澤生手裡的小寶。「澤生，你快去鋪子裡吧，你都兩日沒去了，今日有我們這麼多人在，你趕緊去。」

澤生見有了這麼多人，確實用不上他了，有了孩子是喜事，但不能耽誤做買賣，他還想讓孩子和小茹過上好日子呢，便起身去鋪子裡。

王氏抱著小寶與小芸先進屋裡瞧一瞧小茹，見她氣色很好，心情愉悅，也就放心了。

張氏自然要與王氏好一陣寒暄，而小清與小芸也聊得甚是開心，她們四人圍在一起給大寶和小寶洗著身子，歡聲笑語的。

大寶和小寶的身子在陽光的照耀下，顯得更白嫩更滑溜。

「哎喲，妳瞧瞧，我的小外孫，這等細皮嫩肉，跟豆腐似的。」王氏一邊洗著，一邊用粗糙的手摸著孩子的嫩肉。

「娘，妳就不怕摸得小寶身上疼？」小芸在旁笑道。

「哎喲，瞧我這個姥姥，高興糊塗了。」王氏趕緊收回了手，拿著巾子給孩子洗，忍住不摸他們。

瑞娘本來一直在屋裡帶著牛蛋，聽到外面鬧得歡，襯得她這屋裡清靜得讓人難受。她實在待不住了，抱著孩子出屋，來到院子裡，禮貌地跟王氏打了聲招呼。

王氏正起身想來看看牛蛋呢，沒想到瑞娘徑直抱孩子出院門了。她還以為瑞娘是要抱孩子過來與她們一起熱鬧熱鬧，沒承想瑞娘就這麼冷不丁地走了，她只好尷尬地又坐了下來。

此時，瑞娘抱著牛蛋坐在路旁那棵大樹下，只見成叔一路急跑，直呼：「不好了，不好了！」

她見成叔慌張得有些失魂落魄，就像大災難來臨一般，不由得身子緊繃，睜著一雙驚恐的眼睛，問道：「成叔，到底怎麼了，出什麼事了？」

「蝗災來了、蝗災來了！快去地裡把菜收回來吧！今年的糧食怕是沒收成了。」成叔扛著鋤頭，一路往家裡跑一路喊著，順路招呼著各戶人家去菜地裡摘菜。

瑞娘只知道前幾年蝗蟲愛吃黃豆，以至於這幾年沒有人敢種黃豆了，害得大家想吃豆腐都吃不起，難道現在蝗蟲連菜也吃？

瑞娘朝村頭的田間看去，的確見到一些蝗蟲在飛舞，她並沒覺得它們會多到要吃菜的地步，但既然成叔這麼說，肯定是有道理的，還是去摘菜吧。

瑞娘抱著牛蛋進了院子，只見王氏匆匆跑出門來，她也得趕緊回家摘菜啊。張氏和小清也都慌張地挑擔出來了。看來她們都是聽到成叔的話，緊張得全都要去收菜了。

大寶和小寶已經洗好了澡，都在搖床裡躺著睡覺，小芸坐在旁邊看著。瑞娘進來把牛蛋往小芸手裡一放。「芸娘，妳幫我抱一會兒牛蛋吧，我要去收菜。」

小芸還沒來得及答應，瑞娘就飛快地進她自己的屋挑擔子去了。

等她出院門時，只見滿村的人都挑著擔在路上跑，天上的蝗蟲越來越多，飛得低低的，比她剛才看到的景象要恐怖得多，才一轉眼工夫，怎麼就多了這麼些蝗蟲來？

小芸見蝗蟲都飛到院子裡來了，就先把牛蛋抱進小茹的屋子，放在床上，然後再把大寶和小寶的搖床全搬進來，還把門緊緊關上。

牛蛋一陣哭喊，坐在床上看近日帳目的小茹只好放下帳本，抱起牛蛋，然後問小芸：「怎麼回事，蝗蟲真的很多？」

小芸神色緊張，有些害怕，說：「剛開始就幾隻，現在越來越多，都飛進院子裡了。」

這會兒門突然被推開，是澤生跑回來了。他在鋪子裡見外面滿天飛舞著蝗蟲，也是嚇得跑回來，要挑擔子去菜園收菜。

「小茹，大事不好了，可能要鬧蝗災了！小芸，妳可千萬別把孩子抱出去，危險！」澤生急忙挑著擔出去了，還帶上了門，生怕蝗蟲飛了進來。

小茹見澤生也緊張成這樣，才意識到事情的嚴重性。看來這不是一般的蝗災，是大蝗災呀！據說鬧得厲害時，蝗蟲一陣飛過，地裡的莊稼、菜葉可是要吃得乾乾淨淨的，就只剩樹幹了，其餘都不放過。

難道真的會鬧這麼大的災？小茹還有些不可置信。

她起身趿了鞋，趴在窗戶邊上往外瞧，雖然並沒見到密密麻麻的蝗蟲，但是一群又一群蝗蟲從院前飛過時，還是叫人見了害怕得慌。

小芸想起什麼事，突然哭了起來。「姊，我害怕，稻穀還有二十幾日就要割了，若是被蝗蟲吃了，我們是不是就沒飯吃了？聽娘說，十多年前就鬧過一次蝗災，好多窮人家沒錢買糧吃，餓死了好多人。」

餓死人？小茹聽了身子一顫，頭有些發暈，再往窗外瞧著，感覺蝗蟲是越來越多，恐怕真是要把稻穀吃得差不多了。

她見小芸驚嚇得哭了，連忙哄道：「不會的，十多年前因為窮人家很多，沒錢買糧。如今大多數人家日子都好過了，爹娘不也攢了一些錢嗎？不至於沒錢買糧吃的。」雖然她這麼安慰著妹妹，其實自己並不比小芸淡定多少。

沒過多久，村民們都挑著半擔子菜往家裡跑著，蝗蟲多得幾乎要遮住人的視線了。地裡的菜被吃得沒剩多少，他們迅速地收完了就趕緊往家裡跑。
有的人在跑的路上，臉還被蝗蟲咬了。本來蝗蟲並不愛咬人，只是被侵犯時，它不得已才會咬人。如此疾步跑起來，想不碰到蝗蟲都難，不少人捂著臉跑回家，還有人脫下身上的衣服，罩在頭上，只露兩隻眼睛在外。
待張氏、小清和澤生挑菜回來時，他們個個臉色蒼白，嚇得說不出話來，那種眼前全是蝗蟲的景象，簡直讓他們毛骨悚然，感覺要被這些蟲子啃掉骨頭似的。
澤生進屋後緩了緩神，正要跟小茹說蝗災有多嚴重時，就聽到張氏在堂屋裡哭了起來。
「老天爺啊，這不是要人命嘛，穀子才長出米粒，這一下全被蝗蟲吃了，菜也只搶回這些，這不是要餓死人嗎？」
然後又聽見小清在旁安慰道：「娘，妳別著急呀，等蝗災一過，就可以買種子重新種菜了，也就是斷一段時間。只是糧食……到時候要花錢買了，我們家不是攢了不少錢嗎？是不會餓死的。」
「小清啊，妳哪裡懂，恐怕這是全縣都鬧蝗災了，整個縣都沒糧食了，就得買外縣的糧吃，那得多貴呀！十多年前那一次，我們家個個都餓成皮包骨，這次又要遭這個罪，家裡可是還有三個剛出世的孩子呢！」
張氏是越哭越傷心，越想越心痛，攢一年的錢，最後竟然要用來買糧吃？

# 第十九章

澤生和小茹待在自己的屋裡悶不吭聲，他們不知如何去安慰張氏，只好保持沈默。

小茹來到窗戶邊上瞧著外面的蝗蟲，憂心問道：「真的很嚴重嗎？」

澤生點頭。「根據我的記憶，這次可比十多年前那次要嚴重得多。妳記得嗎？」

小茹含糊地答道：「記得，只是不記得有多嚴重，幸好那年沒餓死，如今才能遇到你。」

兩人正說著話，突然瞧見瑞娘挑著擔子進院門。小茹驚呼：「大嫂怎麼現在才回來？」

話一落音，就見瑞娘突然倒地，爬不起來，澤生嚇得連忙奔了出去。

小茹緊跟其後，卻被澤生推進屋了。外面那麼多蝗蟲，她還在月子裡，澤生是不會讓她出屋的。

瑞娘生孩子後，身子本來就虛弱，渾身是痛處，因為要餵奶，她又不能喝藥，只能吃一些調理的溫補之藥，並沒多大效果。

她去菜地時，見幾塊地的菜都被蝗蟲吃得差不多了，她匆忙收了剩下的，準備回家，路上瞧見有不少薺菜和野芹還沒被蝗蟲啃完，就蹲下來挖野菜。

沒想到蝗蟲越來越多，根本不是她所能想像的，她一邊趕著圍著籮筐轉的蝗蟲，不讓它們將籮筐裡的菜吃掉，一邊又得挖野菜，忙得不亦樂乎。

等她站起來時，頭一陣發暈，又被蝗蟲圍繞，便暈倒了，也沒被人發現，她就一直歪倒在地。再過一會兒，又被一陣陣嘈雜的蝗蟲飛舞聲吵醒了，她就爬起來，挑著擔子回來了。

強撐著到家門口，她又一下暈倒在地。此時她還不知道的是，那一擔籮裡的蔬菜和野菜，在她暈倒的那段時間裡，幾乎被蝗蟲吃光，她挑回來的只是一些殘渣。

澤生把瑞娘扶進她的屋，連叫了她好幾聲，她才醒了過來。澤生給她倒了一杯水，當他遞水給她時，見她臉上被咬了十幾處，全泛著紅，可把他嚇得不輕，她這張臉都花了。

好在蝗蟲咬人並不帶毒氣，也就是醜幾日的事。

這時洛生和方老爹兩人都用衣服蒙住臉跑回家來了。洛生見瑞娘暈暈乎乎地躺在床上，急著要去找老郎中來看，卻被瑞娘叫住了。

「這會兒大家都憂心著呢，老郎中哪有心思來給我看病，他上次不就說我是因為貧血才容易頭暈嗎？調養一陣子就好了！你給我熬碗紅糖喝吧。」

洛生只好聽瑞娘的話，這個時候就不去找老郎中了，來到灶前給她熬紅糖，正洗著鍋，他突然發問道：「牛蛋呢，在娘那裡嗎？」

瑞娘虛弱地喘著氣，答道：「在茹娘的屋呢，她妹妹芸娘在幫著帶。」

洛生想到小茹可有兩個孩子要帶呢，他就先去把牛蛋抱了回來，再接著熬紅糖。一手往灶裡塞柴火，一手抱著牛蛋，他做得很順手，經常這樣，他已經習慣了。

澤生這會兒從窗前瞧見院子裡頓時少了好多蝗蟲，他有些驚喜地跑出屋來，立在院子中間感受著，蝗蟲確實是越來越少，再過一會兒，幾乎就沒有了！

他高興地直喊：「爹，娘，大哥，蝗蟲都飛過了，不見了！」

一家人聽了頓時全跑出來瞧，確實是沒見著什麼蝗蟲了，只不過零零星星有幾隻而已。

方老爹立刻朝院外走去。「我去田裡瞧一瞧，看還剩多少穀子了。」

有許多人和方老爹一樣，懷著焦急的心情往田裡趕去。當他們站在田埂邊上，瞧著田裡一堆稈渣時，老淚縱橫，有的還失聲痛哭。整個田裡連一粒穀子都不剩。

其實穀子才剛吐米粒，殼裡都是癟癟的，儘管這樣，也沒有哪一棵稻能逃過。整個鬧災過程才一個多時辰，整個村、鎮、縣，頓時成了一片稈渣之地，放眼望去，幾乎沒有綠色，處處呈著那種渣黃色。

瘋狂的蝗蟲一下飛過兩個縣，直達海邊，最後也不知去向了。

方老爹垂頭喪氣地回來了，將慘烈的災情嘮叨了一遍又一遍，最後嘆道：「家裡的糧食都存得不多了，本以為月底就能收穀子，能接上了。沒想到就在這不到兩個時辰裡，一下全完了，家家都得挨餓了，想買糧吃，恐怕是買不起。十多年前的蝗災還沒這麼嚴重呢，但最後糧食的價錢也都翻了兩倍。」

洛生安慰他爹道：「災情如此嚴重，朝廷應該會賑災，到時候每家或許能分到一些糧食，如今新皇登基，可比十多年前那老皇帝要體恤百姓多了。」

澤生卻搖了搖頭。「就怕知縣或知府都不敢往朝廷上報，哪怕不得已呈上了實情，朝廷體恤災民會撥糧食下來，一路上得經過一層又一層的盤剝，恐怕到我們鎮上已經不剩什麼了，再分到每家，又能有多少？」

澤生這一說，一家人又陷入深深的憂慮中，他見他們都愁眉苦臉的，頓覺自己失口。他轉念一想，覺得情況也許沒那麼糟，又道：「也無須多擔心，這一年裡哪家哪戶都存了些錢，到時候外省外縣會運糧食過來賣，花錢買就是了。價錢雖然會很貴，怕是將一年攢下來的錢來買糧，也不一定能撐到明年早稻收割，但至少不會像十多年前那般窮。那年我們都沒餓死，今年還攢了這麼些錢，又何必太憂心？」

方老爹覺得澤生說得對，再難也不會比十多年前差，嘆道：「本以為攢了這些錢，日子越來越好過了，平日裡也捨得買肉吃、捨得買布做新衣裳了。沒想到這蝗災一過，家家都回到幾年前的生活水準了。」

洛生還在心裡默默算著那些錢能買多少糧，最後算來算去，覺得估計也能熬到明年的早稻，才稍稍放下心來。

張氏還在那兒斷斷續續地哭，一雙眼早已紅腫。方老爹朝她嚷道：「妳再怎麼哭，糧食也不可能長回來了，費這些眼淚做什麼？」

張氏立刻停住了哭聲，去小茹的屋裡拾尿布來洗。

澤生回到自己的屋，見小茹撩開衣服正在給大寶餵奶，他驚喜地道：「妳有奶了？」

小茹不好意思地朝澤生笑了笑，臉上帶著一層淡淡的紅暈。「剛來的，小寶吃了右邊，現在大寶吃左邊，都吃得香著呢。」

聞言，澤生不禁羞得臉上滾燙。

小茹知道他想什麼了，緊抿著嘴不讓自己笑出聲來，因為小芸還在一旁逗小寶玩呢，這種夫妻之間的話可不能在只有十一、二歲的妹妹面前說。

羞了好一會兒，澤生才恢復成平常的神色，繼而又有些憂慮了。「今日遭了如此大災，恐怕我們鋪子的買賣也會差了，各家攢的錢都不一定夠買一年的糧，哪裡還捨得花錢買這些可有可無的。」

大寶吃得差不多了，小茹理好衣服，抱起大寶，心裡一直在思慮著他說的話，也甚是憂心。

小茹根據前世的經驗，道：「糧食的價錢肯定會大漲，估計能翻兩、三番去！我們怕也是白攢一年的錢了，不過……」她突然靈機一動。「澤生，你後日要去縣城進貨是吧？」

澤生點頭道：「本來是這麼打算的，可是現在這情況，怕是不必去了，沒多少人會買的。」

「你明日就去，買一大牛車的糧，牛肯定拉不動，讓爹和大哥也去！晚去一日，怕是要貴上不少！」

澤生頓悟。「對呀，我怎麼沒想到，明日買的話頂多比平時貴一點，要待後日，估計就貴得多了，越往後會越貴。明日我就和爹、大哥去買個兩千斤糧食回來，這樣就夠一家人吃整整一年了！」

「嗯，明日是買自家吃的，後日再去買一車，留在鋪子裡賣！若是大家能在我們鋪子裡買到糧，又何必去縣城裡買呢，你說是不是？」

澤生經小茹這麼一點撥，彷彿看到了商機，哪怕是鬧了蝗災，他們也是有買賣可以做的。「明日不能只買一車，應該一下買兩大車回來！我們自家新買的牛車不夠用，可以再去借成叔家的。」

這下小茹有些不明白。「你是怕晚了一日，價錢會暴漲？」

「何止是暴漲的事，就怕各鎮上的店鋪老闆全搶著買糧，晚了一日，到時候想買都買不到了。我猜著再晚幾日，就得去外縣買糧了。」

小茹點頭笑道：「不錯，有覺悟。那你明日和爹、大哥早早去，到時候可別和一群人搶，搶得頭破血流的，那可不好。若是遇到爭搶事件，你們可得離遠一點，哪怕搶不到糧，總比受傷或惹出紛爭要好。」

「妳放心，我的性子妳還不瞭解嗎？從來不愛和人家爭搶的。」澤生得了這個主意，趕緊去告訴他爹和大哥了。

方老爹和洛生聽了甚覺有理，剛才的憂慮頓解了一半。

張氏在旁聽了還補一句。「家家戶戶都只有這麼一擔子菜，怕是過了幾日就都沒菜吃了，地裡的野菜都被蝗蟲差不多啃個精光。澤生，買好了糧，過幾日你再進些菜來賣吧，應該也能賣掉的。」

澤生笑道：「看來娘還挺有生意經的。」

張氏卻笑不出來，想到四畝稻穀就這麼沒了，加上洛生和澤生的，一共十二畝，一家人全年的口糧啊！她是想想就心痛如刀割。

方老爹突然站了起來。「洛生、澤生，快！我們趕緊去池塘裡捉魚，哪怕是魚苗也行啊！」

他們趕緊找魚籠、魚網，挑著一擔籮筐趕往池塘。

有幾戶人家比他們反應更快，已經捉了好一些了。以前小魚及魚苗沒人願抓的，太難抓且不說，也想等它們長大一點。

這下沒糧沒菜了，誰還等得及它們長大呀，才一會兒池塘裡便擠滿了人。方老爹他們父子三人並沒抓到多少，因為最近鬧乾旱，水很淺，池塘裡的泥都被村民們攪起來了，怕是沒有什麼漏網之魚了。

若按以前，這個季節在田裡也能抓到泥鰍，只因田裡都乾得沒什麼泥了，這時根本找不到泥鰍。

才攪完池塘裡的泥，一群人又跑向河裡。河水也快乾涸了，水沒到小腿肚。他們又把河水翻個底朝天。

最終方老爹他們父子三人抓回來二十幾條小魚和一小簍魚苗。

張氏用手撥弄幾下瞧了瞧，道：「有這些總比沒有的強，澤生，拿十幾條小魚到你屋裡去吧，留著做給小茄吃，今日她來奶了，還得再補補。」

澤生才將小魚拿回自己的屋，方老爹又張羅著讓他們跟著一起去山上挖野芋。蝗蟲吃了地上長的糧和菜，但是地底下的東西還都留著呢。

他們一到山上，又見許多人比他們早到，都埋頭挖呀挖。

如此忙活了一日，總算從水裡和地底下弄回一些吃的來，好歹這些吃的能應付幾日，又都是不需花錢買的。待這些吃完了，再花錢去買菜吃吧，能省一點是一點。

這會兒，澤生在灶上煮魚，小茄抱著小寶餵奶。

餵到一半時，小茄想起極為重要的事來。「澤生，晚上你可能得睡在鋪子裡了。」

「為什麼？」澤生不解，平時這裡的民風淳樸，極少出現偷竊之事。

「我怕晚上會有人去鋪子裡偷東西，如今家家都沒糧了，池塘和地底下都被大家掏空了，有些平時不太老實的人，肯定會惦記我們的鋪子。你不僅晚上要在鋪子裡睡，還得多往門上加把大鎖，門也得加固釘牢一些。」

澤生想到這一日大家抓魚和挖野芋的瘋狂勁兒，頓覺她考慮得周到。「可是……這樣晚上我就不能起夜照顧孩子了，妳一個人豈不是太辛苦？」

「反正我晚上得起來餵奶，順便給孩子換尿布就行了。這樣確實會累一些，兩個孩子半夜輪流吃奶，恐怕我就得抱著他們坐大半個時辰。好在他們沒有日夜顛倒，不鬧夜，白日裡又有小清和小芸，她們倆一人帶一個，我就能多歇息了，你不用擔憂。」

小茹見小寶吃了這麼久，怕把他撐著了，便輕輕抽出乳頭，小寶鬆開了嘴，沒有再咬著不放，看樣子他的確是吃飽了。

小寶吃飽了，還得餵大寶呢！小茹揉了揉腰，長時間保持這種坐姿還真夠累，便躺下來餵大寶，她也知道這樣餵不好，就怕自己太累了，餵到一半時睡著了。

小茹只得囑咐著妹妹。「小芸，以後每次我躺著餵奶時，妳就在旁邊提醒我，別讓我睡著了。」

小芸應聲點頭。

澤生在旁聽了有些心酸，覺得小茹光餵奶就夠累的了。「晚上我還是在家睡吧，半夜裡小芸要和小清一起睡，若我不在的話，沒人提醒妳。」

「你放心好了，半夜餵奶我就坐著餵。腰只是有一點點痠，等出了月子，我多出門活動活動，應該就會好的。你可別為這點小事操心，若是鋪子裡的東西被人偷沒了，可是連買糧的錢都沒有。」

澤生只好點頭答應了，此時的錢與糧可都關乎人命啊。

次日天還沒亮，澤生父子三人頭頂著星空就往縣城趕去，出發沒多久，張氏也跟著後面追上來了。

「娘，妳怎麼也來了，不是要在家帶牛蛋嗎？」澤生問道。

「如今田地裡都沒活幹了，就由瑞娘一人帶吧。再說了，兩輛牛車，你們三個人怎麼趕得動，不是說要買好幾千斤的糧食嗎？」張氏肩上還揹著一個包袱，手裡拿著兩葫蘆的水。「我要不帶些乾糧和水，你們三人還得挨餓挨渴呢！」

他們因著急趕路，根本沒來得及準備這些。

在趕往縣城的路上，他們碰到好幾路同樣是去買糧食的人，大多數是開糧鋪做買賣的。還沒到縣城，他們就已感覺到緊張的氣氛，也不知道去了能不能搶到糧食。

到了縣城，天已大亮，日頭昇至兩竿頭了。縣城各糧鋪一片混亂，離得近的人早就買上了，和他們一樣路遠的，就只能買到剩下的幾百斤。

幸好縣城不止一家糧鋪，澤生經常來進貨，對縣城哪條街有什麼鋪子瞭若指掌。他帶著家人跑了大半日，將縣城的四個糧鋪都買全了，最後才買到兩車糧食，一共四千斤。

此時已是未時了，他們整好牛車準備回家。澤生懷裡揣著剩下的錢，心裡又生了一個主意。「爹、娘，你們在這裡等會兒。大哥，你跟我一起去買菜種和小麥種子吧。如今田地全荒蕪了，雖然種不了稻穀，但是可以種小麥。上半年每家每戶都只留幾斤麥種，也就夠種個一畝、半畝的。下個月大家肯定都要將所有的田地翻種小麥的，家裡留的那點種子哪裡夠？」

洛生恍悟。「還是你考慮得周全，我們趕緊去買吧。」

因為麥子還得下個月才開始種，可能很多人還沒想到這檔子事，所以小麥種子買得挺順利，雖然買的人也多一些，但不至於一搶而空。

他們買了八百多斤的麥種，用店鋪老闆的板車運到自家的牛車這裡時，又順道買了許多菜種。

眼見著太陽西斜，天色不早了，他們趕緊回家。

因為糧食和麥種太重，哪怕是分裝了兩輛牛車，兩頭牛也都拉得很吃力。他們四人就在後面推著，一路行程，走得很慢。

直到晚上酉時，他們終於滿載而歸。

他們將其中一車的糧食和六十斤麥種拉到自家來，剩下的都搬進了鋪子裡留著賣。

到了家後，方老爹和洛生就將糧食和麥種分成三份，每家一樣多，他們還都把本錢給了澤生，帳目弄得清清楚楚的。

小茹見澤生順利回來了，一整日懸著的心此時終於可以放下了。

「我擔心了一日，生怕你們沒買到糧，或是買糧時與別家鬧了起來，沒想到你們還挺順利的。」小茹起了床，來到灶前給他熱晚飯吃，還想燒一鍋水好讓他洗個澡，今日他實在太累了。

澤生忙攔住她。「這些我自己來，雖然今日實在是累了些，但也能扛得住，娘才是最累的，她那麼大年紀了，跟我們忙活了一整日，特別是回來的路上推牛車，她累得衣服都濕透了。」

小茹不顧澤生的阻攔，硬是來到灶前忙活著，只要不沾涼水就好。「以後這種累活就不要讓娘去做了。」

「嗯，今早是她跟著後面追上來的，以後我定不讓她跟著，要是把身子累壞了，可不值了。」澤生來到灶下燒火。

「今日買的糧是什麼價錢？」她邊熱飯菜邊問。

「三文，平時進價才二文，幸好只漲了一文，聽那些糧鋪老闆說，明日怕是四文都買不到了，畢竟根本就沒糧了。」

「那我們打算賣幾文一斤？可不要賣太貴，就四文可好？」小茹還在想著，也不知四文有沒有人買，平時都只要三文就能買到的。

澤生思忖了一下。「好，就賣四文吧，一斤掙一文，利頭雖小，但量多，只要能全賣掉，也能掙不少。」

澤生吃完飯，再洗個澡，然後哄著大寶和小寶玩了一會兒，小茹見時辰已晚，就催他趕緊去鋪子裡睡，此時已是大半夜了，要是真有賊惦記著，這時可是個好時辰。

澤生來到鋪子前，見有一個人影突然從他眼前閃過，心裡暗驚，莫非真的鬧賊了？摸了摸門鎖，還好，並沒有被打開。

他進了鋪子，手持蠟燭來照一照門鎖，竟然有被撬過的痕跡，只是沒有來得及撬開而已，看來已經有人知道他買了好多糧回來，動了歪心思了。

他暗嘆好險，若是來晚了一會兒，怕是糧食和貨物就要被偷去不少。

於是他只好一夜不熄燭，讓人知道他在鋪子裡守著。那些居心不良之人就不敢再惦記，只好敗興回家。

小茹坐著給孩子們輪流餵了奶，看著他們都睡得很安穩，便上床睡覺。

她習慣了睡覺時有澤生躺在自己的身邊，一伸手就可以摸得著他的感覺很踏實。可是，此時她的旁邊卻空蕩蕩的，感覺有些失落。唉，這個蝗災鬧的，大家都沒法睡個踏實的覺了。

她心裡還在想著糧食的事，四文錢一斤好不好賣倒是其次，就怕家裡突然有了這麼多糧，澤生會不會遭人忌妒，惹出事來，不會鬧出不給錢直接搶糧這種事來吧？

第二日，有人打聽到澤生賣糧四文錢一斤時，並沒有人買，覺得貴了一文一斤不划算。待去鎮上打聽，得知那幾個鋪子都賣五文錢一斤，有的還賣六文錢一斤，方記鋪子門前頓時炸開了鍋，全都是來買糧的人，除了方家村，周圍幾個村的人全都湧了過來。

澤生一人根本忙不過來，張氏、方老爹、洛生齊齊上陣，幫著秤糧、收錢。

才一日的工夫，鋪子裡留的兩千斤糧食便賣個精光，連菜種和麥種也賣得一斤不剩。

幸好民風淳樸，並沒有出現小茹擔心的那種搶糧事件。

賣完後，收拾了一下鋪子，澤生就算給爹娘和大哥幫工的錢，而且還是一般幫工能得到的雙倍錢。

洛生推辭道：「自個兒兄弟，幫個工收什麼錢，而且還是雙份的。」

「大哥，怕是以後你和爹得經常給我幫工了。明日我想去穎縣收糧，聽說穎縣沒受災，離我們縣算是近一些的，你和爹願意跟我一起去嗎？」

「你這買賣可是要越做越大呀，我怎麼會不願意。爹，你呢？」洛生挺高興，弟弟做買賣掙大錢，他跟著掙一份好工錢也不錯。

方老爹將錢遞給張氏，笑道：「我當然也願意了，本來是個災害，沒承想還能掙錢。那幾家請我們蓋房子的人家已經來話了，說哪怕還只蓋到一半，他們也不打算蓋了，要等明年有了收成再接著蓋，錢得留著買糧。我們倆沒活兒做了，可不得跟著澤生嘛！」

張氏立刻提醒道：「掙了錢可別往外說去，如今家家都緊巴著過，那點錢都留著要買糧，若是知道我們家從中掙了這麼多錢，可不要鬧出事來。」

「娘，妳別擔心，我們哪能往外說呢，何況一斤才掙一文，又沒多大利頭，只不過量賣得多，才掙些錢而已，不至於鬧出事來的。」澤生安撫道。

回到家，澤生見小茹一人坐在床上疊著一堆曬乾的尿布，問道：「大寶、小寶呢？」

「在小清的屋裡呢，小清帶小寶，小芸帶大寶，我挺放心的，就是辛苦她們了。不過，我瞧著小芸與小清相處得挺好，像親姊妹似的。」

澤生將一小布袋子錢倒在桌上數著，然後一一串起來。小茹在旁看著都花了眼，驚喜問道：「這一日掙了這麼多錢？」

「嗯，賣糧掙了兩千文，賣菜種和麥種掙了一千文，一共三千文，給了爹娘和大哥兩百文，是不是給他們太少了？」澤生原本覺得給雙倍工錢不算少，可和自己掙的錢這麼一比較，他覺得給爹娘和大哥的錢實在太少了，他們可是和他出一樣的力呢。

小茹拿出帳本記帳。「是有些少，我們掙三千八，他們一共才得兩百文，等會兒你再拿出兩百文給他們送去吧。」

澤生搖頭。「這樣直接給，爹和大哥是不會要的。明日還得去買糧，以後有得忙活了，到時候我再多給他們工錢就是了。」

「明日還要去買？你不是說縣城都沒糧了嗎？」小茹覺得一下掙了這麼多錢，夠可以的了，看來澤生還想掙更多啊。

「我也是下午賣糧時，才想出這個主意，想去潁縣買糧來賣，只要有人買，我們就要一直把這個買賣做下去，我們賣得比鎮上的都便宜，這一片連著八、九個村，都會來我們鋪子買的，只不過這樣我會忙些，妳不會不同意吧？」澤生見小茹有些驚訝地看著他，怕她不同意，畢竟做這樣的買賣也是有風險的。

沒想到小茹突然開心地笑了起來，有些小興奮。「因為我們薄利多銷，買賣才這麼好的。你的心還挺大，竟然想到要去潁縣買糧，若是買賣一直這麼做下去，我們豈不是要發大財了？」

澤生也憧憬了起來。「我們掙夠了錢，年前蓋幾間新房可好？還要把鋪子也蓋大一些，最好在旁邊多加一間，怎麼樣？」

小茹見澤生的眼睛裡閃著熠熠的光，看來他是早就想著這事了。

小茹當然也希望住大一些的房子啦，喜道：「蓋新房挺好，我們這一間太擠了，放兩張搖床，再堆一些糧食，都快沒下腳的地方了。待孩子大了，不能睡搖床了，也得要房間住，蓋房子的事確實需要提上日程。」

澤生拿筆在草紙上畫著一個大概的新房圖樣。「蓋六間，再圍一個小院子。就蓋在方記鋪子的後面吧，這樣以後我們就方便了。」

小茹想到與瑞娘同住一個院子，不再像以前那般見面就笑，而是互相不說話，覺得很憋悶，若能單獨蓋房，而且有自己的院子，當然是好事了，不過她覺得六間有些多了。「為什麼要蓋六間呢？」

澤生又拿毛筆在草圖上圈著，指給她看。「一間堂屋、一間灶屋，我們倆一間房，大寶、小寶合起來一間房，妳不是一直想有兒有女嗎？那以後還得生一胎，又得一間房，再蓋一間倉房，放糧食和雜物，正好六間。」

小茹聽澤生說起女兒，浮想聯翩，不過想到家裡有了大寶、小寶，已經忙得不行，若不是有小清和小芸幫忙，她這日子根本拎不清，所以生女兒的事還是緩緩吧！

「我是想要再生個女兒，但最好晚幾年，待大寶、小寶長大一些再說吧！對了，你明日要去潁縣，能不能……打聽一下避子藥的事，我怕不小心又有了。」

澤生驚愕道：「妳還在坐月子，我……又沒碰妳，哪裡能懷孕？」

小茹羞道：「難不成這幾年裡你都不碰我？」

澤生朝她挪近了一些，摟著她的腰，柔聲道：「我可等不了那麼久，要不是妳坐月子，我……」他想說，他這就想要了，但有些難以啟齒，忍住沒說出來。

「那你還不快打聽一下避子藥的事，沒買來這種藥，我可不讓你碰。」小茹羞澀嬌聲道，此時一張小臉粉若桃花，澤生忍不住堵上她的嘴，吻了起來。

小茹怕這樣吻下去會一發不可收拾，畢竟好幾個月沒敢膩在一起了，可她才生孩子沒幾日，是萬萬不能行房事的，吻到極致時，她連忙推開了澤生，轉移情緒，問道：「多加一間鋪面，還要蓋六間房，再圍院子，那得多少錢？」

澤生知道她為什麼要推開自己，也知道適可而止。他再親了一下她的臉龐，然後拿毛筆在草稿上算了一番，道：「要想蓋得簡易一些，得六千文，若是想蓋得好一些，還打一套家具，至少九千文吧。」

小茹瞠目結舌。「要這麼多錢啊？」

澤生比較有信心。「今日這樣就掙了二千八，再加上之前做生意攢的積蓄，只要這個買賣做得順利，年前應該能攢得起來的。」

小茹開始托著下巴遐想起來，到時候要是有了新房，可得好好裝修一番，地上鋪木地板什麼的，她是不敢想的，鋪水泥恐怕也辦不到，要不到時候鋪上青石板？反正她是不喜歡像現在這樣，到處都是土面。

若是鋪上青石板地上太涼，還可以買地毯來鋪上，聽說縣城裡有一家高檔鋪子就有賣番疆來的地毯呢。還有，新房的牆面也得刷一刷。

她想得正興奮，澤生卻嘆氣一聲，道：「聽說那個管著石頭山的李地主可狡猾了，把工錢一下降到二十文一日，他知道如今大家沒地方去掙錢了，又得存錢買糧，哪怕只有二十文一日，也得去石頭山幹活，他這一下不知要從中牟利多少，一人一日就少支出十六文來，這也太黑心了。」

小茹有些擔憂起來。「大家都在水深火熱當中，李地主卻乘機剝削，確實夠黑心的。可是……我們若是真掙了大錢，蓋了新房，會不會也有人說我們掙的是黑心錢？」

澤生一滯，細細思量一番，答道：「妳別憂心這個，不會的，我們一斤糧才掙一文錢，是最小的利，再便宜賣就得賠錢了，又沒有像鎮上的那幾家賣五、六文一斤。若是有人罵黑心，也不會是罵我們，而是罵那些糧鋪老闆。」

小茹仔細琢磨一下，覺得也是這個理，澤生沒有坐地起價，完全是靠薄利多銷，何況大部分老百姓從來不做買賣，並不會想著去縣城或去外縣買糧，澤生掙的也就是個跑腿錢。

這麼想著，小茹也安心不少。兩人又接著展望未來，討論著生意經。

沒多久，小清屋裡傳出孩子的哭聲。

小茹催道：「你快去看看，好像是小寶哭了。」

澤生來到小清的屋裡，見小清和小芸一人抱著一個，讓小寶和大寶面對面瞧著玩呢。

莫非小寶瞧著對面有一個嬰兒，平時跟他搶奶吃、搶水喝，還搶娘抱，所以嫉妒得哭了？

澤生拍著手將小寶抱在手裡，嗲聲問道：「小寶，你怎麼哭了，大寶欺負你了嗎？」小寶見自己被爹抱在懷裡，立刻停住了哭聲，伸著一雙小手，在澤生臉上亂摸著。

這是在主動向爹示好？澤生歡喜地朝他臉上親了親。

小芸懷裡的大寶睜大了一雙眼睛滴溜溜地轉著，見爹抱著弟弟，還親弟弟，他倒不吃醋，轉而便眉開眼笑了起來，嘴裡還跟著歡喜地嗯嗯啊啊的。

「不早了，你們兩個小傢伙該回屋睡覺去。小芸，妳把大寶也給我抱吧。」澤生右手抱著小寶，左手抱著大寶，開心地來到自己的屋。

小茹招呼著大寶和小寶。「你們倆誰先吃奶呀？」大寶和小寶見了娘似乎都樂了，嘴裡哼哼唧唧，小手亂舞著。

小茹先接過大寶，帶著母性的那般柔聲道：「得公平著來，上一次是小寶先吃，這一次就該大寶先吃了，是不是？」

澤生就抱著小寶坐在旁邊瞧著大寶吃奶，小寶瞧著瞧著，口水竟然從嘴角溢出來了，難道是饞的？接著他又哭了起來。

「哎喲，你怎麼就比大寶愛哭呢。」小茹見懷裡的大寶才吃這麼一會兒，根本沒吃飽，又朝小寶道：「你得有耐心，慢慢等著。你吃奶時，大寶不也是在旁等著的嗎？」

小寶雖然聽不懂，但見娘訓他，沒有對他笑，他的哭聲轉而變成抽泣了。

「小寶肯定是在旁這麼瞧著，給饞哭了。真的這麼好吃嗎？」澤生很是好奇。

小茹噘嘴道：「難道你也想嚐一嚐？」

澤生見大寶像從餓牢裡放出來似的，一直吸著乳汁，傻笑道：「有……這個想法。」

聞言，小茹既驚又羞地傻愣著。

當大寶和小寶都吃飽喝足了，繼而呼呼大睡了起來。

時辰還算早，澤生不想那麼早去鋪子裡睡覺，就陪小茹靠著床頭一起聊天。聊著聊著，小倆口又親一塊兒去了。

本只想親親臉蛋、碰碰唇而已，當雙唇相吸那一刻，便再也分不開了。吻到難以呼吸時，澤生再轉戰他處，順著她的臉頰往脖頸吮了下來。

兩人緊摟著如此擁吻，小茹因沈浸其中，陶醉得忘乎所以，胸前被擠得慌，她都沒感覺到。

只是澤生感覺越來越不對勁，他的熱唇離開了小茹的頸部，低頭瞧了一眼自己的胸前，發現濕了一小片。

「這是……」澤生還未反應過來這是怎麼回事。
小茹羞得直往他懷裡鑽。「都怪你啦，抱得那麼緊，把奶水都給擠出來了。」
澤生毫不知羞地道：「妳的奶水怎麼這麼多，大寶、小寶才剛吃過，又有了？」
小茹直捶打他的胸膛。「討厭，哪怕沒有，被你這麼用力擠著，它多少也會有點啦。」
澤生不知怎的，一陣激奮，突然用手解她的衣扣，頭也埋了下來。
「你……想幹麼？」小茹慌亂地往下掖衣襟。
澤生卻將她的衣扣全都解開了，輕吻落在她的香肩，再滑到她的臉前。他停滯了一下，抬頭看著她，兩眼幽深黑亮，聲音卻如同小孩撒嬌般道：「我剛才不就說了嘛，我……我也想吃。」
小茹臉色窘迫，身子卻酥麻，只是太羞赧了，她本能地求饒道：「別，這樣多不好。」她心裡在想，這些奶可是餵給孩子的，哪裡能用來餵相公？她可是……聞所未聞啊！
一股淡香的液體頓時被澤生吸入嘴裡，他品嚐般地吞了下去，然後抬頭瞧著小茹，壞笑道：「不太好吃。」
「那你還吃！」小茹鼓著通紅的腮幫子，羞得想推開他，再裹緊衣襟。
澤生哪裡肯饒過她，奶水的味道雖然不是他特別愛吃的，但她的身子是他極想吃的。只是小茹還未出月子，他也不敢亂來，那就只能……
他一手環摟著她的腰，一手褪去了她的衣裳。他的唇從她的小腹一路往下吮了過來，經過柔軟細密的叢林，再到一條小溝壑。

「姊！」外面突然傳來他們所熟悉的聲音。

澤生驚得立刻抬頭，手忙腳亂地趕緊將小茹的衣裳從地上撿了起來，給她穿上，再把她的上衣也穿好，滿臉脹紅地道：「妳弟弟林生來了！」

小茹羞得不知該怎麼辦了，愣在那兒由著澤生幫她穿衣，待她反應過來，林生還在院門外等著他們去開門時，她騰地一下坐了起來，兩手慌亂地扣衣扣。

「林生怎地這麼晚來了，難道家裡出了什麼事？」

澤生這時已下了床，整了整自己的衣衫，道：「瞧妳，淨瞎擔心。今日二牛來買糧，我讓他帶個口信，叫妳娘家人推板車來多拉點糧回去，因為我也不能確定到時候還能不能買得到糧，總得先顧著我們家和妳娘家才好。」

小茹給他一個甜甜的笑容，感謝他這麼體貼。他真是從來都不忘她的娘家，做什麼事都把何家考慮進來。她知道，這是因為澤生愛她，所以才時刻將何家也放在心上。

澤生見小茹此時已將衣衫穿整齊了，才朝外面走去，給林生開門。

林生還在納悶，怎麼姊夫這麼久才來開門，不知在屋裡磨蹭什麼。

「林生，你怎麼夜裡才來？二牛不是中午就回去給你們捎口信了嗎？」澤生讓林生進來後，準備幫他將板車拉進來，卻見後面又站了一個人。

澤生一愣，叫道：「爹！」他的岳父也來了。

何老爹微微笑著答應了，肩上還扛著一個袋子，他和林生一起，跟著澤生進了院子。親自上門來女婿家買糧，何老爹還是有些不好意思的。

林生這時也沒解釋為什麼這麼晚才來，打算先進屋再說。

此時，澤生先讓何老爹與林生進自己的屋裡坐，他忙著去倒茶。

何老爹放下肩上的袋子，趕緊攔住他。「倒什麼茶呀，如今都什麼情況了，還講究這個做什麼，連肚子能不能填飽都是個問題，唉。」

他嘆息一聲，不提這個了，趕緊來搖床前看他的一對小外孫，他還一直沒見過。林生也在旁稀奇地看著，他可是小舅舅呢。

何老爹見大寶、小寶熟睡時那好看的模樣，真是稀罕，他又不敢伸手去碰，只好緊瞧著他們，那張老臉笑得皺褶一層又一層的，直道：「生得好，真是生得好，我這輩子還從沒見過生得這麼好的小傢伙呢，而且還是我的小外孫！」

他心裡那種自豪感油然而生，這是他閨女生出來的孩子，其中自然少不了他的功勞。沒有他，哪來的小茹，沒有小茹，當然就沒有這麼一對小可人兒了。

澤生聽岳父誇自己的孩子，當然喜不勝收，樂呵地道：「小寶長得像小茹，其實就是像您呢！」

澤生這話哄得何老爹哈哈大笑，藉著這個勁兒，何老爹又好一番誇讚，說長得像他，就醜不了，他當年也算得上是相貌堂堂的了。

小茹笑道：「爹，你也太勁著誇了，哪裡有你說的那麼誇張，我瞧著也就是比一般的孩子要更白嫩些而已。你倒好，誇著孩子，連帶自己也一併誇上了一遍。」

「我活了這麼大歲數，見過的嬰孩不知有多少，妳還不相信我的眼光？」何老爹堅信自己的外孫十分出挑，別人的孩子是無法比的，尤其還是因為遺傳了他的優點。

「好，相信，相信！」小茹只好將老爹對大寶、小寶的褒獎全部收下。

何老爹又不停地誇兩個孩子不僅長得好，見他們睡覺這安靜模樣，性子肯定也好，將來還會讀書，考科舉奔官途，定會是「財才星」，這些都是張氏上次跟王氏說的，當然也全灌進他的耳朵裡。

閒聊了一陣孩子，他們就開始秤糧食往板車上搬了。鋪子裡的糧食已經賣得一斤不剩，澤生只能從自家的糧食裡分出一部分給何家。

秤了三百斤後，何老爹就讓澤生罷手。「先就這些，總不能我們得的比你們得的還多吧。」

何老爹掏出錢袋子，將辛苦攢了一年的一千二百文錢給澤生，但澤生只收了八百文，即使虧了些本金也不在意。

「爹，我哪能掙您的錢，說出去不是要被人罵嘛！這四百文你們先留著，待糧食吃完了，還得買呢。」

「那也不能讓你白跑腿，還倒貼一百文不是？」何老爹又將一百文遞給澤生。

澤生不喜歡拉拉扯扯的，只道：「爹，你再跟我客氣，那就是嫌我平時不夠孝敬你了。」

何老爹自認說不過澤生，只好作罷。

糧食都已搬上板車，何老爹就和林生一起，一個在前拉，一個在後推，走在夜路上，往自家去了。

澤生進了屋後，小茹問道：「剛才你和我爹說的話，不會被爹娘聽到吧，若他們知道你給我爹倒貼了一百文錢，會不會心裡不高興？」

澤生回憶了一下剛才說話的地方及聲量，道：「應該聽不到吧。沒事，哪怕聽到了爹娘也不會不高興，妳爹養妳那麼大，交給了我，我給他貼這點錢也是應該的。」澤生說著又脫鞋鑽上了床。

小茹可不敢讓他再碰自己，一碰就沒法收拾了。「你不去鋪子裡睡嗎？」

澤生摟著她道：「得去。昨夜裡門就差點被人撬了，雖然鋪子裡現在沒有糧了，可還有不少貨呢，要是被人偷去，今日就白掙了這麼些錢。」

「那你還黏在這兒，時辰不早了。」小茹催道。

澤生只好依依不捨地起身，俯在她的耳邊說了一聲。「等妳坐完了月子，妳不讓我黏，我也要硬黏著妳。」

小茹害羞地躺下，往被子裡鑽，補了一句。「不是坐完月子，是等你買來避子藥。」

「得令。」澤生突然掀開被子，狠狠覆壓她的唇，纏戀了好一會兒，為了不讓自己再爬上床，他只好趕緊出去了。

小茹見澤生走了，心裡又很不捨，她又要一個人睡了。其實她剛才催澤生走也是沒辦法，身不由己啊。

接連二十幾日，澤生一直都很忙碌，去穎縣買糧，再回來賣。買糧需要耗一日一夜的時間，賣糧大都只需一個白日。

因為路途遠，每次只能買來一千多斤糧，怕牛車太重了路上根本行不動。

儘管這樣，來往幾次，也掙了近八千多文錢。澤生給了方老爹和洛生各一千文，他自己得六千多文。蓋新房的錢他已經攢夠了，但還不能急著蓋房，畢竟要留著這些錢做本錢，買賣還得繼續做。

而且他爹和大哥一直在為他幫工，沒時間為他蓋房。他又不想請別人來蓋，還是對自己的爹和大哥更放心一些。再加上，小茹對新房蓋成什麼樣有很多想法，別人也根本弄不明白。

澤生看了小茹畫的草圖，覺得蓋新房可真是一項技術活，只能等忙過這一段時日，他要和爹及大哥好好琢磨琢磨這新房到底怎麼蓋。

這一日，他們去穎縣的鄉下收糧，這裡沒有受災，大家都願意把家裡的糧食拿出來賣給他們。

沒想到這樣去鄉下收糧可比在穎縣排隊等著買糧要方便得多，才走一個村子就收了一千多斤。若是在穎縣糧鋪前等著，有時候得等整整一個上午呢。

因為這樣收糧快，這一日回程的時辰比前幾次要早許多。澤生就讓大哥和爹在牛車旁等著，他要辦點事，去拿前幾日交代一個藥鋪準備的避子藥。

據說這個鋪子每每要配好這個藥，都得顧客提前幾日打招呼，還聽說配藥人是很有名氣的郎中，所以價格也不菲，但藥性確實很管用。

這時洛生說要去為瑞娘買將養身子的藥，也往那個方向去，正好同路。哪怕澤生覺得有些難為情，也只好硬著頭皮和洛生一起去了。

# 第二十章

他們兄弟倆來到藥鋪子裡，鋪子裡的夥計一點兒也不知道避諱，見了澤生就道：「這位客官，你要的避子藥我們已經給你準備好了。」

夥計拎出一捆草紙包的藥，推到澤生的面前。

洛生睜大了眼睛瞧著澤生，簡直不可置信，便將澤生拉到一邊，小聲地問：「你……你買這個做什麼，避子？你們不打算再生了嗎？」

澤生臉上像刷了紅漆一般，支支吾吾地道：「暫時……不想生，怕接著又懷上了，忙不過來，所以才想著買這個藥的。」

這一說，洛生更是驚訝地看著澤生。「茹娘還在坐月子，你不會……」

澤生連忙搖頭。「沒有、沒有，是等她坐完月子才要用的。」說到這裡，他簡直不敢抬頭看大哥了，兄弟之間說這個話題，實在太不好意思了。

洛生怔愣了一下，這幾個月他都沒有碰過瑞娘，一是她身子太弱，二是她好像近日來挺排斥自己靠近，晚上睡覺都要一人睡一頭，對這件事似乎再沒有了興趣。

以前瑞娘是很喜歡往他身上貼的，也不知是怎麼回事，可能是身子不好的緣故吧，看來要讓她養好身子，是迫在眉睫的事啊。

澤生見洛生愣在一旁想著什麼，便問道：「要不……你也買一些？」

洛生連忙晃腦袋，窘道：「不用不用，我們不用買。」他倒是想買，可是瑞娘根本用不上這個呀。

澤生還以為他是想趕緊再生一個，便勸道：「大哥，你可別急著再生，大嫂身子不好，若是懷上了，她豈不是更不舒服？到時候兩個孩子都那麼小，你們怎麼忙得過來，大嫂身子那樣，可禁不起這麼折騰了。」

這回輪到洛生臉紅了。「我們也沒急著想再生，就是……就是不需用這個。」

洛生可從來不跟任何人交流這個話題，哪怕親兄弟也一樣，他羞赧得趕緊來到櫃檯前，跟夥計說要買一些溫補的藥，還有郎中開的對症藥。

澤生很是不解，大哥既然不急著再生孩子，大嫂也早過了月子期間，為什麼說用不上這種藥？但他實在不好意思將自己的疑問說出口。

他也不愛揣測這種事，便將避子藥拎在手裡，付了夥計二百文錢，在心裡嘀咕道：這藥可真是貴啊，普通的這麼一捆藥頂多二十幾文，這可足足翻了十倍，不過，若藥性真是管用，倒也值這個錢。

洛生也買好了藥，兄弟兩人一齊出藥鋪的門，才走沒多遠，澤生突然止住了腳步，朝洛生道：「大哥，你先去爹那兒等著，我有很重要的事得問一下。」

洛生搞不懂澤生這又是要幹麼，只好由著澤生去，他自己先回牛車那兒。

澤生跑回藥鋪，問道：「夥計，正在哺乳的婦人能喝這種藥嗎？不會影響奶水的味道吧？孩子喝了母親的奶，不會對身子不利吧？」

那位夥計見澤生問了這麼一堆，得意地道：「這可是我們穎縣最有名氣的杜郎中配的方子，你竟然還不放心？買避子藥的人，很多都是婦人要給孩子餵奶的，哪家孩子不吃個兩、三年的奶，杜郎中怎麼會不考慮這個呢？有不少人千里迢迢趕到這裡，就是為了買這種藥，藥性好又不傷身。這藥之所以要兩百文錢，可不是白要你的！」

好吧，既然這位夥計把這藥說得跟靈丹妙藥一般，澤生就放心了。杜郎中的名氣他也是早就知曉的，只不過以前並不知道杜郎中在配避子藥這方面也有如此高深的研究。

看來杜郎中是怕婦人們大量服此藥，會鬧家庭糾紛，或被懷有不良之心的人所利用，所以他才想著讓顧客得等好幾日才能拿到藥，以此來節制藥的使用吧。

今日回到家，天色才剛剛暗了下來，家裡人正在吃晚飯，不像前幾次都是深夜裡才回來，大家都上床睡了一個時辰了。

小茹見澤生回來得早，開心地和他一起吃晚飯，再燒水給他洗澡。

她見澤生帶回來一小捆藥，雖然還沒來得及問，但已經明白是怎麼回事了，還以為他前幾次忘記了，沒想到他心裡記著呢。

待澤生洗完澡後，小茹將涼蓆墊在地上，又摟著一床被子鋪在涼蓆上，將大寶、小寶都抱了上來，讓他們倆在上面想怎麼玩就怎麼玩，反正這樣不用擔心他們摔著。

他們倆還差幾日就要滿月了，但還不會翻身，更不會滾。小茹把他們倆都趴著放，讓他們練習昂頭呢。

澤生過來了，見大寶和小寶面對面趴著，然後都略抬著頭，你看著我，我看著你，像小牛犢學鬥牛一般，忍不住一陣樂，也坐了上來，和他們一起玩。

小茹在旁邊看著兩個小傢伙這般，早笑開了，正摟著肚子叫疼呢。

大寶和小寶見爹娘笑得開心，也跟著傻笑，他們笑起來，瞇瞇的眼和略張開的小嘴，那模樣真是可愛啊，澤生又忍不住去親他們了。

他們哥兒倆玩累了，都舉著拳頭彎著小腿，乖乖地睡著了，於是澤生和小茹把他們抱進搖床裡，然後一起將鋪在地上的被子和涼蓆收了起來。

澤生正準備出門去鋪子裡睡覺時，見門旁的桌子上是空的，帶回來的藥不見了，問小茹說：「咦？我買回來的藥呢？」

「我收起來了，怕小清和小芸見了問這是什麼藥，叫我怎麼回答，不得羞死！她們還是小姑娘呢。」小茹說話時給了他一個曖昧又含羞的眼神。

澤生過來掐了掐她的小臉，壞笑道：「我都沒說這是什麼藥，妳怎麼就知道它是避子藥？」

「你怎這麼討厭，再說我到時候就不喝了。」小茹嬌嗔道，然後將他往門外推。

澤生非得占一下她便宜，湊過來咬了咬她的唇瓣，然後貼著她的耳鬢小聲道：「再過十幾日，妳坐滿了四十日的月子，怕是我想走，妳都不讓呢。」

小茹羞得直跺腳，這會兒不用她推，澤生偷笑著自己出門了。

澤生再忙碌了十幾日，就歇了下來，不是因為錢掙得足夠了，而是現在附近幾個村，幾乎家家都備上了三、四百斤糧。

當然，大家備的這麼多糧，並不都是從澤生這裡買來的。因為方記鋪子的米糧頭幾日太緊俏，很多人排隊都沒買上，一些人等不及了就去鎮上買貴了的糧。

家家有了這些備糧，至少可以熬到過年，也就不恐慌了。

澤生終於可以歇口氣，看來賣糧的事得等到年後再忙活了。現在他只要在鋪子裡賣些雜貨，而大家因為手裡的錢緊缺，買東西的人也很少。不用守著鋪子，他得了空閒就去地裡種菜，小麥也在這兩日都種下了。

這一日傍晚，澤生從菜地裡回來，見小茹正蹲在院子裡洗頭。她已經坐滿月子，都有四十日了，可以明目張膽地在院子裡洗頭了。

這一個多月裡，小茹每次洗頭都得躲在自己屋裡洗，弄得地上濕答答的。沒辦法，按這邊的習俗，沒過四十日是不能洗頭洗澡的。

她生了孩子十日後，每隔兩日都要洗頭洗澡，當然，這得偷偷地進行，若讓婆婆見了，怕是要嚷上半日，直呼她是不是不要命了。

澤生見她一邊洗頭，嘴裡還哼著歌，就知道她這回洗暢快了。

小茹洗完頭髮，回到屋裡和澤生一起做飯。她的頭髮還沒乾，就那麼披著，半濕半乾的如墨髮絲，襯著她白裡透紅的臉龐，顯得煞是好看。

本來長得就很出挑的小茹，再坐這麼四十日的月子，養得白白嫩嫩，肌膚如凝脂，臉蛋上還有一抹紅暈，而那一雙如水的眼眸流轉著，讓坐在灶下的澤生看得有些呆了。

「你怎老盯著我看？」小茹抬頭朝他努嘴道。

她這一努嘴，更讓澤生有些銷魂了。

「妳好看我才看的嘛！」

他傻笑了一下，趕緊低下頭來，心裡暗忖，小茹可是嫁給他一年多了，怎麼自己還經常被她迷得魂不守舍，難道他天生是個色胚子？不對啊，他一直覺得自己是個正派且正經的男人，怎麼一到小茹面前，他就一肚子的壞水呢？

沒錯，真的是一肚子的壞水，因為他這時就有些蕩漾了，看眼前如花般的娘子，他真想就上去啃她幾口。

不過他可是個耐得住性子的人，還自認為是個溫文爾雅的人，此等衝上去啃小茹的野蠻行徑他是不會做的，哪怕想這樣也得忍著。

吃完飯後，他們又帶著孩子玩，仍然是坐在小茹弄的墊上玩。

玩得正開心時，澤生突然想起一事來，到灶前去熬藥。

小茹見他熬避子藥，就知道他肚子裡憋了壞水。其實……她自己也很想呢。

當澤生把藥端過來，小茹含笑著把這苦苦的藥都喝盡了。她心裡直嘆，為了「性」福，還得先喝苦藥，難道這就是傳說中的先苦後甜嗎？

她喝完藥沒多久，兩個小傢伙就睡著了。

澤生與她面對面坐在地墊上，深情款款地瞧著她，平時清朗的音色此刻有些低沈，還帶著一絲擾人心扉的磁性，他輕喚著：「小茹，到我懷裡來。」

他將雙手伸到小茹的面前，掌心朝上。

小茹見他深情又鄭重的樣子真想發笑，感覺像是舉行一種隆重的儀式一般。她也伸出雙手，放在他的手心上。

澤生雙手一拉，她整個人被拉得向前一撲，正好撲倒在他的懷裡，四目相對，兩唇就要碰上了，彼此聞到對方的氣息，兩人身上的血液頓時湧動。

整個屋子裡似乎都瀰漫著濃郁的愛的芬芳，還有一點即燃的濃濃情慾。

澤生的喉結一動一動的，他雙手撩起她一頭如墨的髮絲，此時她頭髮已經完全乾了，順順滑滑且柔軟芬香。如此美妙的觸感、好聞的淡香，他忍不住湊過來親親她的髮絲，再吻向她額前的髮，神聖的美好與身體裡濃重的慾望混合在一起，讓澤生的心顫動了一下。

這種顫動也許就是他對小茹的心動。

當他移著自己兩片溫軟的唇到她的眼窩時，見她輕閉著眼睛，濃密黑長的睫毛往下覆蓋，睫毛梢還微微往上翹著。

真是一雙迷人的眼睛。澤生輕嘆一聲，落唇於她的眼，輕輕吻著。

小茹下意識地微微張開著嘴，澤生靈巧的舌突然一下鑽了進來，在她的嘴裡與她的舌相抵相纏。

待兩人脫去了衣服，澤生翻到她的身後時，小茹那白皙勻稱的背、極美的線條，誘得他血脈賁張，他的唇貼上她的背，貪戀著她背上每一寸肌膚。

小茹的身子被他挑得一陣陣顫慄，嘴裡忍不住逸出聲聲嬌吟。「啊……親愛的，你這樣我真的快受不了了。」

澤生還是第一次聽到小茹這樣稱呼他，既然是又親又愛，那肯定是十分甜蜜的情話，而且還是很肉麻的情話，他的身體立刻情不自禁地回應著她，頓時奮昂了起來。

在一陣翻雲覆雨之後，澤生閉目歇息著，溫存地問道：「小茹，妳舒服嗎？喜歡嗎？」

小茹還在閉目輕喘著，臉上帶著淺淺卻暖暖的笑。「嗯，舒服……喜歡……」

待兩人皆緩過勁來，他們終於肯分開了，並起身將棉被收起來，然後上床睡覺。

兩人面對面摟著睡，小茹側身靠在他懷裡，而澤生雙手摟著她的肩膀，由她的臉埋在他的胸膛上，這種柔和擁抱是那麼甜蜜又美好。

可能是昨晚折騰得太晚，加上半夜小茹還給孩子餵奶，澤生也起來給孩子換尿布，因此次日他們倆是被推門聲吵醒的。

「澤生、茹娘，你們這麼晚還沒起床嗎？」張氏推不開門，就在門外叫了起來。

「正在穿衣呢。」澤生在裡面應道。他穿好了衣服，仍然坐在床上摟著小茹的肩膀，癡癡地問：「『親愛的』是什麼意思？」

小茹彈了一下他的腦袋。「你還記著呢！『親愛的』就是……愛你……想親你，夠了吧。」

澤生聽得十分舒服，突襲過來，親了一下小茹的臉。「我也愛妳，想親妳。」

小茹被他肉麻得不行，正想反擊他，外面的張氏又喊了起來。

「澤生，你們還沒起床嗎？良子來找你了！」張氏手裡抱著牛蛋，又來推門。

「起來了！起來了！」澤生立刻跳下床。

小茹急道：「你等會兒開門，我衣衫還沒穿好呢！良子大清早地來找我們有什麼事？」

小茹這句話的聲量有些大，一直立在他們屋門口等著的張氏聽見了。

張氏抬頭瞧了瞧日頭。「哎喲，哪裡還是大清早，日上三竿了。」

良子進了方家院子後，一直坐在張氏的堂屋裡等著，並沒有到澤生這一屋的門前來。聽見張氏不停地催澤生趕緊開門，他坐在那兒還有些過意不去。

小茹趕緊穿好了衣衫。不過，總不能披頭散髮讓婆婆和良子瞧見吧？她便隨即用手攏了攏順溜的頭髮，拿根頭繩綁了起來，一個漂亮的馬尾辮就這樣紮好了。

平時她都是像這裡的村婦一樣，要麼將頭髮盤起來插一根簪，要麼就編一根麻花辮拖到腦後，今日實在著急，她第一次紮這種最簡單且最容易紮的辮子。

她的臉形特別適合紮這種馬尾辮，顯得更靚麗更有氣質，但在澤生眼裡卻很稀奇，見她兩鬢各散下一小縷頭髮，後面綁了個不高不低似馬尾一樣的辮子，看起來俊俏又精神，比她平時盤髮的樣子看起來要清爽多了。

「妳這樣紮頭髮真好看！」澤生在旁瞧著感嘆一聲。

「真的？」小茹有些臭美，還拿起銅鏡照了照。

澤生來不及仔細欣賞她的新髮型，立刻將門打開了。而小茹見兩個孩子還沒醒，便來灶前做早飯。

張氏見澤生終於出來了，小茹也到灶前來做飯了，便沒出聲。她心裡也猜了個大概，暗忖道：這一對還真是黏乎，滿了四十多日，兩人終於可以行房了，便這樣不分早晚來。唉，年輕人就是這麼不懂得節制。

她心裡正嘆著這些，不經意瞅了一眼小茹，也瞧見了她的新髮式，不禁又暗暗感嘆道：這個茹娘還真是會打理自己，都是兩個孩子的娘了，隨便紮髮，瞧著也那麼好看，氣色也好，臉色紅潤有光澤。

張氏再一想到瑞娘，便嘆起氣來，瑞娘比小茹大了還不到三歲，可是那張憔悴沒有光澤的臉，怎麼瞧著就那麼老氣橫秋呢。瑞娘看起來比洛生要大許多似的，其實她比洛生還要小呢。

張氏正想著瑞娘，瑞娘這會兒就從屋裡走了出來，她提著一籃子衣服，正要去河邊洗。

瑞娘瞅著牛蛋在婆婆懷裡挺乖的，便放心地出去了。

張氏瞧著她的背影直嘆氣，忽然想起最近瑞娘總犯頭暈，不免擔心她不小心掉進河裡去了，便追上去。

「要不衣服妳也別洗了，等牛蛋睡著了，我去洗吧。」

瑞娘淡淡地回道：「不用，若是什麼活都不做，我沒病也會憋出病來的。再說了，河水那麼淺，哪怕掉進去了，也淹不死人。」

張氏被她後面那句話噎了一下，瞧著她的臉色比前些日子稍稍要好一些，看來是最近喝了不少紅糖和溫補藥的緣故，也就由著她去了。

這會兒，澤生已經來到堂屋見良子了。良子看起來精神不錯，似是有喜事，這可是太難得了。平時見到他，他那張臉一直帶著些許憂鬱，都很久沒見過他笑了。

「良子，瞧你春風滿面的，有何喜事？」澤生給良子遞上了茶，坐在他的旁邊。

良子接過茶抿了一口，微笑道：「不只是我一人有喜事，而是我們倆都有大喜事。」

澤生連忙擺手笑道：「你可別跟我說笑了，快說說，你到底有何喜事？」

「你可別不信，真的是我們倆都有大喜事。昨日我爹去鎮上買東西，碰到田吏長了。他手上有一道知府發下來的公文，這份公文還是朝廷給知府下的旨意。知府再根據聖意，發了這個公文的。我們這邊不是一共有三個縣遭蝗災，嚴重缺糧嗎？都是商鋪自發地從周邊未受災的地方買糧食，然後再賣給老百姓，但都只是買這幾個月的，能熬到過年而已，來年的糧還不知在哪裡呢。」

澤生點頭，這些他都清楚著，可與良子又有什麼關係呢？公文裡又是什麼內容？

良子再抿了口茶，有些興奮地道：「朝廷沒有糧救濟，國庫也很空虛，所以就想著讓曾經上過學堂的生員捐官，二千斤糧食外加一萬文錢，可以捐個里正；三千斤糧食外加兩萬文錢，就可以捐個吏長，五千斤糧食外加五萬文錢就可以捐個縣府的功曹或典獄長。我們鎮這五年內一共有二十六名上過學堂的生員都可以捐，連我這樣只上過兩年學堂的人都可以捐呢！聽說我們縣一共有九十八個人，另外兩個縣合起來有一百多個人。」

澤生聽了心裡頓時氣著，朝廷簡直太會算計了。里正和吏長這種小官根本算不上朝廷的官，俸祿都由知縣從縣府的銀庫裡撥發，不歸朝廷管，而且里正一年的俸祿才三千六百文，少說要五年才能拿回本錢來！若是捐吏長或功曹與典獄長什麼的就更不划算了，至少得十年到二十年才能拿回本錢來。

朝廷乾脆直接下聖旨讓這些人家捐錢捐糧，何必還來個捐官這一說？

澤生以前讀書時，還想過考科舉，將來有個官職，可以為一方百姓謀福，可是朝廷都不給他參加鄉試的機會。如今遇到災害，卻弄個捐官，只不過是想從中得糧得錢，好緩解災情而已。

哪怕真的用錢糧換來了個里正的村官，大概也為百姓做不了什麼，什麼事都得都聽上面的，見到吏長就得點頭哈腰，見到縣令就得磕頭下跪，為村民們謀福，想也別想。

這些里正大都是想從村民手裡撈錢，因為俸祿太少，不從村民們手裡撈錢又去哪兒撈呢？一年只有三千六百文錢，連養活他自己都難。

當然，里正除了負責管一些亂七八糟的小事來撈錢，還負責耍威風，對村民們呼來喝去。

澤生實在不明白良子這喜從何而來，納悶道：「難道你想捐個里正？或捐個吏長？」

良子點頭道：「我爹說打算賣掉池塘和一畝田，還有三間舊屋子，加上家底，就可以湊上二千斤糧和一萬文錢了，捐個里正我就滿意了。」

澤生不相信良子這麼想當個里正，不相信他就這麼樂意賠這麼多糧與錢進去，就為了圖這麼一個名？一下捐這麼多家財進去，他以後靠什麼謀生？以他的性子又怎麼可能從村民手裡撈錢呢？

良子見澤生那般瞧著他，就知道澤生不相信他會這麼想當個小里正。

「我爹娘和雪娘都希望我捐一個里正，只要他們高興，我就覺得挺好。」其實他自己哪裡喜歡當什麼里正，他平時不太會與人周旋，很怕上場面的。他倒想好好為村民們辦些事，可是有上面壓著，他真的能做到嗎？

只是，昨日雪娘聽說可以捐官，他可以當里正，她便興奮了起來，也願意正眼瞧他了，睡覺時雖然隔得還是挺遠，但她睡覺前主動找他說話了！

所以，他覺得自己能捐官當個里正就是大喜事了，因為雪娘看似願意接受他，也開始喜歡他，為了雪娘，他當然樂意。

「你不願意捐嗎？你若是捐了，你爹娘和茹娘肯定也歡喜呢。」良子面帶喜色道。

澤生稍思慮了一下，道：「應該是不會捐，不過我肯定會和我爹娘商量一下的。」

他知道爹娘估計會考慮考慮這件事，但小茹聽了肯定一口否決，不需說的。

澤生見他心裡正歡喜著，也不好潑冷水，說當這個里正多麼不好，說捐那麼多錢糧不值，反正只要良子真心樂意就行了。

良子囑咐道：「若是想捐，就得這三日內去田吏長那兒說一聲，他也好做名冊，聽說三日後便要交給縣令，十日後縣令就會發公文，公布大家最後會被分去哪個地方為官。」

「這麼快？」澤生訝異道，平時最愛拖拉辦事的縣令，竟然只需花十日就可以辦好這件事，看來是急缺錢和糧食啊。

良子點頭道：「應該沒錯，你最好早點作決定，就這三日的工夫，報上去後，就要交糧與錢了。我得先回去了，今日我爹讓人來買池塘和田地，我得去幫忙。」

「嗯，你快去吧，多謝你來相告！」

澤生送良子出了院子，張氏就湊過來打聽。

剛才她雖然沒聽個具體，但也聽到了好像是說捐官的事。「要捐官？可以捐到什麼樣的官？」

澤生正要跟她細講這件事，卻聽到大寶和小寶好像醒了，正在屋裡哭呢，他原準備先去哄孩子，但這會兒小清和小芸齊齊進了屋，小茹也在圍裙上擦了擦手，去看孩子了。

澤生便沒進去，搬了張椅子出來，與張氏面對面坐著，將良子說的事，一五一十地跟她說明白了。

小茹在屋裡也聽了個真切。她一聽，就覺得這可不是什麼好事，心裡是不願讓澤生去捐這個破村官的，這不只是賠大錢的事，關鍵是若被任命到另外兩個受災的縣裡去，她一個人在家帶兩個孩子可怎麼過？

哪怕不被任命到別的縣裡去，只是去本縣的其他幾個鎮，平時也很少能回家，這日子還是沒法過，所以她堅決不同意。

這種賠錢還搭上一家人幸福的事，她真不知道良子怎麼會認為是大喜事。想想村民們平時對里正恭恭謹謹，得看里正的臉色，她又覺得情有可原，這完全是哪怕搭那麼多錢糧進去，也得風光一回的思想啊。良子有他那樣的爹娘，怎麼會不為他謀這個捐官的事呢？

她聽澤生與婆婆說話的那口氣，好像也是很不願意去。她緊繃的神經才放鬆了下來，臉上漾起輕鬆的笑容，看來澤生腦子靈光著，不會做這種傻事。

張氏捨不得那麼些錢與糧，卻又很惦記那個里正的小官位，因為家底就這些，只夠捐個里正，捐個吏長或功曹、典獄長什麼的，她是根本不敢想。

在她眼裡，覺得能當個里正也很不錯，就是俸祿太少了。她也瞭解自己的兒子，絕對做不出來那種從百姓手裡撈錢的事，他頂多會為村裡的事愁得睡不著覺。

「等你爹中午回來了，再與你爹好好商量一下吧。」張氏很當回事地放在心上，她自己也是作不了決定的。何況她見澤生對此事絲毫不上心，甚至還很排斥，就知道捐官之事在澤生這裡行不通。

澤生進了自己的屋子，這時候早飯也快煮熟了，便把鹹菜和炒的馬鈴薯絲往桌上端。

小清已經吃過了，可小芸還沒吃。

小茹招呼著妹妹。「小芸，把大寶放到搖床裡，快過來吃飯吧，今日早飯做晚了，妳肯定餓了吧。」

小芸早就餓得肚子咕嚕叫了，她把大寶放了下來，反正小清還在旁邊看著呢。

澤生盛好了粥，給她們倆端了過來，三人一起埋頭吃著。

澤生知道小茹剛才肯定都聽明白了，吃到一半時，便抬頭笑問她：「妳覺得……我捐個里正來當當如何？」

小茹假裝驚喜道：「哦？真的有這麼好的事？那你去吧，我肯定不攔你！」

小芸在旁聽了還以為她姊姊說的是真話，驚呼道：「姊，妳真捨得捐出那麼多糧和錢啊？聽說里正的俸祿很少呢。」

小茹朝妹妹笑了笑，故意答道：「嗯，願意呢！當個里正可以欺壓百姓呀，看誰不順眼，就可以好好整整他，俸祿少沒關係，可以收賄！」

「啊？」小芸瞠目結舌。「就姊夫這樣，欺壓百姓？風風光光還差不多，欺負人和收賄的事，還是算了吧。」

澤生差點笑噴，樂道：「小茹，妳就別逗小芸了，她還當真呢！」

小芸愣了愣，撇嘴道：「姊，原來妳是在逗我玩啊！」

小茹呵呵笑道：「妳姊夫要真想當官，至少也得是個縣令，可以為一縣百姓謀點福，里正這個小官，他能瞧得上？」

澤生被小茹誇得頓時飄飄然，直道：「就是嘛！瞧不上。」

良子回到家後，見他爹正在和來買池塘的李地主討價還價呢，因為家裡急著要現錢和糧食，李地主便趁此壓價。

本來這口池塘至少能賣個一萬二千文，李地主卻只肯給個八千，說池塘裡沒有水，更沒有魚，蓮藕也挖個精光，哪裡還能值一萬二？

這口池塘可是鄭家前幾代斷斷續續挖了七、八年才挖成的池塘，每年都能養不少魚，還有蓮藕，就因為有這些魚和蓮藕，他家年年都能賣個二千多文，如今就為了捐個里正，把它這麼便宜賣給了李地主。李地主只要花個四年就能回本，以後的幾十年甚至百年，這池塘都是他李家的呀！

鄭老爹和良子心疼得直咂嘴，可是沒辦法，這個池塘不賣，他們是無論如何也捐不起這個官的，而除了李地主，實在沒有幾個人能買得起。

接下來鄭家又賣了一畝田和三間舊屋子，這兩樣合起來才賣了四千文。他們一共湊了一萬二千文還不夠。最後他們又向幾位大伯家借一些，加上家裡以前攢的那些家底，總算是湊夠了。

這些日子雪娘一直在期待著，看良子的眼神都不一樣了，良子的形象在她的眼裡頓時高大了起來，那條走路一瘸一瘸的腿似乎也沒那麼礙眼了。

這些日子她對良子特別上心，每早起來他要穿什麼，她都提前給找了出來。他喜歡吃什麼，她就趕緊去做。晚上洗臉洗腳，她都給良子備好，直接端到他的跟前。

良子有些受寵若驚，跟她說，這些應該都由他自己來。

雪娘卻滿臉崇拜道：「你馬上就是大人了，里正大人，這些活兒怎麼能由你自己來做呢？我可得好好伺候著。」

良子呵呵笑著，其實臉上的肌肉笑得很僵。里正大人？平時大家也只是當里正的面才會這麼叫，在背後可都是臭罵里正的。

他心裡有些擔憂，到時候若真要去當個里正，自己是個瘸子，人家會尊重他嗎？會不會私下裡笑話他？

晚上睡覺時，雪娘沒再離他那麼遠，而是往他這邊挪了挪。他心裡喜歡雪娘，當然也想碰她，可是他還是不敢呀！算了，以後再說吧，他側身背對著雪娘，安心地睡覺。

這回該雪娘惆悵了，她都離良子這麼近了，他怎麼不過來呢？她都向他示好了，他怎麼一點反應都沒有？

這幾日他看上去心情跟她一樣好，也愛跟她說話，沒有不喜歡她的表現呀！既然他心裡喜歡她，那他的身子難道對她就一點想法也沒有？

她在床上輾轉反側了一晚上，實在是想不明白，以前是她不願意讓他碰，現在她想讓他碰，他卻不理她，一心背著她睡，而且睡得香甜啊，簡直是急死她了。

良子確實睡得很香，因為雪娘心裡終於有他了，他踏踏實實、安安心心地睡覺，能不香嗎？

十日後，縣令的公文發下來了。良子被任命到卞鎮去了，與石鎮相鄰，他要管著三個村子，還分給他一間辦差事的小屋子。以前在任的里正是個老頭，最近身子不濟，所以才把他安插到這裡來了。

鄭老爹體恤兒子的腿不靈便，若是經常這麼往返兩地，良子會很累的，想回一趟家，至少也得走一個時辰多，哪怕隔三差五回家一次，也會累得受不了，可若是時間久了，見不到兒子，他們也是不放心的。

鄭老爹狠了狠心，又賣了一畝旱地，得了一千多文錢，給良子買了頭驢，讓他以後騎驢來回，這樣就不累腿了，可以隔三差五地回家一趟了。

上任的前一日，雪娘興奮地去鎮上割了一斤肉回來，還買了良子最想吃的豆腐，再煮了兩顆雞蛋。因為蝗災，家家都是省吃儉用的，她準備這麼一頓晚飯，可算是十分豐盛了。

她的公婆見她如此對待良子，也很高興，看來這個官沒白捐，兒子終於可以將這個兒媳婦收了身又收心了，而且以後也風風光光了，他們一想到從今以後，別人見了自己的兒子，得叫里正大人，心裡就歡喜得不行，覺得很有面子。

因為次日良子就要去卞鎮了，這個晚上雪娘滿心期待著良子對她能有所動靜，可是他仍然背著她睡。

她實在受不了，良子怎麼可以這樣忽視她呢？她現在已經挪到了他的近身，只有幾寸距離了呀。

見良子並沒有睡著，她就再往他那邊挪了一下，緊緊靠近他，已經貼上他的背了。她輕喚了一聲。「良子。」

「嗯？」良子應著。

「明日我跟你一起去卞鎮好嗎？你一個人住，還得自己做飯洗衣，豈不是太辛苦？我陪你一起去，日日陪著你，好生伺候你，可好？」雪娘柔聲問著。

良子聽到她這柔聲細語的，渾身有些發癢。他翻身過來，與她面對面，說：「聽說那一間小屋子真的很小很小，還很破，妳不嫌棄嗎？」

他心裡也希望雪娘能陪著自己一起去，每日能看到她，他的心情才會好。

「不嫌棄，我哪敢嫌棄鄭里正大人呀！」雪娘甜笑著說。

良子還是有些猶豫。「若妳跟我一起去了，爹娘可就更辛苦了，爹非要去石頭山，娘就得下田地，還得操持家裡……」

他話還未說完，雪娘就接話道：「爹娘年紀雖然大了，但還沒到老邁的程度，還是忙得過來的。明早我們問問爹娘吧，你勸爹別去石頭山了。只要爹不去，家裡就不會那麼忙活。我覺得他們肯定會同意我跟你一起去的，因為他們也捨不得你一人在卞鎮，身邊沒一個人照顧，很不放心呢。」

良子想到以後可以與雪娘過著兩個人的小日子，心裡正激動著呢，沒想到此時的雪娘見他遲遲沒有行動，便壯了膽子，朝他臉上親了一口。

良子被親懵了，更不知道行動。雪娘心裡直叫苦，他怎麼都不知道回一個親給她？無奈之下，她只好雙手摟著他的腰，整個身子貼在他的胸膛上。

良子並不是個無慾之人，雪娘都貼他胸膛上了，哪能沒反應。再一翻身，他將雪娘壓在身下，親吻和脫衣什麼的，他可不比正常男人差。

摟著雪娘光裸的身子，行交歡之事，他也是無師自通。他只是腿瘸，身下可絲毫沒有問題，見雪娘嬌聲連連，很享受般的模樣，他信心頓起，奮力猛攻。

平時被別人背地裡嘲笑多了，他做什麼都沒有信心，後來又因雪娘從不正眼瞧他，也不跟他說話，他的自信心低落到了極點。

但這個晚上，他將所有的信心都拾了回來，因為此時的雪娘直叫喚：「良子，你真好……」

次日早上，雪娘從良子的懷裡醒來。她沒有吵醒良子，而是輕手輕腳地起床，然後把早飯做好了，叫公婆起床吃飯，再來自己的屋裡替良子找好衣服。

良子醒來時，見自己一絲不掛，慌忙掖緊被子將自己蓋得嚴嚴實實。雪娘卻大方得很，拿著他的衣衫，說要伺候他穿衣。

她正說著，手就伸了過來，要掀被子。

良子連忙縮到一邊，緊攥著被子，窘道：「這個……哪能需要妳伺候，妳是我的娘子，又不是我的下人，以後可不許妳對我說什麼『伺候』，我們是夫妻，應當相濡以沫、互相體貼。」

雪娘雖不懂相濡以沫是何意，但這麼聽起來就知道是好話，便將衣衫放在良子的身邊，柔媚地道：「那好，你自己穿，我去將飯菜擺上桌。」

雪娘如此大轉變雖然讓良子有些吃驚，不過他心裡是歡喜的，幸福的日子終於來臨了，他無須再羨慕澤生與小茹那一對活似鴛鴦的小倆口了。

吃早飯時，良子與雪娘還沒來得及說想一起去卞鎮時，鄭老爹就先開口了。

「雪娘，妳和良子一起去吧，且不說他要自己洗衣做飯，他一個人待在那裡怕是連說話的人都沒有，也實在太孤單了。」

鄭老爹這話正中雪娘的心意，她高興地直點頭。「嗯，我陪良子一起去。爹放心，我一定會好好照顧他的。」她都沒好意思說，昨晚就已經把自己的行李準備齊全了。

良子勸他爹別去石頭山，鄭老爹當面是滿口答應了。

鄭老爹平時性子雖然蠻橫一些，但做起活兒來可毫不含糊。最近家財散得差不多了，不去石頭山幹活哪行，為了讓良子安心，他才痛快地答應了。

良子和雪娘一起出門時，鄭老爹還在家門口放了炮竹，這是大喜事，當然得製造出氣氛來，鄰居們都圍了過來，不停地誇良子有出息了，還誇雪娘找了個好婆家。

就這樣，良子把行李都擔在驢的身上，然後牽著驢，與雪娘並肩上路了。

到了卞鎮，剛進管轄的一個村時，良子和雪娘便被一群村民圍了上來，村民們親熱地叫他「鄭里正」，這些人以前拍上任里正的馬屁，得了不少實惠，如今來了新里正，當然也得做個樣子。

可能是雪娘給了良子信心，他毫不拘禮，大大方方地與村民們打招呼，點頭微笑。

雪娘第一次感受到被如此多人關注，此時心裡不僅高興，特別是當有人恬不知恥地拍馬屁叫她「里正夫人」時，她樂得都快忘乎所以了，竟然應下了這個稱呼。

「夫人」這個稱呼可是只有大家族或九品以上朝廷官員的眷屬才可以用的。良子不得不為她著急，因為他知道雪娘不懂這個，只是聽著高興就一一應下了。

他心裡思忖著，等到了落腳的小家，可得好好跟她講講這些道理，以後可別在村民們面前失了分寸。

到了住處，良子在卸下驢背上的行李時，雪娘被一位中年婦人拉到一邊說話。

良子以為那位婦人也就是八婆了一點，嘴閒不住，並沒在意，也就沒朝那邊看。其實就在他沒注意的那一會兒工夫，這位婦人已將包著八顆雞蛋的小包袱塞在雪娘的手裡。此婦人的兒子近日打了人，又不肯賠錢，為了開脫，想讓良子到時候為她的兒子說話。

這光景，八顆雞蛋也算是金貴的。雪娘並不知道她是有事要求於良子，沒跟良子商量一下，就高興地收下了，她還以為人家就是為了攀個親近而已。

待那位婦人走後，雪娘將雞蛋放在灶上的一個筐子裡，開始打掃著屋子。

雞蛋被布包著，良子一直沒注意到，而雪娘在忙乎著，也忘記跟他說。

良子去卞鎮當了里正一事，讓張氏羨慕得有些吃不下飯。

方老爹已吃了三碗，這時都放下碗筷了，張氏那一碗飯還端在手裡，嘴裡慢慢地嚼著飯，看起來心事重重。

「怎麼，見良子當了個里正，妳就這麼眼紅？」方老爹笑道。「還真是個沒氣量的老婆子，用錢和糧換來個小里正，有什麼好羨慕的？」

張氏朝他哼了一聲。「是，你氣量確實大。要知道良子才讀兩年書，論哪一方面都比澤生差一截，如今人家都是個官了，我們家澤生只不過是個做買賣的，還被不少人說是鑽營小利，失了做讀書人的本分，我心裡能好受嗎？」

方老爹聽這話不樂意了。「說這種話的人只不過嫉妒澤生掙了錢而已，扯什麼本分不本分的話，若不是澤生運糧來賣，他們還不都得去石鎮買那貴死人的糧？他們得了便宜還不說個好，妳又何必放在心上？」

張氏狠扒了幾口飯，道：「你說得倒是輕鬆，我也不想放在心上，可心裡就是不痛快。良子這回可風光了，聽說他一到卞鎮，不少村民夾道相迎呢，什麼時候澤生也能風光一回？」

方老爹回道：「良子只是靠家業博個名頭而已，就那點俸祿，生活可難著。澤生可是靠自己的本事開鋪子、掙銀子、積糧食，還有一對兒子，一點也無須為生活發愁。過得好不好，不是看表面風不風光，而是自己過得舒不舒坦。」

張氏仔細思量，也覺得老頭子說得沒錯，確實是這個理，便趕緊吃手裡那碗已經差不多涼了的飯。

這會兒澤生拿著幾張大草圖進來了。

「爹，這就是我們新房的圖，你瞧瞧，看蓋得成不？」澤生將草圖遞給了方老爹。

方老爹接過來，眯著眼瞧了老半天，什麼也沒看懂。他和洛生從幫工做到泥匠，如今也為好幾戶人家蓋了房，從來都是按祖輩傳下來的規矩做，哪怕需要有改動，也是戶主與他語言交流，或用手勢比劃比劃。他可從來沒看過什麼圖，在他腦子裡也根本沒有這個概念。

澤生見他爹拿著草圖琢磨這麼許久，眉頭還是擰著的，就知道他爹沒看懂，他過來一一指點給他爹看，每一處應該要做什麼樣子的，都跟他爹好好解釋。

其實澤生之前也不會畫房屋草圖，更不會畫這種稀奇古怪的房屋圖，完全是小茹教他的。

小茹早在腦子構思了新房子的模樣，澤生說要蓋六間房，總不能六間房一橫排開了蓋吧。她就按照四合院的樣子畫了個整體圖，而且還給每一間房畫了個詳細圖。比如堂屋的長、寬、高各多少，到時候她想請木匠做套木沙發，坐墊她打算自己縫，若堂屋的寬度不夠，會放不下沙發的。

每個臥房她畫得都不一樣，比如哪面牆有窗，哪面牆不需要窗，而且她還特意設計窗臺，害得她跟澤生表述好久，他才大概地明白了過來。

為了解決如廁時臭氣熏天的痛苦，她還特意畫了個廁所，想把四合院的倒座房做成廁所，至於如何排污，她還是懂一點的。

前世有位比較要好的高中女同學，住家位於農村。有一個週末，這位女同學邀她去農村玩。沒想到這一去，讓她大開了眼界，她發現這位女同學的家完全不像刻板印象中的農村土磚屋，而是四層高且雅緻的農舍，院牆都是用各種花色斑斕、價錢不菲的石頭砌成的，院子裡連小假山都有，樓裡的樓梯都是弧形旋轉型的，這可比她家在城市裡住的樓房要強上千百倍。

當她走進農舍的廁所，不僅豪華，而且沖水無礙，這一片農村早就是自來水家家通了。她好奇地問這位女同學，這裡的水沖進了馬桶最後會流向哪裡？農村的地底下也鋪了排污管道？

最後人家解釋，這太簡單了，就是在房子不遠的地方挖個大深坑，家裡的馬桶及淋浴的排放，都與此相連。當然，那個大深坑上面覆蓋得很好，上面還種了許多花花草草呢！

她又問，離得那麼近，聞著不臭嗎？人家告訴她，那麼深的坑根本聞不到，深坑旁邊還挖了幾道引流的深洞，何況泥土也會吸收的。

因為長了這個見識，所以她現在才能畫出這張圖來。雖然這裡沒有自來水，但自己可以從井裡打水備在廁所裡面，如廁後往裡頭倒水沖就行了，總比上茅房要乾淨，關鍵是不會那麼臭了。

當時小茹跟澤生描述時，他簡直聽得雲裡霧裡，還問她怎麼有這麼多想法。她只好說，是在夢裡夢見的。

為了讓澤生相信她，她還說是因為要蓋新房子了，腦子裡整日都想著這件事，晚上經常作關於房子的夢，許多夢都超出了她自己的想像。

其實她也不願意在澤生面前說謊，但這是沒辦法的事，為了他好，她不想讓他受驚嚇。

小茹把這一切都歸結為夢，澤生覺得好生納悶，為什麼她總能作出那麼神奇的夢，但還是很相信她，平時他對她的話也從來不懷疑。

只是因為是按幾何圖形來畫，這些圖她都畫得很抽象。費了好幾個晚上，澤生才弄明白這些圖的意思，他就自己將這些圖畫得更易懂一些。

即使如此，澤生還是跟方老爹解釋了很久，方老爹慢慢地終於明白了一些，好奇地問道：「嗯，真的不錯，這都是你想出來的？」

澤生厚著臉皮點頭，因為小茹交代過他，但凡有人問起來，就說是他想出來的。

張氏在邊上瞅了一眼這些圖，她自然是更看不懂了，擔憂道：「澤生，就蓋跟我們家一樣的房子多好，你瞎畫的這些都是什麼呀！可別蓋出個不能住的房子，叫人家笑話，這些錢你掙得也不容易，千萬別糟踐了。」

澤生笑道：「娘，妳放心好了，我們定能蓋出最好的房子，怎麼會不能住呢？」

方老爹捋著鬍子點頭。「澤生說得沒錯，怕是這樣的房子蓋出來，還不知要惹多少人羨慕呢，確實是好看又好用，住進這樣的房子，不知有多舒坦。」

澤生聽了心裡更加嚮往起來，有些迫不及待了。「爹，如今已快十一月了，若想年前蓋起來，是不是該早點開工？」

方老爹掰著指頭算了算，道：「後天是個好日子，我和洛生就從後天開始幫你蓋吧。」

「好，你和大哥蓋，我當幫工。新房就蓋在鋪子後面，我順便還可以開著鋪子做買賣。」

張氏在旁打趣道：「你打算給你爹和大哥什麼樣的工錢？」

澤生現在是有了錢，底氣十足，樂道：「爹和大哥商量吧！等他們商量好了工錢，我往上翻一番，可行？」

張氏心裡高興，嘴上卻不饒人。「聽著倒是真好，你現在是掙了幾個錢，就大手筆起來，動不動翻一番，跟大財主似的。」

方老爹與澤生聽了皆大笑了起來。

這時，洛生挑著一擔木桶進了院子。「娘，下雨了，快把衣服收進屋裡去吧！」他剛從小麥地裡澆水回來。「這雨怎麼不早一點兒下，害得我今兒個白費力氣從河裡挑水去澆地了，河水現在只沒過腳脖子，挑的全是沙泥水。」

張氏趕緊出來收衣服，喜道：「哎喲，老天爺開眼了，終於要下一場雨了，再不下，麥子都要乾死了。洛生，我就說靠你挑水澆地，累死累活還頂不上事，你還不信，你瞧，這會兒不就下雨了嗎？估計還是場大雨。」

澤生見要下大雨了，半喜半憂。「爹，這雨若是下大了，是不是就得推遲開工了？」

方老爹抬頭看天，根據幾十年的經驗看著一片片黑色雲團。「這雨怕是要下好幾日了，後日開不了工，至少得等十日後了。」

洛生又擔憂起來。「要下好幾日？不會才剛給麥子解了渴，這會兒又要鬧澇吧？這都快十一月了，今年這天怎麼就這麼不正常呢！」

「你放心，地底下都乾涸了這麼久，哪怕下個五、六日，也不會鬧澇災。」方老爹十分肯定地說。

# 第二十一章

方老爹說得果然沒錯，這雨一連下了六日，每日都是大暴雨，雖然田地裡都蓄滿了水，只需給田地挖小缺口讓水流出來就行了，並沒有發生澇災。不過，小麥苗也都淹得奄奄一息了，好在沒絕命，還可以接著長下去。

第七日，天氣晴朗，陽光高照。瑞娘挑著一擔衣服去河邊洗，下暴雨的這些日子沒法洗衣，哪怕洗了也晾不乾，而牛蛋一日就得換幾身，加上她和洛生兩人的衣服，就積出了一擔子。

河邊水已高漲，瑞娘蹲在旁邊的石頭上洗得十分痛快，因為以前水太淺，洗得太憋屈，經常衣服沒洗乾淨，還沾帶上不少泥沙。

沒過一會兒，小茹和張氏也來河邊洗衣服。小茹有大、小寶這一對兒子，也是挑了一擔子。

河邊洗衣的人太多，小茹和張氏來晚了一些，就沒搶到好地方，只能蹲在水流不太急的地方洗。

小茹洗到一半感覺有些累，抬起頭來往河上游瞧了瞧。這一瞧便嚇掉了她的魂，因為上游突然來了一道浪高的河水直沖下來，湍急凶猛，她嚇壞了，也不知該怎麼喊，直呼：

「發……發大水了！快跑！快跑！」

她自己猛地站起身來，往後退跑了一丈。其他婦人們都一直埋頭洗衣服，有幾個人還在說笑，根本沒注意這些。

待小茹這麼一喊，有的人反應過來了，慌忙跑開。有的人反應慢，還直發愣。瑞娘離急流最近，她剛要站起身來，來勢洶湧的河水便撲到她身上來。

小茹嚇得一陣尖叫。「大嫂！大嫂！」

瑞娘頓時被湍流沖了下來。張氏正要往邊上逃，見瑞娘沖到她身邊了，已顧不得自己逃命，一把抓住瑞娘的衣袖，死死拖住她，另一隻手抓住河邊的荊棘，手掌頓時血淋淋的，她也不知道痛。

與此同時，有兩位年紀大一些的老婆婆反應遲鈍，不知被激流沖到下游何處去了。逃開的人在河邊又哭又喊，都嚇傻了。

小茹見急流已經淹沒過張氏的脖頸了，而瑞娘被水吞沒，只剩髮絲飄在水面上。哪怕她嚇得傻了，也知道這個時候得趕緊拉一把。

一手抓荊棘，一手拉著張氏，小茹還朝邊上呆立的那些婦人急喊：「快來幫個忙啊！求妳們了，快點來啊！」

有些人害怕，不敢過來。還是鄒寡婦和香娘心軟一些，瞧著在邊上拉她們應該不會有性命之憂，便過來拉。

她們倆力氣都大，這麼一拉，小茹、張氏及瑞娘便被拉到岸邊，倒了一地。然後其他人就跟著上來，把她們再拖到離河水遠一點的地方。

張氏剛才是使出全身的力，她正感覺自己和瑞娘就要被河水沖走，沒想到被小茹一下拉住，後來又被幾人拉到邊上，她安心地鬆了一口氣，便累暈了過去。

瑞娘已經被淹得暈死過去，臉色死白，肚子鼓脹脹的。小茹被嗆了幾口水緩了過來，便聽到大家驚叫：「瑞娘死了，死了！」而且還都受到驚嚇跑得遠遠的。

小茹知道張氏只是暈過去了，應該沒事，就來到瑞娘身邊。見瑞娘這個模樣她也害怕，可是難道就在邊上瞧著不管？說不定還沒死呢！

她檢查瑞娘的意識、心跳和呼吸，突然想起以前看過的民俗急救法，剛好適用於此情況。若是小孩，可以拎起孩子的腿，倒立揹著跑，水就能排出來，之後再進行人工呼吸。可是瑞娘是大人，她也沒法將瑞娘倒立啊。

她喊著叫大家過來幫忙，將瑞娘倒立起來，卻沒有一個人敢過來，那些人還叫小茹算了，瑞娘已經死了。

小茹只好將瑞娘拖到一個大石頭旁邊，把她翻個身，讓她俯臥著，然後把她的腿抬起靠在大石頭上，這樣就像是斜倒立了。

一會兒，她就見好多水從瑞娘嘴裡流出來。流了一會兒，沒再流了，瑞娘仍然像死了一樣。

小茹急得滿頭大汗，又再試著其他急救方式，她一腿屈膝，讓瑞娘的頭下垂，並將瑞娘的腹部放在她屈起的腿上，同時按壓瑞娘的背部，希望能倒出些積水。

當方老爹跑過來時，就見小茹在喊著：「大嫂，妳快醒醒呀！大嫂！」她手上實在沒勁兒了，按不動了。

方老爹剛才一直在河邊不遠的麥地裡整地，見河水突然漲高了水，還十分湍急，很是納悶。忽然，他明白了，肯定是葛家鎮大壩的水蓄滿了，再不開閘就要破壩了，而大壩最大的分流就是湧向村裡這條河，這一開大石閘，河水頓時高漲，急流頓下。

想明白這些，他才想到在河邊洗衣的婦人們肯定要遭危險！然後他就聽到一陣陣尖厲的叫聲，雖然麥地離婦人們洗衣的地方不近，他還是聽到了如此尖銳穿透的聲音。

他慌忙扔下手裡的鐵鍬，一路急奔過來，他知道他的老伴，還有瑞娘和小茹全都在洗衣呢。若是她們被水沖跑了，他們家就全完了，都不想活了！

方老爹嚇得腿腳發軟地來到張氏的身邊，卻見她兩眼虛睜開著，嘴裡還一動一動的，手撐著地，想要坐起來。老伴沒事，他終於緩過了勁兒來。

「爹，你快來救救大嫂吧！娘沒事，只是暈過去了。」小茹朝他喊著。

方老爹這一生見過好幾次溺水而亡的人，當然也見過被救活的人，也懂一些急救的方法。

經過一番施救，沒多久，瑞娘嘴裡嗆出水來了。「咳……咳……」

一些膽子大的婦人還敢圍在瑞娘的旁邊看，膽小的都跑回家去了。往回跑的婦人們在路上碰到洛生還在地裡幹活，什麼事都不知道，就嚷道：「洛生，瑞娘在河邊出事了！」

洛生見她們都嚇得跟丟了魂似的，心頭一緊。「瑞娘出……出什麼事了？」

她們也不肯說，畢竟瑞娘是死是活還不一定，只道：「你快去河邊看吧！」

洛生慌慌張張地跑到河邊時，只見瑞娘坐在地上，背靠著大石頭，虛弱地喘著氣，他爹娘和小茹在旁邊守著。他再瞧著那高漲的河水，就知道瑞娘剛才肯定落水，又被家人救起來了。

方老爹見洛生跑來了，道：「性命是無憂了，你快揹瑞娘回家，讓她好好歇息一下。」

洛生見他娘和小茹的手掌都鮮血淋漓，就知道大概是救瑞娘時受的傷，而且張氏還有些暈乎，站起來走路都歪歪倒倒的。

「娘，我先揹妳回家吧。」洛生到張氏面前彎下腰來。

方老爹朝洛生嚷道：「你揹瑞娘吧，她剛才差點都丟了命，你還在這裡不知輕重。道新他娘和明生他奶奶都被水沖走了，恐怕是已到閻王爺那裡去了，若不是你娘和茹娘救了瑞娘，怕是也要跟她們一起去見閻王了！」

洛生沒見到剛才那一幕，確實感覺不到剛才的那種驚險。他見瑞娘只是有些虛弱，以為就是嗆了幾口水而已。直到剛剛聽爹說已經被急流沖走了兩位老婦人，他才意識到事情的嚴重性。

這時，道新家及明生家的人都跑過來了，朝著河水哭喊，然後沿著河邊往下游跑去，人死了總得找到屍首吧。

方老爹見他們哭喊，也落了幾滴老淚，來到張氏面前，揹起她就走。他們做夫妻這麼幾十年，估計這次他還是頭一回揹老伴。

方老爹揹著張氏在前面走，洛生揹起瑞娘在後面跟著。小茹則在河邊找衣服，她的一擔衣服被沖跑了一桶，張氏的亦然，而瑞娘的兩桶衣服早被水沖得沒影了，一件也不剩。

小茹只好將自己的和婆婆的湊成一擔挑了起來，跟在他們後面走著。半途迎面碰到驚慌失措跑過來的澤生，他見一家人一個都不缺，才抹了抹頭上的大汗，穩住了神，然後從他爹的背上接過他娘，揹著往前走。

到了家後，澤生給小茹擦淨手掌上的血，再拿出針來給她的手掌挑刺，小清也在旁給張氏挑。大的刺用手拔就行，小的刺密密麻麻，得一根根地挑。

每挑一下，小茹都咧一下嘴。有的刺都扎得太深，挑起來真的很疼。澤生一邊給她挑，一邊跟著小茹一起咧著嘴，眉頭還緊蹙著，他是看著就覺得疼啊！

他不僅與小茹一起感受著挑小刺的那種疼，光看到她手掌上那些被大刺扎出的血口子，就能想像當時小茹用力一把抓住荊棘的那種情景，那樣抓上去，肯定會疼得大叫起來吧，就像幾十根大小針一齊刺穿手掌心般，怎麼可能不疼？

張氏雖然手掌粗糙一些，照樣疼得直叫喚，疼得眼淚在眼眶裡打轉。

小茹只記得當時在情急之中，奮力一把抓住河邊的荊棘，也沒覺得有多疼，現在只是在挑刺而已，怎麼就覺得這般鑽心疼呢？

挑完刺後，澤生去老郎中那裡買來了癒合傷口的膏藥，讓小茹和張氏都敷上了，然後再用紗布纏上。

估計沒個七、八日，這些傷口是癒合不了的，看來小茹和張氏這幾日都得用一隻手幹活了，幸好傷的是左手，否則連飯都不會吃了。

次日，瑞娘已經完全恢復過來了。

道新家和明生家都在辦喪事，悲戚的嗩吶吹得讓她覺得吵鬧得慌，她根本不知道人家是在辦喪事。昨日她被洛生揹回來後，直到今日早上才醒，還沒有人告訴她，當時是怎麼回事。

她到明生家前來看是怎麼回事，見是辦喪事，嚇了一大跳。許多鄰居跟瑞娘搭腔，說她福大命大，有婆婆和小茹救她，才沒被急流沖走。

她這才想起當時溺水的危險情景，後來的事她是不可能記得的，但是由這些人誇張的描述，她想不知道都難。

她明白了，若不是婆婆和小茹，恐怕方家今日也要辦喪事了。她的命是婆婆和小茹從閻王爺手裡給拉回來的。

何況婆婆為了救她，差點捨了自己的老命，想起以前她對婆婆的怨念，此時後悔不已。無論婆婆以前對她好還是不好，若說不看重她，又怎麼可能這麼捨命救她呢？

她也知道若不是小茹幫忙，她和婆婆兩人恐怕都要丟命，想起以前對小茹說的那些過分話，心裡也很不好受。

她不知道該如何去向婆婆和小茹道謝，從明生家回到自家時，見婆婆和小茹都在院子裡，她像犯錯般走過去，脹紅著臉道：「娘、茹娘，對不起，我……」

一低頭，她再看到婆婆和小茹纏著紗布條的手，眼淚便撲簌簌地流了下來，她真的不知道該說什麼了。她倒是想說，我的命是妳們給的，以後妳們若遇到這種危險，我也會捨命去救妳們。但仔細一想，覺得這話似乎不吉利，便沒說出來。

張氏嘆道：「命撿回了就好，要是妳沒了，牛蛋可怎麼辦？別哭了，趕緊給牛蛋餵奶吧。」

瑞娘自從這件事後，也愛跟家裡人說話了，時常帶著笑，不再像以前那樣將臉拉長了。

過了幾日，澤生和小茹的新房子開工了，第一日就是打地基。澤生選了個吉時，放了好幾掛鞭炮。

鞭炮聲息後，方老爹朝地上鏟了一鍬，嘴裡嚴肅地喊道：「新屋開工，大吉大利，兒孫滿堂，鴻福齊至！」

這是每家蓋新房下第一鍬時，由戶主長輩必須要說的祈福話。

因為家裡有小清和小芸幫著帶孩子，小茹有空也來這裡瞧瞧。她怕地基挖錯了，就和澤生一起拿白石灰撒出線來。

沒過多久，瑞娘也扛著鋤頭和鐵鍬過來了，一聲不吭，便下鍬照著白灰線挖，這讓澤生和小茹很是驚訝。

小茹上前道：「大嫂，妳身子不好，可不能做這種累活。」

瑞娘抬頭笑了笑。「沒事，越是不幹活，身子就會越懶。多幹活，身子活絡了，才能好得快呢，反正也沒多大毛病，頭暈的次數越來越少了，腰也沒以前那麼容易疼了，都快好了。」

瑞娘見澤生和小茹還是傻愣愣地看著自己，又道：「你們放心，我給你們幫工不要工錢。有娘幫我帶著牛蛋，以後我只要得了空，不需去麥地或菜地時，我就來給你們幹活。」

不要工錢？這讓小茹很不好意思，哪能讓大嫂白做事。

澤生正欲開口說一定要給工錢，被小茹使個眼色止住了。小茹知道瑞娘心思重，若是說非給她工錢，沒準兒她又要傷心了，她會以為澤生和小茹心裡認為她是為了錢才來做工的。既然瑞娘是真心想來為他們幹活，又何必惹她心裡生出這等心思？

待澤生來到北頭撒灰線時，小茹才跟過來，小聲地說：「待房子蓋好了，我們再把工錢給大嫂，反正少不了她的，在這之前你不要給，免得她多心，以為我們把她看成是那種圖錢的人。」

小茹這麼一說，澤生覺得十分妥當，這樣既不讓大嫂吃虧，又讓她心裡舒坦了。

澤生朝她豎起大拇指，誇讚她會出主意。小茹笑著朝他瞪了一眼，就這麼點事，有什麼想不到的。

蓋這間新房子，還真是一項複雜的工程，很多細節處，小茹都會有很多新想法。好在澤生腦袋靈光，每當小茹向他表述要達成什麼樣的效果時，他都能聽得很明白，還畫出草圖來。

方老爹和洛生幾乎每日都能遇到難題，因為這全都是他們以前沒做過的，好在一家人齊心協力想辦法，最後都一一解決了。

小茹因為急切地想住新房，這一頭正蓋著，那一頭就讓澤生請木匠來打木沙發、圓桌、靠椅。

一個半月過去了，這個結合南北風格的四合院差不多蓋成了。雖然說是像四合院，但比一般四合院要大。不是每個房間大，而是院子大，將院牆蓋得很長，由於院子的空間大，以後就夠孩子們隨意玩耍了。

澤生當初設想是要蓋六間，經過小茹的建議，最後蓋了七間；三間正房，二間東廂房，二間西廂房。

小茹說，六間不夠，七間正好，因為還得要一間客房，來了親戚，就可以留在家裡住了。此外，廚房也特別新穎，她設計了一個長形灶臺，以後切菜或揉麵時，就不用縮手縮腳了。

小茹還提出建議，所有房間都要鋪上青石板。這裡沒有地磚，也沒有木板條，但青石板還是有的，價錢也不是很貴。

澤生聽了很興奮，試想若是所有房間都鋪上青石板，而不是土面，那踩上去該多舒服啊。不過，方老爹和洛生都說這樣太鋪張浪費了，哪怕是李地主家，都還沒全鋪青石板呢，但是澤生一再堅持，他們也沒辦法，浪費就浪費吧，這回蓋房子，已經不知道浪費多少錢了。

花了二千多文錢買了青石板，從窗臺、灶臺到廁所都鋪上，連院子裡大部分的地上也是，只留兩塊地方沒鋪，小茹說要留著種花草，還要種一棵樹，反正院子的空間足夠大。等樹長大了，兩個孩子也大了，到時候就可以架上鞦韆，讓孩子們坐在上面玩。

一日，洛生蹲在廁所鋪青石板時，向澤生笑問道：「以後我想上茅房，能來你家嗎？我可從來沒上過這麼乾淨的茅房。」

澤生聽了開心地大笑起來。「好，只要你從家裡跑到這裡來，還能憋得住就行。」

待所有該鋪的地方都鋪好後，再清掃一下，處處都顯得整整齊齊的，乾淨俐落。然後再搬進木沙發，還有好看的圓桌、靠椅。

澤生在自己的新房裡，來回不知看了多少遍，越看越覺得好，他真的無法想像，自己竟然有一日能住上這麼好的房子。

這時，小茹拿根木棒，往上面綁破布條。

澤生好奇。「妳這是在幹麼？」

「做拖把呀！等我們搬進來後，我每日都要拖一遍地。」小茹興奮地說。

澤生大驚小怪地道：「地還要拖？掃一掃不就行了嗎？拖得跟水洗似的，怎麼進來，一踩不就全髒了？」

小茹哈哈大笑。「你個土包子，進門得脫掉在外面穿的鞋，換上乾淨的拖鞋，你沒瞧見我這幾日一到晚上就做布拖鞋嗎？」

澤生想像一下那種進門脫鞋的情節，嘻嘻地笑了起來。「被妳說的，我感覺我要住皇宮了。」

小茹得意了起來。「這你就覺得像住皇宮了？明日你要去進貨，你去那個和裕樓裡買兩條地毯來，鋪上後，那感覺才叫好呢！」

「什麼地毯？」澤生還不太明白。

「就是你上次說，從番疆販來的那種帶毛的毯子。買兩條回來，我們臥房一條，孩子的臥房裡一條，這樣哪怕是光腳踩在上面，也不覺得涼。待大寶和小寶會走路後，他們肯定經常穿不住鞋的，有了地毯，他們還可以坐在上面玩，多好。」

「可是聽說很貴呢，一條得五百，兩條就得一千。」澤生雖然被小茹說得很心動，但不得不考慮價錢。

被澤生這麼一提醒，她才想起得算算帳。「我們已經花了一萬文錢了，手裡還剩四千文錢，若是買地毯花掉一千，還剩三千，等開春了想進一車糧來賣，錢夠嗎？最近糧多少錢一斤了？」

「現在已經漲到五文錢一斤，只能買到六百斤糧了，若是買一趟回來賣出錢，再去買，這麼倒騰著也能夠。只是還有十幾日就要過年了，不留點錢哪行！可別為了佈置新房子，到時候過年兩手空空啊。」

小茹再琢磨著到底還能從哪裡湊上錢來，冥思苦想了一陣，喜道：「我們那頭豬不是已經長大了嗎？除了留一部分肉自家吃，也能賣個五、六百吧，夠過年了！」

澤生頓悟。「對呀，我怎麼把家裡的豬給忘了，明日我開始進年貨來賣，應該也能掙一些錢的。雖然大家都不能像去年那麼捨得花錢了，但有些東西也是非買不可的，湊湊也就夠了。不過，這其中可有爹和大哥、大嫂的功勞，他們每日那麼辛苦，本來說要多給工錢的，可是他們見我們的錢花得差不多了，都只收一日二十文的工錢，大嫂還死活不肯收，最後才硬塞給她兩百。要不是在工錢方面少了這麼多，我們手裡就沒剩多少錢了。」

「為了感謝他們，到時候請他們多來我們家上廁所，可行？」小茹擠眉弄眼地笑著。

噗哧一聲，澤生笑開了。「行，當然行。」

小茹又突發奇想道：「爹和大哥以後肯定能掙大錢！」

「這是為什麼？」澤生又迷糊了。

「爹和大哥現在不是泥匠嗎？待來年有個好收成，家家又都有了錢，估計到時候不知道有多少人要請他們倆去蓋房呢！我們的新家就證明了他們的高超手藝啊。只要看了我們新房子的人，都想待以後有了錢也要蓋成我們這樣的，哪怕錢不夠多，蓋個小型的也行，這些可都是你說的。」

澤生茅塞頓開，他感覺自己腦子平時挺好用的，怎麼到了小茹這裡，卻經常會慢一拍呢。他開心地道：「如此說來，此後爹和大哥也會越來越有錢了！」

「那是肯定的！」小茹心裡暗忖：這算不算是帶著全家奔小康？

錢的問題解決了，小茹就想著搬家的事來。「我們大年初八就搬家吧，這個日子挺好。我問過爹娘了，他們都說這一日是個好日子，嚴家村有一家蓋了新房，也是選在大年初八的。」

澤生喜形於色，一個勁兒地點頭道：「好！」他也急著住進來呢。

接下來幾日，澤生忙著進年貨做買賣，小茹忙著打掃新房子，做沙發椅墊、拖鞋和窗簾。

她也沒有將孩子完全交給小清和小芸兩人帶，她每日都會花一部分時間陪孩子玩，一日四頓奶也是不能少餵的。好在現在大寶和小寶能喝一點稀飯了，否則一日得餵七、八次奶。

轉眼就到了大年三十，今年他們家去祠堂祭祖時又博了個頭彩，年前他們可是殺了兩頭豬，端了兩個豬頭去呢，其中，瑞娘餵的豬比小茹的還要壯。

在祠堂裡，方老爹抱著小寶，洛生抱著牛蛋，澤生抱著大寶，這一年家裡一下添了三個小男丁。澤生還蓋了全鎮都沒有誰能比得過的新房子，哪怕李地主的家占地大。房間多，但比起澤生家的新穎，可是差遠了。李地主確實很有錢，但他們不會蓋這樣的房子啊。

所以，今年的頭彩非澤生一家莫屬。

一家人吃年夜飯時，與去年同樣熱鬧，因為家裡多了三個小孩，飯桌上鬧得不可開交，雖然亂得很，但實在喜慶。

緊接著大年初八到了，也是澤生和小茹搬新家的日子。

這一日，他們一家人都起了個大早。天才微微亮，就把早飯吃了，然後開始幫澤生和小茹收拾。也就一間屋子的東西，全家人一起幫忙，沒過多久就全部收拾好了，而新打的家具早早就搬進新房裡了。

澤生到新房院門前掛上了九副大鞭炮，象徵著長長久久。一到吉時，他便將鞭炮點響，頓時噼哩啪啦，震耳欲聾，響徹了整個方家村。

不僅方家村的大部分人家都來圍觀，就連鄰村也有不少人來瞧新鮮。

待鞭炮響過後，一家人開始把收拾好的東西往新房子裡搬。在這之前，小茹早就想好了什麼東西放哪兒，哪個地方該怎麼佈置，所以搬進來時井然有序，絲毫不亂。

圍觀的人早在這之前，已有不少人進去看過，今日他們都不敢進去，因為太乾淨了，連院子裡鋪的石板都被小茹拖得透亮透亮，誰敢踩呀！就連自家人也都是在院門口換上棉拖鞋才敢進去的。

這個熱鬧，小茹的娘家人自然也要來湊一湊，他們帶著還算豐厚的過房禮，站立在院門口處，不敢進來。

王氏像是劉姥姥進大觀園，稀奇地道：「進院門……還要換鞋？」

「娘，你們就別換了，進來吧，明日我再好好拖乾淨就行了。」小茹拉著他們進來。

王氏連忙擺手。「不行不行，我們怎麼能把這麼乾淨的地給弄髒呢？」她連忙脫鞋。

這時何老爹和林生都已經脫鞋進來了。小茹在這之前可是做了十幾雙拖鞋，擺在院門邊上，他們就自己去穿了。

王氏進院子後，直哎喲地叫喚。「恐怕那些王爺、侯爺住的房子也不過如此吧。」

小茹笑道：「瞧娘說的，人家住的可比我們這個要氣派，用的也都是金銀器皿，到處都是亭臺樓閣，不過呢……」她這時就是很想顯擺一下。「他們肯定沒有我們家的沙發和新式廁所。」

「什麼是沙發？我去瞧瞧。」王氏跟著小茹來到堂屋，見到沙發，都不敢往上坐。

小茹按下她的肩膀，讓她坐下來。王氏屁股稍抬著，生怕給坐壞了似的。

「哎喲，這個真是好玩意兒，坐上去太舒服了，還可以往後靠。我這屁股坐多了硬凳子，還真享受不了這軟綿綿的福。這個又是什麼？」王氏指著沙發前的矮桌子問。

「這是茶几。」小茹將壺裡的茶倒出一杯，遞給她娘。「娘，快喝點，再吃些糖塊和瓜子。有了這個茶几，就可以放茶杯和這些吃食了，坐在沙發上，手伸過來就可以拿這些吃食，很方便。」

唉，要是坐在沙發上吃著零食，還能美美地看電視就好了。在這裡，唯一的缺憾就是沒有電視、電腦這些新時代的東西，否則那該有多舒適啊。

之後，王氏又來到小茹的臥房，見牆上掛了不少澤生畫的水墨畫，而且還都鑲了畫框，這些可都是澤生去縣城進貨時找人做的。

她嘴裡直讚嘆：「好看，好看！」

再瞧見地上鋪的地毯，她脫了拖鞋，也不敢用腳踩，而是坐在上面，直道：「舒服，舒服！我坐在這上面，像不像貴夫人？」

小茹笑得捧腹。她真想說，這個樣子不像貴夫人，而是像劉姥姥！

起身後，王氏又看見窗臺，上面還放了兩個抱枕。她往窗臺上一坐，手裡摟著一個抱枕，往窗外看著。

「這裡也好，坐在這裡曬曬太陽，還可以瞧院子裡的風景，等小寶和大寶會走路了，他們若是在院子裡玩，妳還可以坐在這裡盯梢。」

「娘，妳想得還真挺周全的。」小茹笑道。

何老爹和林生從這個房間走到那個房間，一直在驚愕又驚嘆地欣賞著。林生看了後，紅著臉跟小茹說：「姊，我今晚能不能在妳這裡歇一夜啊。」

「當然可以，有客房呢！」小茹帶著他去客房裡瞧瞧。林生這下心裡又後悔了，他應該說歇個三、五夜才好。

王氏新鮮瞧夠了，吃也吃了，喝也喝了，現在想上茅房了。

小茹帶她進廁所，她進來一瞧，驚呼：「在這麼乾淨的地方怎麼拉尿？」

見她嚇得直往外走，小茹有些哭笑不得。

「怎麼不可以，我在外面等著，妳快上吧。」

王氏憋不住了，只好將就進來了。可是她脫下褲子蹲了老半天，都沒尿出來。她心裡嘀咕著，她家廚房都沒這乾淨，叫她怎麼忍心尿下去？

小茹在外面催道：「娘，還沒好嗎？」

「好了、好了！」被小茹這麼一催，她終於尿出來了。

娘家人來了，肯定得做一頓好飯菜招待他們才行，何況這是搬進新家的第一頓飯，怎麼樣也得別出心裁一些。

到底做什麼好呢？小茹一直在廚房裡琢磨。如今開春了，從去年十一月份開始種的菜如今都長出來了，家裡有大蒜、捲心菜、小蔥、芹菜、白蘿蔔，還有臘肉，隨便搭配著做，應該都不錯。

「賣豆腐了！新出鍋的豆腐，又嫩又香，還熱呼呼著呢！」院門外響起叫賣聲，又是那個賣豆腐的老漢來了，他的叫賣聲還真是一年到頭都不變呀。

小茹知道全家人都愛吃豆腐，平時吃豆腐的次數比吃肉還要少。她趕緊跑出來，問道：「給我來一斤，還是十六文一斤吧？」

賣豆腐的老漢放下手推車，高興地道：「還是那個價，我做買賣和妳家澤生一樣，講的就是個誠信，可不會乘機漲價。」

他向來一刀準，這一下手就是一斤，遞給了小茹，又道：「我賣了一上午，也就妳家是一斤一買，其他的全是買半斤，還有的人買二兩、三兩的，切都不好切。瞧妳家這住的新房子，就知道是有錢人，吃豆腐也大方一些。有不少人說，誠信做買賣只能掙小錢，妳家可不就是個反例嗎？」

小茹笑呵呵地把錢給了他，說道：「我家也只是掙錢而已，哪裡是什麼有錢人，只不過今日過新房，圖個喜而已，平時也不捨得買的。」

澤生陪著何老爹和林生聊天，小清和小芸在帶孩子，王氏就來廚房幫小茹一起做飯。

王氏見小茹買來了豆腐，心疼得直嚷嚷：「哎喲，我的閨女啊，妳怎買這貴死人的豆腐，雖然妳現在的日子是好過了一些，可也不能這麼亂花錢啊！嘖嘖嘖……還買了這麼一大塊，這得有一斤吧？花這些錢，都可以買幾斤肉了！」

「娘，哪裡是亂花錢，妳一年到頭都難得吃一回，想讓妳嚐嚐嘛！」

說到這裡，小茹頓時一激靈。「黃豆幾月份種？」

王氏似乎明白她在想什麼，連忙道：「三月份種，妳不會是想種黃豆吧？甭想了，這四年來可沒有誰種好的，每年都被蝗蟲吃得差不多，否則豆腐怎會這麼貴！十多年前，鬧過一次蝗災後，接著第二、三年便沒有了蝗蟲，那會兒豆腐才賣三文錢一斤呢。誰知道這四年來又……」王氏說一半突然停住了。

小茹竊喜道：「哈哈，娘，妳懂我的意思了吧，去年鬧過大蝗災，今年很有可能就不會有蝗蟲了，妳偷偷種個兩、三畝黃豆，我讓我公爹和大哥也種一些，指不定到時候能賣個好價錢呢！」

王氏雙手拍大腿。「就是啊，我怎把這事給忘了，等會兒可得跟妳爹好好說說。還不能讓別人家知道，種的人家多了，就賣不上高價了。」

「對頭，就是這個理，我們先做飯吧！」小茹開始準備料理。

王氏帶來的過房禮中，有一樣是她自家養的雞。她見小茹拎著雞，看來是打算中午就把雞煮了，只不過她根本不敢殺雞，正對著雞發愁呢。

「小茹，這隻雞是我特意送來給妳和澤生吃的，今日中午就不要煮了，這麼多人，妳和澤生就吃不到幾塊了。」王氏雖然許久沒吃過雞肉了，但她還是捨不得吃，家裡得了女兒和女婿不少幫襯，這次怎麼也得留給他們倆好好吃一頓，補補身子。

王氏這幾句極為平常的話，卻讓小茹很是感動。「娘，大年三十的年夜飯妳是不是都沒捨得燒一隻雞吃？今日才初八，年還沒過完呢！趁一家人都在，就把雞煮了。今日可是我們的喬遷之喜，吃隻雞也算是圖個喜慶。我不敢殺，妳來幫我吧。」

王氏想著今日是個大喜日子，那就吃雞吧！到時候自己少吃一點，兩隻大雞腿可一定要留給小茹和澤生吃。

這頓飯一共做了六道菜：燒雞、小蔥拌豆腐、熗炒捲心菜、大蒜炒臘肉、芹菜炒臘肉、糖醋蘿蔔絲。全都是好菜，加上小茹手藝也不錯，六道菜一端上桌，一家人全都圍上來瞧。

澤生笑道：「這是宮廷六寶嗎？」

王氏首先把兩隻大雞腿放進小茹和澤生的碗裡，道：「宮廷菜也不一定比這強。」

林生、小芸和小清聽了都哈哈大笑起來，說他們吃的可是御膳啊。

這頓飯大家都吃得香噴噴、熱熱鬧鬧。小茹想起小芸的事來，當初只說讓她來帶一個月的孩子，如今都快四個月了，也不知爹娘是不是想讓小芸回家幫著做些活兒，便問道：「娘，小芸是接著幫我帶孩子，還是回家去呢？」

其實小茹希望妹妹繼續留在這裡，不僅是因為可以幫自己帶孩子，她發現小芸挺喜歡這裡，每日都是歡聲笑語的。不過，她還是擔心若小芸留下來，娘家就少了個幫手。

王氏此時想的卻不是小芸的事，而是林生的事。見小茹問起來，她便道：「就讓小芸接著幫妳帶吧，妳也好輕省一些，家裡也不缺她幹活，也就是我忙活點。妳到臥房裡來，我有別的事跟妳說。」

小茹見她娘搞得神神秘秘的，還覺得挺好笑，有什麼話不可以當大家的面說。

到了臥房，王氏還將門關上，然後神秘地道：「妳瞧見沒，林生老瞧著妳的小姑子小清呢！」

小茹眨了眨眼睛，再回憶一下今日上午及剛才吃飯的情景，她搖了搖頭。「我沒注意這些。」

一家人在一起熱鬧，她根本沒想到要去注意什麼。

林生總是瞧著小清，這是什麼意思？小清一直只和小芸說話，可沒跟林生搭過腔呀，畢竟男女有別。

因為方家和何家是親家關係，在這種場合下避免不了見面，但以這裡的風俗而言，為了避諱，他們是不好說話的。

王氏又提醒小茹道：「林生就要十六了，也該說門親了，訂個兩年，就可以娶親了，許多人家的男兒可是十五歲就說親事了。」

小茹被王氏唬了一跳。「妳不會是想讓小清……當妳的兒媳婦吧？」

「我瞧著林生肯定是喜歡小清，否則幹麼老瞧著她，小清是個不錯的姑娘，只是我們何家……」王氏沒再說下去了，按理說，男方說親，都找比自己家境要差一些的，而女方說親，一般都得找比自己家境強一些的。

方家比何家不知強多少，所以前年小茹嫁給澤生算是比較登對的，但是想讓林生娶到小清，就很難了，會讓人覺得門不當、戶不對。何況哪家父母願意把女兒嫁到比自己家境還要差的人家去呢。

小茹為難道：「娘，這個……恐怕是不行。我公婆是不會同意的，年前有不少人上門來提親，公婆都沒同意。他們的意思是，要為小清找個家境好、人品好，還得兄弟姊妹少的，最好也讀過幾年書，說與這樣的人在一起才好過日子。林生其他方面都還好，但沒讀過書，家境上……也差了一些。」

王氏懂這個理，也覺得此事甚難，嘆道：「我只是覺得這種親上加親比較好，不行就算了。妳幫林生留意一下，看還有哪家的姑娘合適，到時候我和妳爹再託媒人去說親。」

「娘，妳放心，如今家裡比以前寬裕了一些。這才剛開春，很多人家就沒錢買糧了，我們家倒是比這些人家強些，林生應該好說親的。哪怕看在糧的分上，也會有人家願意將女兒配給林生呢！」

「那還不是託妳和澤生的福，你們蓋了房，自己手裡錢已經不多了，年前還硬要塞給我們兩百文錢，經常靠你們這麼幫襯也不是個事，林生遲早得成家立業，得靠自己撐起家來才能長久，只是他只會跟著我們種地，又不會別的。」王氏有些憂慮。

小茹也在想，林生都要說親了，是該做點別的，光靠種地是不行的。

「娘，要不……我問問我的公爹和大哥，看他們願不願收林生為徒，如今給人蓋房也能掙不少錢的。」

小茹才一說完，王氏便覺得這是個好主意，直點頭。「好好好，妳問問他們，小清的事就不要提了，別讓他們以為林生是故意套近乎。只要林生有了門手藝，想說門親事，就更容易了。」

說完這些後，她們一出房，就跟澤生和何老爹說起，想讓林生跟著方老爹和洛生學蓋房子的事。林生自然是願意的，他早就想學點什麼了。

何老爹怕欠親家太多人情，還覺得不好意思，沒想到澤生回答得很痛快。「我去跟我爹和大哥說，他們肯定會同意的。」

林生有了姊夫的支持，在旁有些興奮，還瞅了邊上的小清一眼。小清立刻別過臉去，臉上紅得跟抹了胭脂一般。

再說了一會兒話，王氏和何老爹就告辭返家了。

走在回家路上，王氏忽然想起小茹說種黃豆的事來，便向何老爹徵詢意見。

何老爹聽完後很是起勁。「我們家就把旱地全都種上黃豆吧。」

王氏驚愕道：「這哪成，又不是十分有把握的事。哪有你這樣的，說風就是雨，若還有蝗蟲吃黃豆，豈不是白搭了？」

「瞧妳，怕這、怕那的，這可是發財的機會，哪能白白錯過了。按妳那性子做事，怕是一輩子都得過窮日子。」何老爹負手大步往前走。

「好吧，聽你一回，豁出去了！」王氏也亟待趁此機會翻身。

女兒的日子過得好了，她還希望兒子也能過好，就跟著老頭子冒險一回吧！

# 第二十二章

林生因為之前說好要在這裡歇一夜的，所以沒跟著離開，一直坐在小清和小芸旁邊，看她們倆帶孩子。

小茹這回還真是發現了，林生確實愛盯著小清瞧。這可不行啊，若他真喜歡上了小清，而小清又不可能嫁給他，豈不是會很痛苦？在這個仍重媒妁之言的古代，不要在婚前有什麼愛情比較好。

澤生這會兒也沒什麼事，就準備到舊家那邊去，想問問收林生當學徒的事。「林生，你跟我一起去吧！」

林生被澤生叫得回過了神。「哦，好。」

他們倆才踏出門，小茹就把澤生叫了回來，說起種黃豆的事。

澤生仔細回憶著當年的情景，好像真是那麼回事，便道：「嗯，我跟爹和大哥提醒一句，看他們願不願意種。」

其實方老爹已經想到了這件事，只是還沒有跟家裡人說起過。

當澤生回到舊家說起這件事時，方老爹笑道：「我已經打算種個三畝，洛生，你也種一些吧！」

洛生點頭道：「嗯，當然要種。去年是個災年，今年應該是個豐收年了。」

至於林生當學徒的事，兩人自然是同意的，林生是親家的人，能幫一把是一把，反正學徒又沒有工錢，逢年過節還得備禮孝敬一下師傅呢。

他們正在院子裡說著話，這時見瑞娘從屋裡跑出來，又是一陣乾嘔，這回大家都有經驗，個個驚訝地瞧著她，難道……她又有了？

瑞娘這兩個月來，因為心情好多了，身子也爽快了一些，以前她都不讓洛生碰的，這段時間反而主動與洛生親近。可是洛生忘了澤生上回跟他說買避子藥的事，這下可好，瑞娘又懷上了。

當洛生找來老郎中給瑞娘把脈，得到確認時，洛生有些著急，牛蛋才七個月，待這第二胎生下來，牛蛋還不到一歲半，這得多難帶啊！

但轉念一想，他又不急了，想到澤生一下生兩個孩子都忙得過來，他又有什麼好擔心的，反正瑞娘有一堆妹妹，到時候也請一、兩個過來帶就是了。

澤生和林生從舊家回來時，見小茹找出幾個小陶罐在院子裡的井邊洗著。

「咦？妳洗這些做什麼，想醃鹹菜？」澤生蹲下來幫著她一起洗。

「哪裡是醃鹹菜，我想插花。開春了，過不多久，就會有許多好看的花兒要開了，到時候弄些到家裡來，插在這裡面，擺在桌上，多好看。」

澤生聽說是要插花，再看看這些陶罐，便道：「到時候我去縣城買幾個花瓶就是了，這些陶罐插花不好看。」

小茹瞅了瞅，顏色確實太灰暗，與鮮花不太搭，訕訕笑道：「那就留著醃鹹菜，醃鹹蘿蔔條吧，今年的蘿蔔長得特別好。爹和大哥答應了讓林生當學徒的事了嗎？」

「答應了，怎麼可能不答應，也就是順手教一教的事，何況這段日子又沒房子蓋，也不著急。不過，爹和大哥已經接到好幾家的口信了，都說等到秋收後，讓他們去蓋房呢，怕是到時候爹和大哥根本忙不過來，有林生搭把手，不正好嘛！」

澤生說到這裡，忽而想起瑞娘的事。「剛才回一趟爹娘的家，得知大嫂又懷上了！」

小茹手裡拿著陶罐，差點手一滑掉了出來。她穩了穩手裡的陶罐，吁了一口氣，嘆道：「怕是娘到時候得更忙了。大嫂的身子還真是奇怪，以前是兩年多沒反應，現在怎麼一胎才生，又有一胎緊接著來。大哥和大嫂他們有沒有說打算生幾個？」

小茹並沒有別的意思，只是覺得大嫂若是生得太多，公婆就得跟著遭不少罪，要是生七、八個或十幾個，那得多鬧騰啊。雖然現在她與他們並不住在一起，到時候哪怕再鬧騰，似乎也影響不到自己什麼。可是，她還是忍不住擔憂，總覺得大哥大嫂平時就過得辛苦，再被一群孩子拖累，這日子什麼時候是個頭？

澤生想了想。「好像聽大哥說過，能生幾個就幾個吧。」

「啊？若是能生十個，他們不會也要生吧？」小茹有點嚇住了。

「十個估計也生不出來，四、五個應該會生的，生六、七個也有可能，家家不都是這樣嗎？也就只有我們打算再生一個女兒就不生了，很多人家是想多生，圖個人丁興旺。」

「大哥他……知不知道有避子藥這種藥？」小茹小聲地問。

「知道。大哥說等這一胎生出來，再讓大嫂喝，不過那也只是為了緩個一、兩年，到時候還是要接著生的。估計沒生四、五個，他和大嫂都會覺得少。」

小茹沒再說話了。好吧，愛生幾個就幾個，這是大哥大嫂的事，她也管不著。

這時，小芸和小清抱著大寶、小寶坐在牆腳下曬太陽，林生也坐在旁邊。

小清笑著跟小芸說：「小寶長得太像二嫂了，瞧，一雙好看的大杏眼，眼睫毛長長的，真好看。」

小芸正要接話，林生卻接上了。「小寶像我姊，也像我。妳瞧，我也是杏眼呢，睫毛也很長。」

小清立刻低下了頭，沒好意思去瞧他。她想著自己是一個還未說親的姑娘，哪能去仔細瞧一個男子呢！這個林生，也太不懂得迴避了。

小芸比他們小一些，也沒什麼心眼，倒沒看出什麼，她還真仔細瞧了她哥一眼，笑道：「還真是呢，真的有幾分像哥哥。不過，外甥像舅舅，倒也是稀鬆平常的事。」

林生見小清沒搭腔，意識到自己唐突了，也沒好意思再說話。

小芸見他們倆突然都不說話了，還覺得奇怪，難道自己說錯了什麼？

澤生本來還不知道這回事，這一瞧，他似乎也感覺到了什麼。

晚上，小茹坐在桌前，又在畫著什麼草圖。

澤生把孩子從小清和小芸那兒抱了過來，放進搖床裡，再把搖床挪到大床跟前，這樣晚上方便照顧他們。

忙完這些，他來到小茹背後，俯下身子瞧了瞧，好奇道：「妳畫隻小狗子幹麼？還挺像的。」

小茹回過身子，抬頭瞧了他一眼，笑道：「這小狗用處大著呢，我畫的可是小狗形狀的尿壺。你仔細瞧瞧，等大寶和小寶再長幾個月，就可以坐在這種木製小狗的身上，下面凹下去的一塊，就是盛尿的。這麼坐著，手再把著小狗的兩隻耳朵，就可以坐得穩穩的，也不會摔跤，多好。若沒有這個，孩子會走路後，就會滿屋子或滿院子撒尿，太髒了。」

這回澤生又開了眼界，她竟然還可以畫出這樣的尿壺。

澤生從小茹背後伸過雙手，摟著她的腰，半俯著身子，臉摩著她的側耳鬢，柔聲細語道：「我的娘子莫非是仙女下凡，怎麼什麼都懂?!」

他這只是誇讚的話，可不是懷疑她的身分，說著就再側過來，親著小茹的臉蛋。

忽地，門一下被推開了。

兩人愣了一下，朝門外看去，竟是林生！

這個臭小子，怎麼也不懂得要敲門。

其實林生比他們更吃驚，看著姊夫和姊姊從背後摟抱的姿勢，還有剛才那個親臉的動作，也被他瞧見一半。他哪裡見過這些呀！長這麼大，還是頭一回瞧著一對男女這麼親密，因此他比兩人更覺得害羞，臉唰地一下，紅得通透。

林生正轉身準備走開，卻被小茹叫住了。

「有……有什麼事？」小茹當然也覺得很不好意思，說話不太利索了。

澤生這時趕緊放開了小茹。被小舅子看到這種比較纏黏的一幕，還是很難為情的。他拉了把椅子，隨便拿起一本書，坐在旁邊看著，掩飾一下剛才的尷尬。

小茹已經緩過了勁兒，見林生還傻愣在門口，便道：「快進來吧。」

林生慢慢挪著步子進來，自己找了張椅子坐下，欲言又止，好半晌也沒說出話來。

小茹瞧他心事重重的樣子，心裡揣測著，莫非他想說喜歡小清的事？他應該不會這麼勇敢地要說出來吧？

「有什麼事快說吧！都快是成年男子了，還這麼磨磨蹭蹭的。」小茹催道。

林生被她這麼一催，就鼓起勇氣說了。「姊，做泥匠學徒還得等秋收後才開始，這大半年我就沒什麼事可做了。」

小茹納悶。「怎麼沒事做，你不得幫著爹娘種田種地嗎？」

「姊，家裡田地少，爹娘兩個人就能忙得過來。我倒想去石頭山呢，可是李地主說沒滿十八歲的不要，嫌力氣沒長足。所以……我想著……我可不可以幫姊夫一起去收糧，再幫著在鋪子裡賣？」林生說完後，那眼神極緊張地看著小茹和澤生，見他們倆驚訝，他趕緊低下了頭。

澤生和小茹兩人心照不宣地同時猜測，林生這是想留在這裡，多與小清見面？從他那緊張又閃爍不定的眼神裡就能看出來，若只是想幫著姊夫幹活兒，應該是大大方方地說，而且還是很自豪地說才對，為姊夫出力，為何會說得這麼羞澀，語氣還這麼懇求？

此時，兩人都語滯了，這是該答應，還是不該答應？

其實澤生也正為沒人幫忙發愁呢，因為開春了，爹和大哥都要翻田耕地，過不了多久就要開始播種了。

他們不僅要種自己的那一份，還得幫澤生種。因為澤生他自己是徹底沒時間種地，已經全交給他們了，商量好了按一日給三十文工錢。

不過，這樣方老爹和洛生就沒空像去年的十月和十一月那麼幫澤生了，小茹又不能跟著他出去，畢竟家裡有一對孩子，若是有個頭痛腦熱的，小清和小芸就慌張得不知道該怎麼辦。

林生主動提出要幫忙，算是一件大好事。可小茹還是很猶豫，若是林生真的陷入情網該怎麼辦？就怕這件事往後發展下去，會惹得兩家鬧出矛盾來，到時候公婆怪他們放縱這一對來往，那可就不好了。

林生見他們倆為難地看著自己，也不答話，很是失望沮喪地說：「我又不要工錢，這也不成嗎？」

小茹答道：「這不是工錢的事，你……你……」她見弟弟比澤生還瘦，也沒澤生高，便找了個理由。「你這身子骨，怕是吃不了這個苦。收糧再運糧回來，一般得一日一夜，牛拉不動，還要在後面推著車，你能行？」

林生拍著胸脯，道：「姊，妳可別小瞧我，我是瘦了一些，平時在家，我跟爹可是做一樣的活兒，打穀子也不比爹差。姊夫以前都不會種田地，也沒幹過重勞力，他能吃得了這個苦，我怎麼就不行？」

澤生被林生說得有些心軟了，就說：「好吧！過了十五，我就要忙起來了，你到時候跟著一起去吧。」

林生聽了頓時心跳加速，興奮得不知道該說什麼，就只知道說：「謝謝姊夫！謝謝姊夫！」

要知道若是這樣，以後他就可以時常歇在這兒，豈不是經常能看見小清了？一想到這裡，他的興奮根本沒法掩飾得住。

澤生被林生這模樣逗笑了。「你幫我幹活，怎麼還謝起我來了？」

林生又羞澀起來，朝兩人笑了笑，趕緊出去了。

待林生一出去，小茹就起身將門拴死，然後來到澤生面前，坐在他懷裡，一手摟著他的脖子，另一手捏著他的鼻子，嬌嗔道：「你怎麼自作主張了，你還沒問過我的意見呢！」

澤生用手環住她的腰，無奈地道：「妳是林生的親姊姊，說拒絕的話沒什麼，可我是他的姊夫，若不同意不是顯得太不近人情了？他是求著要幫我的忙啊！妳沒瞧見他剛才那失望的樣子，妳不心軟？」

其實小茹也有些心軟的，想到十五、六歲的少年對一個見過幾次的姑娘動了真情，為了能見到她，願意做免費的重勞力，而且還是懇求著做。

「可是，若是爹娘知道了會生氣，怎麼辦？」澤生學著她平時愛說的話。「怎麼辦？涼拌！」

小茹笑道：「喲，不得了啦！學到兩個字就派上用場了。到時候娘若知道林生對小清有意，來問我們時，我就假裝不知道，你全都攬著吧，反正是你答應林生的。」

「我們這次若是不同意林生，他下次還會找別的理由來求我們，他不會一次沒成就死心的。」澤生將懷裡的小茹一把抱起。「以後的事以後再說吧，我們睡覺。」

他一下將小茹抱到床上，壓在她身上。

「你哪是想睡覺啊，你就是想幹壞事了。」小茹撓他的胳肢窩直笑。

從正月十六開始，澤生就帶著林生去其他幾個縣收糧了，穎縣因為離受災的縣最近，糧都被那些商家收得差不多，現在已經收不上糧了。

這就意味著現在收糧得更辛苦，晚上還要在外縣尋客棧住。來回運了幾趟，林生也慢慢習慣了，並不覺得很累，他是從小到大做農活的，真正做起活兒來比澤生還要強，只不過那身板顯得瘦弱而已。

林生做得很帶勁，特別是每次晚上回來可以住在姊姊家裡，他就興奮得不知所以然，可是有時等他回來，小清都睡下了，並沒見著她，他又耷拉著腦袋。

若是哪次回來看到小清在帶著小寶，他一身的疲憊便頓消全無，又渾身都是勁兒，那眼神都是熠熠生光。

他的一喜一憂，都被澤生和小茹看在眼裡，但他們也只能默默地看著。林生和小清連話都沒說，總不能去說什麼該與不該的話吧。

這一日，他們回來得算早的，趕上一家人吃晚飯了。

澤生吃過飯後，就去洗澡，然後輪流抱著大寶和小寶玩。待孩子玩累了，他也累了，便趕緊上床睡覺。

小茹洗漱之後，進房時見澤生已經躺下了，不過還沒睡著，就瞧澤生臉上不對勁，硬是把油燈端過來，對著他的臉照了照。

「怎麼了？」澤生被小茹照得莫名其妙，還用手摸了摸臉。

「你臉上好像長了幾顆小痘痘，嘿嘿，肯定是青春痘。」小茹放下油燈，沒怎麼在意。

「或許是沒休息好，太累了，你趕緊睡吧。」

澤生也確實有些睏了，也沒追問什麼是青春痘，伸手摟著小茹，沒一會兒，他就睡著了。

早上起床時，澤生見小茹已經醒了且在那兒急得團團轉，一會兒給大寶和小寶洗臉，一會兒切青菜和胡蘿蔔，然後拍得粉碎，待有了汁，她就忙著餵給孩子喝。

澤生有些慌了。「小茹，妳這是怎麼了，幹麼這麼著急？」

「大寶和小寶臉上起了好多小包，不知道是水痘還是濕疹，上次老郎中不是說，若是起了濕疹，就餵這些汁給孩子喝嗎？還要多清洗。我已經將巾子用沸水煮過，給孩子洗過好幾遍了。」小茹往小寶嘴裡餵時，小寶嫌不好喝，還往外吐。大寶倒是好餵，剛才喝了一些，已經被小芸抱到院子裡玩了。

澤生從小清手裡接過小寶。「小寶，聽爹的話，這個可好喝了，來！」

看來小寶還是喜歡爹，有澤生這麼抱著哄著，他也乖了。小茹用勺子往他嘴裡餵了十幾口，他都沒有往外吐。

小茹放下碗，抬頭一瞧，瞧見澤生臉上又冒出幾顆痘子來，不像是青春痘。

「澤生，不會是你臉上長痘子，傳給大寶、小寶了吧？昨日他們臉上還都沒長呢！」

「什麼是痘子，妳說的是泡疹嗎？」澤生跑去拿鏡子照了照，他臉上才幾個，沒什麼事，只是大寶和小寶臉上很多。

小茹想到小時候很多人長水痘，都沒什麼事，過一個星期就好了，就道：「嗯，就是一種泡疹，這種會傳染，肯定是你昨晚抱他們兩個了，還親個沒完。這種痘子會癢，怕孩子一抓，就更難受。沒事，過幾日就好了，你不要太擔心。」

澤生納悶。「我好好的怎麼會長這種東西？」

一想到孩子十有八九是被他傳染的，他心裡很自責，也不敢再抱小寶了，趕緊讓小清抱小寶抱出去。

吃過早飯後，澤生和林生就到前面的鋪子裡賣糧去了。到了下午，也不知從哪兒傳來的，說鄰近的貴縣最近有人出天花，死了好幾個人，就是臉上、身上都長水泡流膿。

大家見澤生和林生就是從貴縣運來的糧，偏偏澤生臉上還長了幾顆痘子，便嚇得全跑開，都不敢來買糧了。

澤生一聽說是天花，嚇得魂都沒了，他不是擔心自己會死，而是擔心兩個孩子，孩子們已經滿臉都是了啊。

他和林生趕緊關鋪子回家，可是一到家，忽然想起天花不僅會傳染，還會死人。

澤生離小茹遠遠的，淚流滿面地說：「小茹，孩子都得了……得了……都怪我……」

小茹被他這一哭，弄得心慌慌的，好像出了天大的事一般。當她一走近，澤生就退後好幾步。

小茹急了。「到底是怎麼了？」

林生也在旁抹淚，哽咽地道：「姊夫可能是從貴縣感染了天花，大寶和小寶臉上長的也有可能是……」

「什麼？天花？你們是說那種幾乎治不好的天花嗎？怎麼可能，這明明是水痘！」小茹在前世時就得過水痘，還是讀小學的時候。醫生說根本不要緊，讓她請了一個星期的假，在家待著不吹風就行。

水痘和天花根本就是兩碼事。從來沒聽說過得了水痘會死人，醫生說連藥都不用吃的。可是澤生和林生都不懂這個呀，他們也認為小茹不懂，只是在安慰他而已。

澤生想到孩子，已經嚇得有些撐不住了，一下子癱坐在地上。

小茹跑過來扶他。「澤生，你怎麼突然變得這麼脆弱了，真的沒事，不像是天花，只是水痘而已，你別擔心。」

澤生哪裡敢讓她碰。「妳別過來，快去看孩子怎麼樣了，不、不！妳別去看！這樣也會傳染給妳的！」

澤生趕緊又爬了起來，往外跑。

小茹追問：「你去哪兒？」

「我去鎮上找周郎中。」

澤生發瘋似地跑了出去，心裡還在想，若是周郎中也不會治，就去穎縣找那個杜郎中。可是……聽說得了天花，十有八九是治不好的，再厲害的郎中都不一定行。

他一路上胡思亂想，又驚又怕，無法想像若真是得了天花，真的沒了命，他就再也見不到小茹和孩子……他都不敢想，若孩子出了事，哪怕自己不死，也得跟著去死。

澤生都不知道自己是怎麼跑到石鎮的。周郎中見他大汗淋漓地跑過來，還失魂落魄的，才一進門便雙腿一軟，一下子癱倒在地上，嚇得周郎中先是連忙後退幾步，然後才過來將他扶起來。

澤生被周郎中扶起來後，突然又一下跳開了。「周郎中，你離我遠一點，我可能是得了天花，從貴縣傳過來的，你會治這種病嗎？你能去我家，幫忙看看我的兩個孩子嗎？他們……他們臉上長了好多……」

澤生說著，就淚如雨下，泣不成聲。

周郎中聽澤生說是天花，頓時嚇得往後退了一丈。待他遠遠瞧著澤生的臉，覺得不太像，若是剛發起來的，也不至於才冒幾個呀！

「我也聽說貴縣最近死了好幾個人，不過他們的死因還沒確定，只因為他們身上長了不少泡疹，就說是得了天花，這種說法也太過武斷了一點。若真是得了天花而致死，那肯定早就全身流膿了，怎麼可能還只是泡疹。何況要真是天花，還不知要死多少人呢，但貴縣只死六、七個人而已。不過，這也是我的猜測而已，到底是不是天花，還是很難說的。」

聽周郎中這麼一番話，澤生的心緒稍平穩了一些。既然沒有完全肯定，那麼他的孩子就有一線生機。

周郎中又道：「反正你的兩個孩子已經傳染上了，到底是不是得了天花，只能看你們父子三人的命會不會得老天保佑了。若是普遍的泡疹，多給他們洗洗，多喝蔬菜或果子的鮮汁，不要出門吹風，在屋裡待個七、八日，就會沒事的。若是天花，老朽也無能為力，哪怕是宮廷御醫來了，估計也是枉然。」

澤生明白了，意思眼下就是等，是死是活全看天命。

另一邊廂，小茹本來覺得沒什麼事，被澤生和林生這麼一鬧，心裡越來越緊張。再來到小寶和大寶面前一看，見他們臉上長著密密麻麻的疹子，特別是嘴周圍，她慌了，莫非真的是得了古代的不治之症——天花？

若真的是天花怎麼辦？澤生、大寶和小寶……她會失去他們，自己孤零零的一個人留在這裡？

想到這裡，她頓感頭昏眼花、天旋地轉，一下暈了過去。

小芸和小清也早就不敢抱大寶和小寶了，只是把他們放在搖床裡，然後坐在旁邊大哭。見小茹暈倒了，她們只好跑過來和林生一起合力將她抬到床上。

林生守著小茹哭，小清和小芸守著大寶、小寶哭。什麼都還沒確定呢，他們全都哭得傷心欲絕、慘絕人寰。

這種事不需一個時辰，全村的人都知道了。村民們害怕得都不敢從他們家門口經過，全都繞道而走。

還有一些毒舌的人，說澤生這幾年來太順了，福享過頭了，該倒楣了。還細數著澤生這幾年的好事，前年娶了貌美如花的娘子，還會做買賣，日子過得風生水起；去年又得了一雙兒子，長得都如同人中龍鳳，而且還養得順，頭疼腦熱都極少，不像牛蛋那會兒，每隔幾日就鬧一次病。發生了蝗災，家家都為沒糧吃著急，他卻掙了大錢；今年才開春，他又住進了這座簡直是仙人住的房子。這幾年來，澤生似乎就沒遇到過一件難事。

禍福相依，既然福都享過頭了，禍也該來了。一旦有人開口說了如此論調，一會兒就有人把這話傳遍整個村鎮。

有些平時妒忌的人還添油加醋地說，終於輪到一回，大家都安安穩穩，而他一人倒楣了，不對，不是他一人，還有那對長得不像凡胎的孩子。還有人說，每年不都有幾戶人家養不活小孩嘛！若真是得這種病死了，也算正常。

張氏得知此事，差點昏死過去，還是方老爹掐了她的人中，才把她給掐回了魂來。

方老爹攙著張氏一起過來看孩子。林生攔著不讓他們抱，只讓他們在搖床邊瞧著。他們瞧孩子臉上確實是長一臉的小泡疹，以為真的是天花，也都哭天喊地。

小清、小芸和林生本來剛才就哭得很慘，再被他們二老這麼一渲染，又失聲痛哭。

小茹被他們這等淒慘哀嚎給吵醒了。她在想，難道真的是自己穿越來後，過得太順了，該享受的都享受了，所以如今一切的幸福都要被奪走？

呸！呸！呸！呸！自己在瞎想什麼呢，哪裡是福享夠了，她和澤生還沒發大財，她還沒和澤生白頭到老，大福還在後頭呢！

她這會兒腦子又清醒了過來，怎什麼事還沒個定論，自己就被嚇成這樣？

她起了床，來到孩子身邊，見孩子精神好著呢，兩眼滴溜溜地轉，瞧著一家子人哭，他們也不知怎麼回事。見小茹過來了，大寶還向上伸手，要抱抱。

小茹便彎下腰來抱他。

林生哭著說：「姊，妳不要抱。」

小茹被他們實在哭煩了。「你們都別哭了，哭能解決問題嗎？孩子精神這麼好，像是得了不治之症？若孩子真是得了天花，我也要跟他們一起去死，還怕抱他們嗎？」

他們被小茹這麼吼一嗓子，都止住了哭，止不住也得止住，孩子都還好好的，哭得這麼淒慘，實在不太吉利。

小茹抱起了大寶，大寶還樂呵呵地朝她笑，狀態好得很。她見公婆強忍著不哭出聲來，但都是老淚縱橫，眼淚鼻涕一大把。特別是婆婆，坐在椅子上身子還搖搖晃晃的，眼睛也一翻一翻的，怕是快撐不住了。

小茹還真怕婆婆就這麼一下蹺辮子了，若一家子本來都好好的，只不過長了水痘而已，而婆婆這麼被嚇死，鬧出人命來，這才真的叫悲劇呢。

「爹，你快把娘揹回家歇息吧，我會好好照顧兩個孩子的，你別擔心了。」

方老爹一雙淚眼一直瞧著兩個孩子，哪裡肯忍心離去。

「爹，你別這樣，孩子也許真的沒事。我瞧著娘快不行了，你快揹娘回家吧！」小茹焦急地催促道。

方老爹見老伴好像已經不清醒了，小茹又一直這麼催著，只好揹張氏出去了。

小茹看著懷裡的大寶，又瞧著搖床裡的小寶。既害怕真的是得了天花，又心生懷疑，覺得應該沒事。

這樣弄得她焦頭爛額，心緒亂得很是狂躁，心裡忍不住爆粗口了，在這個醫學不發達的古代，在這個沒有醫院的地方，遇到這種糟心事，真他媽的操蛋！竟然還有很多人說小孩子養不活很正常？正常個混蛋，說這種話的人怎麼不去死！

可是，她不得不承認，在這裡偶爾死個小孩子，真的是很正常的事，看來自己也得去死了。

罵著罵著，她的眼淚又唏哩嘩啦地流了出來，畢竟她還是害怕真的是天花，她的心沒法寬到那種無邊無際的地步。

澤生回來時，小茹正在抱著大寶餵奶，若真是要傳染也來不及避開了。

見小茹這麼不顧及自己，要與他及孩子們一起生死相依，澤生感動得不知道該說什麼好，又因帶來了這種病而內疚得想現在劈死自己。

小茹在這般情況下還能靜下心來餵奶，他也跟著豁了出去，哪怕是死，一家人相伴著，去黃泉路上也不孤單。

小寶肯定也是餓了，剛才還躺著看他娘餵哥哥吃奶，他的小嘴也跟著一吸一吸的。這會兒見他爹來了，便一嗓子扯開，哭了起來。

澤生趕緊將小寶抱起來哄著，雖然聲音有些啞，仍然保持一張笑臉給小寶看。

小茹見他沒請來周郎中，就知道周郎中也不懂這個。剛才林生去請村裡的老郎中，老郎中還被他的老伴死死拖住，不肯讓他過來幫著瞧一瞧呢。

他們都是為了保命，情有可原，小茹能理解，誰願意為與自己不沾親帶故的人去冒這個險呢。

小茹見澤生沒像之前那般恐慌了，雖然還是一腔男兒傷心淚，吧嗒吧嗒地往下落，但至少能沈住氣了，還能笑臉對著孩子。

小茹擦掉自己剛才哭出來的滿臉淚痕，朝澤生故作輕鬆地道：「你這樣就對了，大丈夫就該頂天立地，什麼都不怕的。」

澤生抱著小寶來到她的對面坐下，見她這般堅強、這般勇敢，他自愧不如，心疼地說：「妳真的不怕死嗎？」

小茹苦笑道：「怎麼會不怕死，死了我們就不能在一起過小日子了，這房子才剛蓋起來，我還沒住夠呢。只是……若沒有你，我一個人再怎麼過也幸福不了。無論生死，我們一家四口只要能相伴在一起，到了陰曹地府，我們也還是一家，做鬼也風流！」

澤生如此悲傷的心境，硬是被她最後一句話逗笑了。「做鬼也風流」？好寬闊的心胸。

平時不是總有人說，夫妻本是同林鳥，大難臨頭各自飛嗎？可是小茹不但沒有「飛」，還不顧死活從林子外面一頭闖進來。澤生覺得，得到這樣愛他、愛孩子的娘子，還真的是

「做鬼也風流」，毫不誇張。

小茹能如此安慰人，澤生也不甘落於後，說：「周郎中說未必就是天花，若真是天花，肯定會死很多人，但是貴縣只死幾個人，如此推測，多半不是天花，只是普通泡疹而已，泡疹也會傳染的，沒過幾日就會好的。」後半段話可不是周郎中說的，但他為了安慰小茹，故意說得很輕鬆。

小茹還以為周郎中真的這麼說了，就更確定自己的看法了。「我就說嘛，這根本不是天花，哪怕不是水痘，也只是一種皮膚病而已。得了天花，哪能這麼輕省，什麼事也沒有。你有哪兒不舒服嗎？」

澤生搖頭。「沒有。」

「你發高燒嗎？」

澤生摸了摸腦袋，又搖頭。「不發熱。」

「這不就得了，別聽那些人瞎嚷嚷。」小茹將已經吃飽的大寶交給澤生。「來，該小寶吃了。」

小寶一到小茹的懷裡，兩眼直發亮，看來真是餓透了。大寶可能是吃飽了，開心得很，見小寶在吃奶，他呵呵地直笑，已經五個月大了，似乎能看懂不少事呢。

他們夫妻倆這麼互相安慰著，心理壓力已減輕不少，再瞧著一對孩子生龍活虎的，根本不像生了大病，兩人一直緊繃的心慢慢舒展了些。

小清和小芸聽說了要消除傳染病得用沸水泡過衣服，都在外頭忙著燒沸了水來清洗澤生和孩子們的衣服。

林生剛才去村裡請老郎中時，因為老郎中的老伴拚命阻攔，沒有請來，於是他又跑到其他幾個村，然而他一進那些村，村民見到他皆像見到瘟神一般，嚇得四處跑開。

他垂頭喪氣地回來了，見小清和小芸在洗孩子的衣服，便擔憂地問：「妳們就不怕被染上？」

小芸心裡其實很害怕，可是她見姊姊一點兒也不怕，就覺得自己理應不怕的，為了不讓自己顯得太膽小，她也鼓起勇氣和小清一起洗。不過，當拿起大寶、小寶的衣服時，她又止不住地哭了起來，帶孩子這幾個月，她與孩子已有了深厚的感情，怎能不傷心呢？

林生這麼一問，小芸正傷心得揪心疼，根本不願意答話。

在一旁的小清眼睛早已哭紅，現在已是腫腫的，她頭也沒抬，只道：「二嫂還抱著孩子餵奶呢，她那樣緊摟著孩子都不怕，我才洗幾件衣服，有什麼好怕的。他們若真有個三長兩短，難道我們還能開心地活下去？」

林生本就喜歡小清平時灑脫爽快的性子，聽她如此一說，就更愛慕她了。

此時一家人都沈浸在悲傷之中，他也沒有心緒找小清說話，而是去廚房燒水，幫她們的忙。

次日一早，又聽到有人傳，貴縣有好多人臉上都長了這種疹子，但都沒其他症狀，好像與傳說中的天花不太一樣。

儘管有些人懷疑這不是天花了，但仍然忌諱澤生一家。無論是不是天花，總歸是傳染病，誰知道最後會不會發病。老百姓對任何傳染病都帶著深深的恐懼。

再過一日，石鎮的周郎中竟然親自上門了，而且還是不請自來！

他帶來了一些敷臉的藥，一點兒也不忌諱與孩子親密接觸，慚愧地道：「上次因為怕是天花，老朽也沒敢來仔細瞧孩子的症狀。如今澤生從貴縣已回來三日了，我也沒聽到有人說你的病情加重，所以我敢確定這不是天花，若真是天花，此時早已發高燒，或人已神志不清，臉上和身上也早已流膿了。」

周郎中這麼一說，澤生和小茹頓時喜極而泣，然後緊緊相擁，再倏地分開，趕緊抱起孩子親了又親。

這三日的緊張，都快把他們倆的神經給憋錯亂了，完全靠著互相鼓勵與安慰支撐了下來，因此，得知這個好消息，他們緊繃的神經突然一放鬆，情緒反而有些控制不住了。

小茹眼淚撲簌簌地掉，手裡捶打著澤生，嘴裡還不饒人。「都怪你都怪你，嚇死人了，說什麼你得了天花又傳染給兩個孩子，你們全都要……哎呀，你怎麼能信人家這種要人命的話呢！」

小茹哭得好痛快，也埋怨得好痛快。澤生由著她捶打，由著她高興地埋怨，他只是喜孜孜地笑著。

小茹痛快夠了，含著眼淚笑了。因為眼淚糊了滿臉，本來一雙好看的眼睛這幾日也熬得又紅又腫，小臉蛋瘦得有些尖了，臉色蒼白，沒一點紅潤，笑起來沒昔日好看了。

不過，以她的性子，養幾日就能恢復原狀了。

這會兒村內的老郎中也來了，他一臉的愧疚，低著頭進了門，卻沒想到周郎中也在。

這兩位郎中早前就相識的，此時寒暄到一塊兒去了，都為當初的膽小而自責，害得這小倆口心驚膽顫了三日，人都熬瘦了一圈。

寒暄過後，他們一起討論著這些泡疹到底是怎麼回事，最後兩人達成一致，是一種傳染的皮膚病，如今貴縣得此皮膚病的人越來越多，傳染得很快，但絲毫不影響生活，更不會危及生命。

不僅周郎中帶了藥來，老郎中也帶了，最後兩人放在一塊兒，發現大同小異。

老郎中興奮得像小孩子一般，直道：「哎呀呀，我的醫術有進步了，能與你想到一塊兒，那我不也算得上小有名氣的郎中了？」

小清跑回家把這個好消息告訴了方老爹和張氏，沒想到張氏一下放鬆了下來，竟然連床都爬不起來了，說話也突然口齒不清。

小清又慌忙地跑來把兩位郎中叫過去給張氏看病，澤生和小茹也跟著去了舊家。

此時，澤生心裡好後悔，怪自己當時太沈不住氣，本來什麼事也沒有，卻把他娘給嚇出毛病來了，若只是小病還好，喝藥慢慢就可以好起來，可千萬不要這一病給身體留下禍根呀。

無疑，張氏這次是急出病來了。年輕時她的身子還算是強健的，做起活兒來風風火火，一百多斤的穀子能從田裡挑回家，中間只需停下來歇一次的。年過四十後，她的身子漸漸不如從前了，雖然還照常做以前那樣的活兒，但使不上太大的勁。

上次因為救瑞娘，她的身子就大大耗虛了一回，直到過年前，才剛爽利一些，這回又突然遭這麼晴天霹靂的打擊，她根本承受不住。前日她到澤生的新房去時，連椅子都有些坐不住，已是生病的徵兆。

這幾日，她雖然是躺在床上將養著，為了要等結果，還算撐得住，哪怕吃不下也喝不下，神志還是很清醒的，只是渾身無力而已。沒想到終於等到結果了，而且是澤生和孩子都無虞的好結果，她只不過高興那麼一剎那，便昏厥了過去。

方老爹狠命掐她的人中，再給她餵了水，人是醒過來了，可是神志還很糊塗，也起不了床，腦袋是麻木的，身子也麻木得動彈不得。

小茹見了心頭一緊，怎麼像是腦溢血的症狀？這種病……可是個很危險的病啊！想到這裡，她的心臟撲通撲通直跳。

兩位郎中圍著她看病，最後診斷為中風。這點小茹還是知道的。

周郎中瞧完張氏的症狀之後，嘆道：「萬幸的是，沒有突發猝死。她只不過剛聽了喜訊，激動了些，才有如此麻木不清醒的症狀，待好好養病，再喝藥養上一個月，應該就能好些了。」

一家人聽說是中風，都嚇得兩眼呆愣，心跳加速。要知道，這附近幾個村，每年都有那麼一、兩個人因這個病而死的。

周郎中見他們嚇得不輕，又安慰道：「你們無須太擔心，只要這一個月將養得好，以後也注意不讓她太激動，身子不要劇烈運動，颳風下雨天千萬不要出門，因為這樣很容易犯病。只要做到這些，就會沒事的。不過這一個月內必須得有人在床前細心照顧，得餵飯餵水、端屎端尿，要時常扶她下床走路，還得時常給她按摩頭部及四肢。」

平時一家人都習慣了張氏做事爽利、幹活風風火火的，此時見她躺在床上，嘴裡含糊不清地不知道說些什麼時，洛生、澤生和小清眼睛都濕潤了，想哭又不敢哭。好在養上一個月就能好起來，否則他們真不知道該怎麼辦了。

待兩位郎中開了藥方離開後，方老爹靠坐在椅子上，神傷良久，最後他強打起精神，道：「你們不要擔心，人一旦上了年紀，病就會多起來，整日離不開湯藥的。就是這一個月得辛苦你們了，晚上由我來照顧，因為白日我得下田地幹活。瑞娘、茹娘和小清，妳們三個商量一下，這一個月由誰來照顧妳們的娘？」

瑞娘、小茹和小清三人對望。瑞娘剛有了孕，時不時噁心嘔吐，還得帶著牛蛋。小茹和小清也得帶小寶和大寶。

相較起來，小茹和小清能比瑞娘清閒一些，因為平時還有小芸在幫著帶孩子。

小茹就道：「我和小清輪流來吧，大嫂現在要一人帶著孩子，又有了身子，怕是不便。」

瑞娘可不想落後，若她不伺候婆婆養病，落下不孝敬婆婆的口舌，她怕會遭人唾罵的，何況她的命還是婆婆救下來的。她連忙搶話道：「我是長嫂，婆婆生病了，怎麼能待在一旁瞧著呢？我一人照顧就行，妳們都去忙自己的。」

小茹懂瑞娘的心思，怕是無論怎麼說她也不肯袖手旁觀的，便問道：「那牛蛋誰來帶呀？」

瑞娘思慮了一下。「我叫我的三妹過來帶。」

本來無須這麼折騰的，有小茹和小清輪流照顧張氏就完全夠了，可是瑞娘非要為侍奉婆婆養病出一分力，大家也不好攔著。

方老爹拍板了，道：「那好吧，妳們每人照顧十日，從大到小輪流著來，先由瑞娘來吧！周郎中的話妳們剛才也聽見了，得餵飯餵水、端屎端尿，要時常扶著下床走路，還要按摩頭部及四肢，可得仔細著點，知道嗎？」

「嗯。」她們三人齊聲應著。

這時張氏神志忽然又清醒了過來，一隻手朝他們這邊伸著，慢吞吞地道：「不用，我哪裡就病得那麼重了，我還要下田地去幹活呢。」她說著就要起床，掙扎著身子。

澤生趕緊將她按住，讓她好好躺下了。「娘，妳別瞎動了，這種病可得好好將養，現在不能起身的。都怪兒子太沈不住氣了，害得妳生出這麼個大病來，我……」說著說著，淚珠就一大顆一大顆地滾了下來，平時沒怎麼好好孝順娘，還給娘惹出病來，他心痛如絞，覺得自己實在是太不孝了。可是伺候這種病，如何也得女眷來，他又出不上力。

方老爹過來將澤生拉到一邊，訓道：「這麼大點事，你就掉眼淚，將來我和你娘躺在床上喝藥的日子還長著呢，也總有老死的那麼一日，難道你不要過日子了？你們都快回去，各忙各的。洛生，你去喊瑞娘的三妹來。瑞娘，妳現在就守在床邊，別走動，千萬別讓妳娘下了床。」

澤生覺得自己從小到大可都是不愛哭的人，這幾日倒好，將多年來比別人少流的淚一下全流了出來。他也意識到自己這樣太不像大男人了，趕緊將淚抹得乾乾淨淨，沒事樣地朝方老爹道：「我去買藥。」

他從桌上拿起藥方，和小茹、小清一起出門了。

——未完，待續，請看文創風198《在稼從夫》3

現代剩女穿越到古代農村，反而意外拾得好丈夫！

妙語輕巧，活潑悠然／于隱

# 在稼從夫

全套三冊

既然是半路出家、不善農活的莊稼人，乾脆就另謀出路經營買賣，
這頭喬好內宅婆媳妯娌關係，那頭應對地痞惡吏、朝廷徵兵，
看她如何巧施機智處理得順順當當，
不僅將農村小日子過得有滋有味，且能帶著全家奔小康……

### 文創風 196 1

已屆現代剩女標準的蘇瑾，在雷雨天被逼著出門相親已夠無奈，
沒想到還意外穿越到古代農村裡成為十五歲的何小茹，
且醒來隔日直接被人抬上大紅花轎作了新嫁娘，
幸好這素未謀面的相公方澤生原是一介讀書人，並非大老粗一枚。
在這男尊女卑的社會裡，女子遇人不淑的苦楚往往只能往肚裡吞，
上天卻讓她撿到這麼個好丈夫，不僅會下庖廚、知冷知熱地呵護她，
而且經過她一番調教之後，儼然是古代新好男人的典範！
美中不足的是，兩人皆為半路出家、投筆從「農」的半吊子莊稼人，
且說早起不外乎先解決開門七件事「柴米油鹽醬醋茶」，
平日還要喬好婆媳妯娌關係，甚至得應對地痞惡吏、朝廷徵兵等事，
不過，來自現代的她也非省油的燈，遇上難事總能轉危為安，
而一次市集遷址的契機，使她萌生在自家村裡經營雜貨鋪子的打算，
決心要讓往後的農村小日子過得更紅紅火火……

### 文創風 197 2

她協助丈夫將鋪子的營運上軌道，本想多過幾年小倆口的甜蜜生活，
然而「鴻孕」當頭，繼長嫂有孕，她也跟著懷上，且還是雙生兒。
本是雙喜臨門，可嫂子產後總為小事鬧騰，婆媳妯娌關係也日益緊張，
所幸在她的機智下終於化解每日一鬧的難題，讓日子回歸和睦了，
誰知，今年又遭逢蝗蟲天災，一下子將原先計劃給徹底翻盤……
她轉念一想，危機就是轉機，於是擴展鋪子生意至外地收購米糧，
既解救村內糧荒的燃眉之急，也因為洞察機先而發家致富……
也不知上天是否刻意捉弄人，或是忌妒人享福過了頭，
鄰縣忽然傳出會引人致死的傳染病——天花，
不僅從外縣返家的丈夫疑似出現病徵，連孩子們也無一倖免，
難不成她現今所擁有的幸福美滿，老天爺將要盡數收回？

### 文創風 198 3 完

如今盼來好光景，一躍成為村裡首富，原以為日子會過得更恩愛甚篤，
未料，於衣服上發現老公出軌痕跡一事，竟如實在古代上演！
無瑕的愛情在現代已不復存，更遑論將三妻四妾視為常態的古代？
當她把心一橫挑起冷戰，丈夫卻使出渾身解數，依然如故地待她好，
若非一場惡賊擄人風波所引發的誤會，
讓她見著丈夫的本心與深情，兩人才終於前嫌盡釋。
沒想到她一個不小心，言行露了餡，令丈夫當場疑心大起，
眼看著這形勢想要圓謊似乎是難如登天了……
可一思及自己來自現代時空的秘密一旦揭穿，
丈夫究竟會待她一如既往，情比堅貞地白頭相守下去；
還是原本不離不棄的夫妻情義會就此起變化，甚而轉瞬消逝……

執手偕老，共嚐酸甜苦辣／花溪

# 古代混飯難

全套二冊

**他確信她已死去多日，因為是他拚了命殺掉的，**
**但，此時她竟又活了！難不成她詐死？**
**可此女待他極好，像換了個人般……是借屍還魂嗎？**

文創風 186 上

一覺醒來，沈曦發現自己莫名其妙地回到了古代，
她合理懷疑，自個兒八成是睡夢中心臟病發，一命嗚呼了，
好吧，情況再糟也不過就是如此，既來之則安之吧！
……嗯？且慢，眼前這破敗不堪的房子，莫非是她現今的家？
那麼，炕上那又瞎又聾又啞的男人，該不會是她的丈夫吧?!
要死了，她從小生活優渥，是隻不事生產的上流米蟲耶，
想在古代混口飯吃都有難度了，還得養男人，這還讓不讓人活啊？
可若拋下他，這男人怕是只能等死了，這麼狠心的事她做不來呀……
正沈思間，見他餓得抓了把生米就吃，她立馬便為他張羅起吃喝拉撒睡，
罷了罷了，看來她只得使出渾身解數，努力掙錢養活夫妻倆啦！

**以為她死了，他滅了害死她的鄰國給她陪葬；**
**聽說她還活著，幾年來他奔波各地打聽她的下落。**
**如果能找到她，這一生，他絕不負她，換他待她好……**

文創風 187 下

一直以為瞎子之於她只是生活上的陪伴，一個寄託而已，
可當他死掉後，沈曦才發覺自己真是錯得離譜！
心好痛好痛，痛到不管不顧，她只想就這麼隨他而去算了，
不料，她竟被診出懷有身孕！為了他們的孩子，她必須活著。
產下一子後，她努力地攢錢，想給孩子不一樣的人生，
怎知一顆心歸於平靜後，瞎子竟又出現了，而且還不瞎不聾不啞！
原來他叫霍中溪，在這中嶽國裡，是地位凌駕於帝王之上的劍神，
之前是因為遭人伏擊，身受重傷，又被她的前身下毒才會失明的。
見他隨隨便便就拿出三千萬兩的「零花錢」，她整個人心花花，
鎮日為了混飯吃而奔波，現在她不僅能當回米蟲，還有丈夫陪啦～～

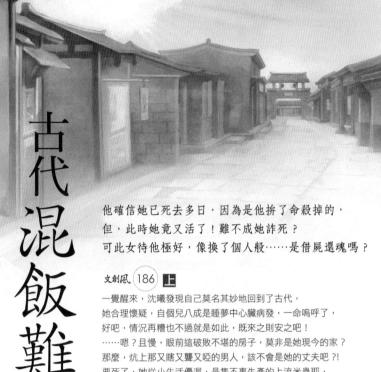

逗趣而深情，歡笑又動人／油燈

# 貴妻

全套五冊

凡璞藏玉，其價無幾

他是慧眼識妻，一眼定終生；
她是曖曖內含光，只給有緣人欣賞；
她的好既然只有他知道，那娶了當然不放嘍……

文創風 181 1

莫拾娘賣身葬父入林府，雖然只是個二等丫鬟，
卻能讀書識字，畫得一手好畫，機靈又心思剔透，
偏偏她有萬般好，就是臉上有個嚇人的胎記，
但美人兒可是林家少爺的心頭好，怎能忍受這樣的醜丫鬟？
這齣「丫鬟鬥少爺」的戲碼一旦展開，是誰輸誰贏……

文創風 182 2

林家小姐已與董家公子訂親，卻和表哥暗通款曲，
林太太一氣之下，竟說出要從丫鬟之中挑選一個認作義女，代小姐出嫁！
拾娘本以為這把火不會燒到身上，誰知那董家公子死心塌地求娶，
更說自己是「有幸」娶她為妻！少爺不想她離家，公子忙著說服她成親，
這下在演哪一齣？她這丫鬟竟然成了香餑餑？

文創風 183 3

婚後的日子不如她想像的拘束，受人照顧的滋味也挺好的，
但不代表董家一片祥和，因為自視清高的婆婆瞧不上丫鬟出身的她，
小姑又是個沒規沒矩的丫頭，族裡一向冷落他們六房，
雖然嫁了個好丈夫，當起少奶奶，可管好這一家又是一門大學問！
更頭大的是枕邊的丈夫比管家做生意還擾人，擾得她心亂如麻啊……

文創風 184 4

董禎毅苦讀有成，在京城一舉成名，連王公貴族也慕名結識，
如此揚眉吐氣的時刻，拾娘本是開心不已，
可京城竟有「榜下求親」之風氣，而她的完美相公也中招！
婆婆和小姑乘機推波助瀾，要串聯狐狸精逼她這正妻下堂，
她的「家庭保衛戰」就此開始，狐狸精等著接招吧……

文創風 185 5 完

醴陵王妃意外得知拾娘身上有故人之物，便急著要見她；
拾娘依約進了王府，塵封的記憶卻忽然湧上心頭——
難道她和醴陵王府有什麼關係？養育她的義父又是何人？
多年來圍繞著拾娘的迷霧漸漸清晰，但這時，董夫人執意要兒子休妻，
婆媳之戰也因此在她找回身分的時刻越演越烈……

文創風
197

在稼從夫 2

國家圖書館出版品預行編目資料

在稼從夫 / 于隱著. --
初版. -- 臺北市 : 狗屋, 民103.06
冊 ; 公分. --（文創風）
ISBN 978-986-328-316-4（第2冊：平裝）. --

857.7 103008956

| | |
|---|---|
| 著作者 | 于隱 |
| 編輯 | 黃鈺菁 |
| 校對 | 黃亭蓁　林若馨 |
| 發行所 | 狗屋出版社有限公司 |
| 地址 | 台北市104中山區龍江路71巷15號1樓 |
| 電話 | 02-2776-5889～0 |
| 發行字號 | 局版台業字845號 |
| 法律顧問 | 蕭雄淋律師 |
| 總經銷 | 知遠文化事業有限公司 |
| 電話 | 02-2664-8800 |
| 初版 | 103年6月 |
| 國際書碼 | ISBN-13　978-986-328-316-4 |
| 原著書名 | **《穿越之幸福农妇》**，由北京晉江原創網絡科技有限公司授權出版 |

定價250元
狗屋劃撥帳號：19001626
網址：love.doghouse.com.tw　E-mail：love@doghouse.com.tw